Sua Alteza Real

Aos meus filhos amados,
Beatrix, Trevor, Todd, Nick, Samantha,
Victoria, Vanessa, Maxx, Zara,
com todo o meu agradecimento e amor
pelas pessoas maravilhosas que são;
com profunda gratidão por serem tão bons
comigo, tão gentis, tão carinhosos, tão generosos
de coração e com seu tempo.
Que suas vidas se desdobrem com tranquilidade e gra ,
que encontrem alegria, serenidade e amor,
e que todas as oportunidades que almejarem sejam su .
Desejo-lhes finais felizes, felizes para sempre,
amigos, companheiros e cônjuges que os apreciem
e os tratem com ternura, amor e respeito,
e filhos tão excepcionalmente maravilhosos quanto v ês.
Se seus filhos forem como os meus, estarão de fato
abençoados.

Com todo o meu am
Mamãe/d.s.

Capítulo 1

Christianna estava à janela do quarto, olhando para a encosta sob forte chuva. Observava um imenso cachorro branco, com o pelo emaranhado e encharcado, cavar animadamente na lama. De vez em quando ele erguia os olhos para ela e balançava a cauda, e depois tornava a cavar. Era o cão dos Pireneus que seu pai lhe dera oito anos atrás. O nome dele era Charles e, de muitas maneiras, era seu melhor amigo. Ela riu enquanto observava ele perseguir um coelho, que o enganou e desapareceu rápido. Charles latiu freneticamente e depois patinhou alegremente pela lama, procurando alguma outra coisa para perseguir. Estava se divertindo bastante, assim como Christianna, que apenas assistia. Era fim de verão e o tempo ainda estava quente. Ela retornara a Vaduz em junho, depois de quatro anos de faculdade em Berkeley. Voltar para casa fora um choque, e a melhor coisa em seu retorno até agora era Charles. Exceto por primos na Inglaterra e na Alemanha, e conhecidos pela Europa, seu único amigo era Charles. Ela levava uma vida protegida e isolada, sempre vivera assim. Parecia improvável rever seus amigos de Berkeley.

Ao ver o cão desaparecer rumo aos estábulos, Christianna correu para fora do quarto, decidida a sair e segui-lo. Apanhou a capa de montaria e um par de botas de borracha, que usava para limpar a baia de seu cavalo, e desceu, apressada, a escada dos fundos. Ficou grata por ninguém notá-la, e logo depois estava lá fora, se equilibrando pela lama e indo atrás do cachorrão branco. Chamou-o pelo nome e ele veio em disparada num instante, quase a derrubando no chão. Balançou a cauda, respingando água por toda parte, pousou nela uma das patas enlameadas e, quando Christianna se abaixou para afagá-lo, deu-lhe uma lambida no rosto e depois saiu correndo enquanto ela ria. Juntos correram lado a lado pela trilha de montaria. O dia estava úmido demais para cavalgadas.

Quando o cachorro desviava da trilha, ela o chamava. Ele hesitava por apenas um instante e sempre retornava para ela em seguida. Geralmente era bem-comportado, mas a chuva o deixara agitado, pois corria e latia. Christianna estava se divertindo tanto quanto Charles. Depois de quase uma hora, ligeiramente sem fôlego, ela parou, com o cachorro ofegando muito ao seu lado. Então pegaram um atalho, e meia hora depois estavam de volta ao lugar de onde tinham partido. Tinha sido uma maravilhosa excursão tanto para a dona quanto para o cão, e cada um parecia tão censurável e desgrenhado quanto o outro. O longo cabelo loiro, quase branco, de Christianna estava emaranhado na cabeça, o rosto estava molhado e até os cílios estavam grudados. Ela nunca usava maquiagem, só quando precisava sair ou ser fotografada, e estava vestindo o jeans que trouxera de Berkeley. Era um suvenir da vida perdida. Havia adorado cada momento dos quatro anos na Universidade da Califórnia. Lutara arduamente para que sua ida para lá fosse permitida. Seu irmão tinha ido para Oxford, e o pai lhe sugerira a Sorbonne. Christianna fora firme quanto a estudar nos Estados Unidos, e o pai finalmente cedeu, mesmo com relutância. Ir para tão longe significava liberdade, portanto, ela tinha se deleitado com cada dia que viveu lá e odiou retornar para casa quando se formou em junho. Fizera amigos dos quais sentia imensa falta, eles eram parte de outra vida da qual sentia muita saudade. Tinha voltado para casa para encarar suas responsabilidades e fazer o que era esperado dela. Para Christianna, era como um fardo pesado, aliviado apenas em momentos assim, quando corria pelo bosque com seu cachorro. No restante do tempo, desde seu retorno, sentia-se como se estivesse numa cadeia, cumprindo prisão perpétua. Não havia ninguém a quem pudesse revelar isso, e tal fato a faria parecer ingrata por tudo o que possuía. O pai era extremamente gentil com ela. Havia percebido, mais do que visto, sua tristeza desde que voltara dos Estados Unidos. Mas não havia nada que ele pudesse fazer a esse respeito. Christianna sabia tão bem quanto ele que tanto sua infância quanto a liberdade desfrutada na Califórnia tinham chegado ao fim.

Charles olhou para sua dona com certa indagação conforme alcançavam o fim da trilha de montaria, como se perguntasse se realmente precisavam voltar.

— Eu sei — disse ela, com carinho, dando-lhe tapinhas —, também não quero voltar.

A chuva caía gentilmente sobre o rosto de Christianna, que, tanto quanto o cachorro, não se importava de ficar ensopada ou com a longa cabeleira loira encharcada. A capa a protegia, as botas estavam cheias de lama. Ela riu ao olhar para Charles, pensando que era difícil acreditar que aquele cachorro marrom de lama era realmente branco.

Ela precisava se exercitar, assim como o cachorro fizera. Charles abanava a cauda enquanto a fitava, e então, andando de forma mais calma, os dois seguiram para casa. Ela esperava se esgueirar pelos fundos, mas colocar Charles para dentro, naquela condição vergonhosa, seria um grande desafio. Estava imundo demais para ir para cima, portanto, ela teria que levá-lo pela cozinha. Ele precisava desesperadamente de um banho depois da caminhada na lama.

Abriu devagarzinho a porta da cozinha, esperando passar despercebida pelo máximo de tempo possível, mas, tão logo a abriu, o enorme cachorro enlameado passou correndo, disparando para o meio do cômodo e latindo com agitação. Deixando de lado a entrada discreta, Christianna deu um sorriso de lástima e olhou com ar culpado para os rostos familiares ao redor. As pessoas que trabalhavam na cozinha eram sempre tão gentis com ela, que às vezes desejava ainda poder se sentar entre eles, desfrutando da companhia e da atmosfera amigável, como fazia quando era criança. Mas aqueles dias também estavam acabados. Não era mais tratada como quando ela e seu irmão Friedrich eram crianças. Friedrich era dez anos mais velho e ficaria viajando pela Ásia pelos próximos seis meses. Christianna tinha completado 23 anos naquele verão.

Charles ainda estava latindo e, tendo se sacudido com entusiasmo, havia espirrado lama em praticamente todos ao seu redor, enquanto Christianna tentava em vão controlá-lo.

— Sinto muito — disse ela enquanto Tilda, a cozinheira, limpava o rosto com o avental, balançava a cabeça e sorria tranquila para a jovem que conhecia desde o nascimento. Acenou depressa para um rapaz, que se apressou em levar o cachorro embora.

— Acho que ele ficou bastante sujo — disse Christianna, sorrindo para o rapaz, desejando poder ela mesma dar banho no animal. Gostava disso, mas sabia que era improvável que lhe permitissem. Charles uivou com tristeza enquanto era levado embora. — Não me importo de dar banho nele... — falou, mas o cachorro já tinha sido levado.

— Claro que não, senhora — disse Tilda, franzindo o cenho e usando uma toalha limpa para secar o rosto de Christianna. Se ainda fosse criança, a cozinheira teria brigado dizendo que estava com a aparência pior que a do cachorro. — Quer alguma coisa para almoçar?

Christianna nem tinha pensado nisso, então balançou a cabeça.

— Seu pai ainda está na sala de jantar. Acabou de terminar a sopa. Posso mandar levar alguma coisa para você. — Christianna hesitou, depois assentiu.

Não o vira naquele dia e gostava dos momentos tranquilos que compartilhavam quando ele não estava trabalhando e tinha alguns minutos para si mesmo, o que era raro. Geralmente estava cercado de vários membros de sua equipe e com pressa de chegar às reuniões. Era um prazer para ele desfrutar uma refeição em paz, especialmente com a filha. Christianna apreciava o tempo que passavam juntos. Foi por ele que voltara de Berkeley de boa vontade. Não havia alternativa, embora adorasse a ideia de cursar pós-graduação só para poder ficar nos Estados Unidos. Não ousou pedir. Sabia que a resposta teria sido não. O pai a queria em casa. Ela sabia que teria que ser duplamente responsável porque seu irmão não o era minimamente. Se Friedrich estivesse disposto a aceitar suas responsabilidades, o fardo dela seria mais leve. Mas não havia qualquer esperança de que isso acontecesse.

Deixou a capa pendurada num gancho fora da cozinha e tirou as botas. Eram notavelmente menores que quaisquer outras por ali. Christianna tinha pés minúsculos e era tão pequena que parecia quase uma miniatura. Quando usava sapatos baixos, o irmão geralmente a provocava dizendo que parecia uma menininha, particularmente por causa do longo cabelo loiro, que ainda pendia molhado às costas. Possuía mãos delicadas, silhueta perfeita, em nada semelhante à de uma criança, e rosto de camafeu. As pessoas diziam que era parecida com a mãe, e um tanto parecida com o pai, que também era loiro, embora tanto ele quanto o irmão dela fossem bem altos, acima de 1,80m. A mãe era tão pequena quanto ela, mas morrera quando Christianna estava com 5 anos e Friedrich, com 15. O pai nunca casou outra vez. Christianna era a senhora da casa, e agora costumava ser a anfitriã do pai em jantares ou eventos importantes. Era uma das suas supostas responsabilidades, e apesar de não gostar, era um dever que cumpria amavelmente em consideração ao pai. Os dois sempre foram extremamente próximos. Ele sempre foi sensível ao fato do quanto fora difícil para ela crescer sem uma mãe. E, apesar dos muitos deveres, fez todos os esforços para ser tanto pai quanto mãe, nem sempre uma tarefa fácil.

Christianna subiu correndo a escada dos fundos vestindo jeans, suéter e meias. Chegou à despensa ligeiramente sem fôlego, assentiu para as pessoas ali e esgueirou-se para a sala de jantar. O pai estava sozinho à mesa, meditando sobre uma pilha de papéis, usando óculos, com um ar sério no rosto. Não ouviu Christianna entrar. Ergueu o olhar e sorriu quando ela deslizou na cadeira ao lado dele. Estava obviamente satisfeito por ver a filha, sempre ficava.

— O que andou aprontando, Cricky? — Ele a chamava assim desde que era uma menininha. Afagou-lhe com carinho a cabeça quando ela se inclinou para beijá-lo e notou o cabelo molhado. — Você estava lá fora na chuva. Estava cavalgando num tempo desses?

Preocupava-se com ela, mais do que com Freddy. Christianna sempre foi tão pequena que lhe parecia muito frágil. Desde que perdera a esposa para um câncer 18 anos atrás, tratava a filha como o inestimável presente que se tornara para eles ao nascer. Era muito parecida com a mãe. Sua falecida esposa tinha exatamente a idade que Christianna tinha agora quando se casaram. Era francesa, metade Orléans e metade Bourbon, as duas famílias reais da França, que era a monarquia dominante antes da Revolução Francesa. Christianna descendia de famílias reais de todos os lados. Os ancestrais do pai eram em sua maioria alemães, com primos na Inglaterra. A língua materna do pai era o alemão, embora ele e a esposa sempre falassem francês, pois era como ela falava com os filhos. Assim que ela se foi, para homenageá-la, o pai de Christianna continuou falando com os filhos em francês. Ainda era a língua com a qual Christianna se sentia mais confortável, a que preferia, embora também falasse alemão, italiano, espanhol e inglês. Esse último idioma tinha melhorado imensuravelmente durante os anos de faculdade na Califórnia, e ela era totalmente fluente agora.

— Não devia sair para cavalgar na chuva – disse ele, repreendendo-a, com carinho. — Vai pegar um resfriado, ou pior.

Sempre temeu até excessivamente que ela ficasse doente, admitia, desde a morte da esposa.

— Não estava cavalgando — explicou ela. — Só saí para correr com Charles.

Enquanto dizia isso, um criado pôs a sopa diante dela, no delicado Limoges de bordas douradas de 200 anos. O conjunto pertencera à avó francesa, e Christianna sabia que existiam muitos conjuntos de porcelana igualmente bonitos pertencentes aos ancestrais do pai também.

— Está muito ocupado hoje, papai? — perguntou Christianna, tranquila. Ele assentiu e empurrou os papéis para longe com um suspiro.

— Não mais que o comum. Tantos problemas no mundo, tantas coisas que não podem ser resolvidas. Os problemas humanos são tão complicados hoje em dia. As coisas não são mais simples.

O pai dela era bem famoso pelas preocupações humanitárias. Era uma das muitas coisas que Christianna admirava nele. Era um homem digno de respeito e estimado com grande afeição por todos que o conheciam. Era um homem de compaixão, integridade e coragem, e se tornara um exemplo poderoso a ser seguido por ela e pelo irmão. Christianna aprendia com seu exemplo e ouvia o que ele dizia. Freddy era mais indulgente consigo mesmo e não prestava atenção aos decretos, à sabedoria ou aos pedidos do pai. A indiferença de Freddy ao que se esperava dele fazia com que Christianna sentisse que devia cumprir deveres e sustentar tradições pelos dois. Sabia o quanto o pai se sentia desapontado com o filho, portanto, sentia que devia supri-lo. E, de fato, Christianna era muito mais parecida com o pai e sempre se interessava por seus projetos, particularmente aqueles que envolviam pessoas indigentes em países subdesenvolvidos. Fizera trabalho voluntário várias vezes em áreas pobres da Europa e nunca foi tão feliz como quando os realizava.

O pai explicou suas últimas empreitadas para ela, que ouvia com interesse e comentava de tempos em tempos. As ideias dela quanto ao assunto eram inteligentes e bem-pensadas, o pai sempre teve profundo respeito por seu intelecto. Só desejava que o filho tivesse sua inteligência e iniciativa. E sabia muito bem que Christianna achava estar desperdiçando seu tempo desde que voltara para casa. Ele tinha sugerido recentemente que ela considerasse estudar direito ou ciências políticas em Paris. Era uma maneira de mantê-la ocupada e exercitando a mente, e Paris era bem perto de casa. Ela tinha muitos parentes por lá, pela família da mãe, poderia ficar com eles e vir vê-lo com frequência. Embora fosse gostar, não existia a menor possibilidade de que pudesse ficar num apartamento sozinha, mesmo na idade dela. Christianna ainda estava refletindo sobre o plano dele, mas seu interesse era contribuir com algo útil que fizesse diferença para outras pessoas em vez de voltar aos estudos. Por insistência do pai, Freddy se formara em Oxford e possuía mestrado em administração por Harvard, que para nada lhe servia, dada a vida que levava. O pai teria permitido que Christianna estudasse algo mais esotérico, caso ela preferisse, embora fosse aluna excelente e uma moça muito séria, razão pela qual pensou que direito ou ciências políticas lhe cairiam melhor.

O assistente dele entrou se desculpando na sala de jantar quando terminavam o café e sorriu para Christianna. Era quase um tio para ela, pois trabalhara para seu pai durante sua vida inteira. A maioria das pessoas ao redor deles trabalhava para seu pai havia anos.

— Lamento interromper — disse o cavalheiro, com cautela. — Sua alteza tem um compromisso com o ministro das finanças em vinte minutos, mas há alguns relatórios novos sobre a moeda suíça que achei que desejaria ler antes de falar com ele. E nosso embaixador nas Nações Unidas estará aqui para vê-lo às 15h30.

Christianna sabia que o pai estaria ocupado até o jantar, e muito provavelmente a presença dele seria requisitada em algum evento oficial ou de Estado. Às vezes ia com ele, quando solicitada. Do contrário ficava em casa, ou aparecia sozinha em eventos similares. Em Vaduz não existiam noites casuais com os amigos, como acontecia em Berkeley. Agora só existia dever, responsabilidade e trabalho.

— Obrigado, Wilhelm. Estarei lá embaixo em alguns minutos — disse o pai dela tranquilamente.

O assistente se curvou com discrição diante dos dois e deixou a sala em silêncio, enquanto Christianna olhava para ele e suspirava, com o queixo nas mãos. Parecia mais jovem do que nunca, e um tanto preocupada, enquanto o pai a fitava e sorria. Era tão bonita, e uma moça muito boa. Ele sabia que as obrigações oficiais pesavam sobre ela desde seu retorno, como temia. As responsabilidades e o fardo que carregava não eram fáceis para uma moça de 23 anos. As inevitáveis restrições com que tinha que conviver a aborreciam, assim como havia acontecido com ele naquela idade. Também pesariam bastante sobre seu irmão quando ele retornasse na primavera, embora fosse muito mais talentoso para se esquivar das responsabilidades que o pai ou a irmã. A diversão era o único trabalho de Freddy agora, um emprego de tempo integral. Desde que saíra de Harvard, era indulgente consigo mesmo constantemente. Era tudo o que fazia, não tinha qualquer vontade de crescer ou mudar.

— Não fica cansado do que faz, papai? Fico exausta só de ver tudo o que você faz a cada dia. — As horas dele pareciam intermináveis, embora o pai nunca reclamasse. O senso de obrigação era parte de quem ele era.

— Eu gosto disso — respondeu com honestidade —, mas na sua idade não gostava. — Sempre era sincero com a filha. — Eu odiava, a princípio. Acho que cheguei a dizer ao meu pai que me sentia numa prisão, e ele ficou horrorizado. A pessoa se acostuma com o tempo. Você também vai, minha querida.

Não havia percurso alternativo para nenhum deles, exceto aquele que lhes fora imposto no nascimento, imposto séculos antes. Assim como o pai, Christianna aceitava sua sorte.

O pai de Christianna, o príncipe Hans Josef, era o príncipe soberano de Liechtenstein, um principado de 160 quilômetros quadrados, com 33 mil habitantes, limitado pela Áustria de um lado e pela Suíça do outro. Era inteiramente independente e permanecia neutro desde a Segunda Guerra Mundial. Essa neutralidade preparou o terreno para o interesse fraterno do príncipe pelas pessoas oprimidas e sofredoras ao redor do mundo. De todas as coisas que o pai fazia, as atividades humanitárias eram o que mais interessava a Christianna. A política mundial era seu menor interesse, mas a maior paixão do pai, nascida da necessidade. Freddy não tinha interesse em nada, apesar de ser o herdeiro do principado e ter de substituir o pai como governante um dia. Embora Christianna pudesse ser a terceira na linha sucessória ao trono em outros países europeus, as mulheres não podiam reinar em Liechtenstein. Então, mesmo que o irmão não assumisse seu lugar como príncipe soberano, Christianna nunca poderia governar seu país, e não possuía qualquer desejo de governá-lo, embora o pai gostasse de dizer com orgulho que ela seria muito capaz, mais até que o irmão. Christianna não invejava o papel que Freddy herdaria do pai um dia. Já tinha muitos problemas para aceitar o seu próprio papel. Sabia que a partir do dia em que retornasse da Califórnia, da faculdade, sua vida seria ali para sempre, cumprindo seus deveres e fazendo o que era esperado. Não havia dúvida nem escolha. Ela era como um belo cavalo puro-sangue com apenas um único trajeto a seguir, o de apoiar o pai, da forma mais discreta que podia. Na maioria dos casos, o trabalho que fazia parecia tremendamente inexpressivo. Era como se estivesse desperdiçando sua vida em Vaduz.

— Às vezes odeio o que faço — disse ela com honestidade, mas não estava dizendo ao pai nada que ele já não soubesse. O príncipe não tinha muito tempo para tranquilizá-la, já que teria uma reunião com o ministro das Finanças em poucos minutos, mas o ar angustiado nos olhos da filha lhe sensibilizou a alma. — Eu me sinto inútil aqui, papai. Como você disse, com tantos problemas no mundo, por que estou aqui, visitando orfanatos ou inaugurando hospitais, quando poderia estar em outro lugar, fazendo alguma coisa importante?

Parecia melancólica e triste quando o pai lhe tocou a mão.

— O que está fazendo é importante. Está me ajudando. Não tenho tempo para fazer o que faz por mim. Significa muito para o nosso povo vê-la em meio a eles. É exatamente o que sua mãe teria feito se ainda fosse viva.

— Ela fez isso por escolha — argumentou Christianna. — Sabia como seria a vida dela quando se casou com você. Era o que ela queria fazer. Eu sempre me sinto como se estivesse apenas vendo o tempo passar.

Os dois sabiam que se ela aceitasse os desejos do pai, acabaria se casando com alguém similarmente bem-nascido, e que se o marido fosse um príncipe soberano como o pai, ou um príncipe herdeiro como o irmão, tudo isso a prepararia para aquela vida. Sempre havia a remota possibilidade de se casar com alguém de menor estirpe, mas sendo Princesa Real por um lado e Sereníssima por outro, era mais do que improvável que se casasse com alguém que não fosse de berço real. Seu pai nunca permitiria. Pelo lado da mãe, todos os Bourbon e Orléans possuíam o título de realeza. A mãe de seu pai também fora uma Princesa Real. O príncipe soberano de Liechtenstein era Sereníssimo. Por nascimento, Christianna era as duas coisas, mas seu título oficial era "Sereníssima". Eram parentes dos Windsor na Inglaterra — a rainha da Inglaterra era prima em segundo grau —, e na família do príncipe Hans Josef estavam os Habsburgo, os Hohenlohe e os Thurn und Taxis. O principado em si era intimamente ligado à Áustria e à Suíça, embora não houvesse famílias reinantes por lá. Mas cada um dos parentes do príncipe Hans Josef, de Christianna e de Freddy, e dos ancestrais que os precederam, era de berço real. O pai dizia desde quando ela era uma menininha que, quando se casasse, ficaria dentro dos limites de seu mundo. Nunca lhe ocorreu fazer outra coisa.

O único momento na vida em que Christianna não foi afetada por seu status real em caráter diário foi quando estava na Califórnia, onde vivia num apartamento em Berkeley com um casal de guarda-costas. Ela só confessou a verdade às duas amigas mais próximas, que guardaram religiosamente seu segredo, assim como a administração da universidade, que também estava a par do assunto. A maioria das pessoas que conheceu por lá não fazia ideia de quem ela era, e Christianna amava isso. Tinha florescido naquele raro anonimato, livre das restrições e obrigações que considerava tão opressivas desde pequena. Na Califórnia, era "quase" uma universitária qualquer. Quase. Com dois guarda-costas e um pai que era príncipe soberano. Ela sempre era vaga quando as pessoas perguntavam que tipo de trabalho seu pai fazia. Por fim aprendeu a dizer que ele trabalhava com direitos humanos, ou relações públicas, às vezes política, tudo, em essência, verdadeiro. Nunca usou o título enquanto estava lá. De qualquer forma, poucas pessoas que conhecia pareciam saber onde Liechtenstein ficava, ou que possuía sua própria língua. Nunca contou às pessoas que seu lar era um palácio real em Vaduz, que fora construído no século XIV e reconstruído no século XVI. Christianna tinha amado a independência e o anonimato nos anos de faculdade. Agora tudo tinha mudado. Em Vaduz, ela era novamente a Princesa Sereníssima e tinha que suportar tudo que condizia ao título. Para ela, ser uma princesa era uma maldição.

— Gostaria de ir comigo à reunião com nosso embaixador na ONU hoje? — perguntou o pai, para tentar animá-la. Christianna suspirou e balançou a cabeça enquanto ele se erguia da mesa de jantar, gesto que ela imitou.

— Não posso. Tenho de ir à inauguração de um hospital. Não sei por que temos tantos hospitais. — Sorriu com melancolia. — É como se eu fosse a uma dessas inaugurações todos os dias. Era um exagero, claro, mas ela às vezes se sentia assim.

— Garanto que significa muito para eles ter sua presença lá — disse ele, e Christianna sabia disso. Só queria que houvesse algo mais útil para fazer, trabalhando com pessoas, ajudando-as, tornando suas vidas melhores de maneira concreta, em vez de colocar um chapéu bonito, um tailleur Chanel e as joias da falecida mãe, ou outras das que eram mantidas no cofre do Estado. A coroa que a mãe usara na coroação de seu pai ainda estava lá. O pai sempre dizia que Christianna a usaria no dia de seu casamento. E ela própria tinha ficado pasma por descobrir o quanto era pesada quando a experimentou, exatamente como as responsabilidades inerentes à peça. "Gostaria de ir comigo ao jantar em homenagem ao nosso embaixador na ONU hoje?", foi a oferta do príncipe Hans Josef enquanto recolhia os papéis. Não queria apressá-la, diante de sua óbvia tristeza, mas já estava atrasado.

— Precisa de mim lá? — perguntou Christianna educadamente, sempre respeitosa. Iria sem reclamar se ele dissesse que sim.

— Não exatamente. Só se você quiser. Ele é um homem interessante.

— Garanto que sim, papai, mas se não precisa de mim, prefiro ficar de jeans e subir para ler.

— Ou brincar no seu computador — brincou ele.

Christianna adorava mandar e-mails para os amigos nos Estados Unidos, e ainda se comunicava com eles com frequência, embora soubesse que, inevitavelmente, as amizades acabariam desaparecendo. A vida dela era muito diferente da deles. Ela era uma princesa completamente moderna, uma jovem impetuosa, e às vezes achava que o peso de quem era e do que se esperava dela parecia uma bola de ferro atada numa corrente. Sabia que Freddy sentia o mesmo. Vivia como um playboy nos últimos 15 anos, aparecia nos tabloides junto com atrizes e modelos de toda a Europa, às vezes com alguma jovem da realeza. Era por isso que atualmente estava na Ásia, para evitar a constante atenção pública e a imprensa. O pai o encorajara a tirar umas férias. Estava se aproximando o momento de Freddy sossegar. O príncipe não esperava menos da filha, já que não herdaria o trono. Mas também sabia o quanto ela estava entediada, razão pela qual queria que fosse para a Sorbonne em Paris. Até ele sabia que Christianna precisava de mais para fazer do que cortar faixas de inauguração de hospitais. Liechtenstein era um país pequeno, e sua capital, Vaduz, uma cidadezinha. Há pouco tempo sugerira que ela fosse para Londres visitar os primos e amigos. Agora que tinha concluído os estudos e ainda não estava casada, havia muito pouco com que ocupar seu tempo.

— Vejo você antes do jantar — disse o pai ao beijá-la no topo da cabeça. O cabelo dela ainda estava úmido, e Christianna o fitou com seus enormes olhos azuis. A tristeza neles despedaçava o coração dele.

— Papai, quero algo mais para fazer. Por que não posso me afastar como Freddy? — Ela soava melancólica, como qualquer garota de sua idade que quisesse uma grande concessão do pai, ou permissão para fazer algo que ele dificilmente aprovaria.

— Porque quero você aqui comigo. Eu sentiria muitas saudades se ficasse fora por seis meses. — De repente havia uma centelha de travessura nos olhos do pai. Tinha se comportado de maneira muito ousada quando a mãe de Christianna ainda estava viva, mas levava uma vida de responsabilidade e em família desde então. Não existia nenhuma mulher em sua vida desde que a mãe de Christianna morrera, embora muitas tivessem tentado. Hans Josef tinha se devotado inteiramente à família e ao trabalho. Era uma verdadeira vida de sacrifício, muito mais que a da filha. Mas Christianna também sabia que ele esperava o mesmo dela.

— No caso do seu irmão — ele sorriu para a jovem —, é um grande alívio que ele às vezes desapareça. Você sabe como ele sempre provoca escândalos.

Christianna riu alto. Freddy tinha um dom para entrar em confusão e ser pego pela imprensa. O adido de imprensa tinha um trabalho de tempo integral para encobrir os passos de Freddy desde seus dias em Oxford. Aos 33, completara 15 anos sendo um item quentíssimo para a imprensa. Christianna só aparecia nas notícias de jornais e revistas em ocasiões oficiais com o pai, ou quando inaugurava hospitais e bibliotecas.

Houve apenas uma fotografia dela na revista *People* durante todo o tempo em que esteve na faculdade, tirada enquanto assistia a um jogo de futebol americano com um de seus primos reais britânicos, algumas na *Harper's Bazaar* e na *Vogue*, e uma adorável na *Town and Country*, em que ela estava trajando um vestido de baile, num artigo sobre jovens da realeza. Christianna era discreta, o que agradava ao pai. Freddy era uma história completamente diferente, mas ele era um garoto, como o príncipe Hans Josef sempre apontava. Mas tinha avisado ao filho que, quando retornasse da Ásia, não haveria mais aventuras com supermodelos ou escândalos com atrizes, e que se ele continuasse a chamar a atenção para si mesmo, o pai cortaria sua mesada. Freddy tinha entendido a questão e prometera se comportar quando voltasse. Porém, não estava com pressa de retornar.

— Vejo você à noite, querida — disse o príncipe Hans Josef enquanto lhe dava um caloroso abraço, deixando depois a sala de jantar enquanto todos os criados pelos quais passava se curvavam.

Christianna voltou para o próprio apartamento no terceiro andar do palácio real. Ela possuía um quarto bonito e espaçoso, um quarto de vestir, uma bela sala de estar e um escritório. Sua secretária estava à espera, e Charles estava deitado no chão. Havia sido banhado, enfeitado e penteado, e em nada parecia com o cachorro com o qual correra pelo bosque naquela manhã. Parecia tremendamente desanimado e um tanto deprimido por causa de seja lá o que tivessem feito para limpá-lo. Odiava tomar banho. Christianna sorriu ao dar uma olhada nele, sentindo que tinha mais em comum com o cachorro do que com qualquer outra pessoa no palácio, ou talvez no país inteiro. Gostava de ser penteada e enfeitada tanto quanto o animal. Estava muito mais feliz correndo com ele naquela manhã, ficando ensopada e coberta de lama. Acariciou-lhe um pouco e sentou-se à escrivaninha, enquanto a secretária erguia o olhar e sorria ao lhe entregar a temida programação. Sylvie de Maréchale era uma suíça de Genebra, com quase 50 anos, cujos filhos tinham crescido e partido. Dois moravam nos Estados Unidos, um, em Londres, e outro, em Paris, e nos últimos seis anos ela vinha cuidando de tudo para

Christianna. Estava gostando muito mais do trabalho agora que a princesa estava em casa. Fazia o estilo maternal e acolhedor, e era alguém com quem Christianna podia ao menos conversar, e, se necessário, reclamar sobre a chatice de sua vida.

— Vai inaugurar um hospital infantil hoje às 15 horas, Alteza, e fazer uma parada num lar de idosos às 16 horas. Deve ser uma parada bem curta, e a senhora não precisará fazer um discurso em nenhum dos dois lugares. Só algumas palavras de apreciação e agradecimento. As crianças no hospital lhe entregarão um buquê. — Ela possuía uma lista das pessoas que a escoltariam, e os nomes das três crianças escolhidas para presenteá-la com o buquê. Ela era impecavelmente organizada e sempre fornecia a Christianna todos os detalhes essenciais. Quando necessário, viajava com ela. Em casa, ajudava a organizar pequenos jantares com pessoas importantes que a jovem devia entreter a pedido do pai, ou jantares maiores para chefes de Estado. Tinha coordenado uma casa impecável por anos e agora estava ensinando Christianna a coordenar a dela, com todos os pormenores e a atenção aos detalhes que fazia com que cada evento transcorresse bem. Suas instruções eram exatas, seu bom gosto, magnífico, e a gentileza com a jovem empregadora, sem limites. Era a assistente perfeita para uma jovem princesa, além de possuir um ótimo senso de humor que levantava o ânimo de Christianna quando os deveres pesavam demais.

— Vai inaugurar uma biblioteca amanhã — disse gentilmente, sabendo o quanto Christianna estava cansada de fazer coisas assim, apesar de estar em casa há apenas três meses. O retorno de Christianna a Vaduz ainda lhe parecia uma sentença de prisão. — Terá que fazer um discurso amanhã — avisou —, mas conseguiu escapar hoje. — Christianna parecia pensativa, refletindo sobre a conversa com o pai. Ainda não sabia para onde, mas queria se afastar. Talvez depois que Freddy voltasse, para que o pai não se sentisse tão sozinho. Sabia que ele tinha odiado sua ausência. Amava e apreciava os filhos, e sendo príncipe ou não, apreciava sua família mais do que qualquer coisa, assim como amava seu casamento, e ainda sentia falta da esposa. — Quer que eu escreva o discurso de amanhã? — ofereceu-se Sylvie. Ela já tinha feito isso antes e era boa. Mas Christianna balançou a cabeça.

— Eu mesma faço. Posso escrever à noite. — Isso lhe lembrava das tarefas de casa na época de faculdade. Achava que até disso sentia falta agora, e era algo para se fazer.

— Vou deixar os detalhes da nova biblioteca numa folha sobre sua escrivaninha — disse Sylvie, que então olhou para o relógio, surpresa com a hora. — Melhor se vestir. Você tem que sair em meia hora. Tem alguma coisa que eu possa fazer? Ou pegar para a senhora?

Christianna balançou a cabeça. Sabia que Sylvie estava se oferecendo para apanhar joias no cofre, mas tudo o que Christianna sempre usava eram as pérolas da mãe e os brincos que faziam parte do conjunto, todos presentes que a mãe recebera do príncipe Hans Josef. Usá-las significava muito. E sempre agradava o pai ver Christianna usando as joias da mãe. Com um aceno de cabeça para Sylvie, ela foi se trocar, e Charles se levantou para acompanhá-la.

Meia hora depois, Christianna estava de volta ao escritório, parecendo uma princesa em cada centímetro de seu tailleur Chanel azul-claro com uma flor branca e uma fita preta no pescoço. Estava carregando uma bolsinha de crocodilo preta que o pai comprara em Paris, que combinava com os sapatos de crocodilo pretos, as pérolas e os brincos da mãe, e um par de luvas infantis preso ao bolso do tailleur.

Parecia elegante e jovial, com seu longo cabelo loiro puxado para trás num suave rabo de cavalo. Estava impecável ao sair do Mercedes sedã diante do hospital e foi calorosa e graciosa ao cumprimentar o diretor do estabelecimento e seus administradores. Pronunciou algumas palavras de agradecimento, reconhecendo o trabalho que fariam ali. Parou para conversar e apertar as mãos de todas as pessoas que transbordavam nos primeiros degraus para vê-la. Todos se maravilhavam com sua beleza, com sua aparência jovem e estimulante, com a elegância do tailleur, com seus modos modestos, e com o quanto era despretensiosa. Como sempre fazia quando em aparições públicas, representando o pai e o palácio, Christianna esforçava-se consideravelmente para causar uma boa impressão em todos que a conheciam, e conforme se afastava para ir embora, todos parados lá fora acenavam, assim como ela, que usava suas impecáveis luvas infantis brancas. A visita ao hospital fora um completo sucesso para todos.

Christianna recostou a cabeça no assento por um minuto enquanto seguiam para o lar de idosos, pensando nos rostos das crianças que acabara de beijar. Tinha beijado outras centenas como aquelas desde que assumira seus deveres em junho. Era difícil acreditar, e ainda mais difícil aceitar, que era o que faria pelo resto da vida – cortar fitas, inaugurar hospitais, bibliotecas e centros geriátricos, beijar crianças e senhoras, apertar as mãos de dúzias de pessoas, depois se afastar e acenar. Não pretendia ser ingrata por suas bênçãos, ou desrespeitosa com o pai, mas odiava cada instante daquilo.

Sabia muito bem que era sortuda de diversas formas. Mas ao pensar nisso, no quanto sua vida estava se tornando fútil e continuaria a ser assim ao longo dos anos, ficava profundamente deprimida. Os olhos ainda estavam fechados quando estacionaram diante do centro geriátrico, e quando o guarda-costas que a acompanhava por toda a parte lhe abriu a porta, viu duas lágrimas rolarem vagarosamente por suas bochechas. Com um sorriso para ele e para as pessoas que a aguardavam com ares de animação e expectativa, e a mão coberta pela luva, ela secou as lágrimas.

Capítulo 2

O príncipe Hans Josef parou no apartamento de Christianna naquela noite, depois do jantar para o embaixador. Fora uma festa elegante para quarenta pessoas na sala de jantar do palácio e embora ele fosse gostar da presença dela lá, Christianna não fez falta alguma. Ele havia convidado uma velha amiga para ajudá-lo a recepcionar o evento. Tinham frequentado a escola juntos anos atrás, ela era viúva, e ele a considerava uma irmã. Ela era madrinha de Freddy e amiga da família há anos. Era uma baronesa austríaca e o ajudara a manter a conversa espirituosa, nem sempre uma tarefa fácil em eventos oficiais.

Assim que chegou ao apartamento de Christianna, o pai encontrou a porta aberta. Pôde vê-la no chão da sala de estar, com os braços ao redor do cachorro, escutando a música que trouxera dos Estados Unidos em volume máximo. O cachorro dormia profundamente apesar do barulho. O príncipe sorriu ao vê-los e entrou em silêncio na sala. Christianna ergueu o olhar e sorriu quando notou que era observada.

— Como foi o jantar? — perguntou Christianna. Ele parecia distinto e alto no smoking. Ela sempre se orgulhou do fato de ele ser um homem tão bonito. Era a verdadeira epítome do belo príncipe, e, além disso, um homem profundamente sábio e gentil, que a amava mais do que à vida em si.

— Nem de perto tão interessante como teria sido se você estivesse lá, minha querida. Creio que teria achado muito tedioso. — Nisso estavam de pleno acordo. Ela estava contente por não ter ido. Suas duas funções oficiais naquela tarde, no hospital e no centro geriátrico, tinham sido suficientes. — O que vai fazer amanhã?

— Inaugurar uma biblioteca, e depois vou ler livros para crianças cegas, num orfanato.

— Que coisa boa a se fazer.

Ela o encarou por um longo tempo e não fez comentários. Os dois sabiam que estava tremendamente entediada e ansiava por algo mais importante para fazer. Christianna agora podia ver a vida se estendendo à sua frente, como uma estrada infinita, desoladora e quase intolerável. Nenhum dos dois tinha previsto o quanto seria difícil seu ajustamento assim que chegasse em casa. Isso agora o fazia lamentar que tivesse permitido que ela fosse estudar na Califórnia. Talvez Freddy estivesse certo. Por mais irresponsável que fosse com a própria vida, ele sempre fora extremamente protetor com Christianna. E sabia o que a experiência de uma vida mais livre poderia fazer com ela. No fim, havia acontecido.

Christianna não se sentia mais adequada à vida para a qual nascera. Era como um belo cavalo de corrida preso numa baia pequena demais. Olhando para a filha, o pai estava profundamente ciente de que ela parecia com qualquer outra jovem, escutando música altíssima em seu aparelho de som. Mas os dois sabiam muito bem que ela não era uma jovem comum. Tudo o que Hans Josef podia fazer era esperar que ela logo se esquecesse do sabor inebriante da liberdade à qual se tornara viciada nos Estados Unidos. Era sua única esperança. Caso contrário, ela ficaria triste por um longo tempo. Ou mesmo pelo resto da vida, o que seria um destino terrível.

— Gostaria de ir ao balé comigo em Viena na sexta à noite? — perguntou o pai com tom solene, tentando desesperadamente pensar em coisas que ela pudesse gostar de fazer, para animar sua vida solitária. Liechtenstein possuía laços fortes tanto com a Suíça quanto com a Áustria, e o príncipe frequentemente ia a Viena para a ópera ou o balé. Até pouco antes da Segunda Guerra Mundial, os príncipes soberanos de Liechtenstein viviam em Viena. Quando os nazistas anexaram a Áustria em 1938, o pai de Hans Josef transferira a família e a corte de volta para a capital de Liechtenstein para velar pelo país por "Honra, Coragem e Bem-Estar", de acordo com as principescas "leis da casa". Viviam lá desde então. O pai de Christianna era a incorporação do código familiar de ética, e do juramento sagrado que fizera ao se tornar príncipe soberano.

— Talvez seja divertido — disse Christianna, sorrindo para o pai. Sabia o quanto ele estava se esforçando para fazê-la se sentir confortável de novo. Por mais que a amasse, suas mãos estavam atadas. Este era o tanto que podia fazer para aliviar sua dor. Para os outros, a vida deles poderia parecer um conto de fadas, mas Christianna era de fato o pássaro na gaiola do antigo provérbio. E o pai tinha começado a se sentir seu encarcerador. Não possuía nenhuma solução fácil disponível. Seria muito mais divertido quando o irmão voltasse da estadia estendida no Japão, mas ter Freddy de volta sempre trazia problemas de outra natureza. A vida no palácio era muito mais calma quando o jovem príncipe estava longe. Não houvera um escândalo para dissipar desde sua partida, para grande alívio de seu pai.

Hans Josef teve então outra ideia.

— Por que não vai visitar sua prima Victoria em Londres na semana que vem? — Talvez lhe fizesse bem sair. A jovem marquesa de Ambester era prima em primeiro grau da rainha, e exatamente da mesma idade de Christianna. Estava cansada de travessuras e diversões e tinha acabado de ficar noiva de um príncipe dinamarquês. O rosto de Christianna se iluminou tão logo ele sugeriu a ideia.

— Seria muito divertido, papai. Não se importaria?

— Nem um pouco. — Ele abriu um grande sorriso. Ficava contente por pensar que ela talvez se divertisse um pouco. Não havia nada de agitado para fazer em Liechtenstein. — Mandarei meu secretário providenciar isso pela manhã.

Christianna levantou-se depressa e pôs os braços no pescoço do pai, enquanto Charles resmungava, rolava e abanava a cauda.

— Fique com ela pelo tempo que desejar. — Não se preocupava que ela saísse de controle em Londres, como acontecia com o filho. Christianna era uma moça muito bem-comportada, que estava sempre consciente das responsabilidades para com sua posição e com o pai. Tinha se divertido em Berkeley por quatro anos, mas nem de longe chegou a perder o controle, pelo menos que o pai soubesse. Os dois devotados guarda-costas que a acompanharam em Berkeley conseguiram encobrir uma coisinha ou outra. Nada sério, mas, como qualquer garota na idade dela, mesmo da realeza, existiram alguns breves romances e uma noite ou duas de muita diversão com muito vinho envolvido, mas Christianna não causou qualquer prejuízo e jamais chamou a atenção da imprensa.

O pai lhe deu um beijo de boa-noite, e Christianna ficou mais um pouco deitada no chão, ouvindo música, depois se levantou e verificou os e-mails antes de ir para a cama. Tinha mensagens de suas duas amigas de faculdade, fazendo contato e perguntando como "estava indo sua vida de princesa". Elas adoravam provocá-la com isso. Tinham pesquisado Liechtenstein na internet e ficaram pasmas quando viram o palácio no qual a princesa vivia. Estava além de qualquer coisa que pudessem ter imaginado. Christianna prometeu visitá-las, mas no momento não tinha planos de fazê-lo. Além disso, sabia que agora seria diferente. Os dias de inocência e diversão sem compromisso estavam encerrados. Ou ao menos os dela estavam. Uma das amigas já estava trabalhando em Los Angeles e a outra estaria viajando com amigos durante o verão. Christianna não possuía outra escolha senão se conformar com a própria vida e tirar o melhor proveito dela. Tinha gostado da sugestão do pai de ver a prima em Londres.

Na manhã de sexta, seguiu para Viena com o pai. Tinham de atravessar os Alpes, e era uma viagem de seis horas até o antigo lar da família, o Palácio Liechtenstein em Viena. Era de uma beleza espetacular, e diferentemente do palácio em Vaduz, que era a residência principal deles, partes do palácio em Viena eram abertas ao público. A parte que ela e o pai ocupavam era fortemente vigiada e um tanto isolada. Seu apartamento lá era muito mais ornamentado que seus aposentos em Vaduz, que eram lindos, mas numa escala mais humana. No Palácio Liechtenstein, ela possuía um quarto enorme com uma imensa cama de dossel, espelhos e camadas de ouro por toda a parte e, no chão, um inestimável tapete Aubusson. Parecia um museu, com um imenso candelabro no teto, ainda iluminado por velas.

Os criados que conhecera pela vida inteira estavam esperando por eles lá. Uma antiga criada pessoal que servira sua mãe vinte anos atrás a ajudou a vestir-se, enquanto outra lhe preparou o banho e lhe trouxe algo para comer. Foi encontrar o pai nos aposentos dele exatamente às 20 horas usando um elegante vestido preto Chanel que comprara em Paris no ano anterior. Estava usando pequenos brincos de diamante, as pérolas da mãe e o anel que sempre usava, um *chevalière* com o brasão da família, no dedo mínimo da mão direita. Era o único símbolo que usava como sinal de seu berço real, e a menos que alguém estivesse familiarizado com o brasão, não era mais impressionante que qualquer outro anel de sinete. O brasão era entalhado num simples oval de ouro amarelo. Christianna não necessitava de símbolos indicando quem era, todos em Liechtenstein e na Áustria a conheciam, e a reconheciam quando a viam, assim como era reconhecida por toda a Europa. Era uma moça consideravelmente bonita e tinha aparecido o bastante com o pai para chamar a atenção da imprensa nos últimos anos. Seu breve desaparecimento nos Estados Unidos para estudar tinha sido percebido apenas como um hiato. Era fotografada sempre que retornava à Europa, não importava quão cuidadosamente evitasse. E, desde que voltara de vez, a imprensa andava a observá-la. Christianna era bem mais bonita que a maioria das princesas europeias e muito mais atraente porque era muito tímida, reticente e recatada. E essas características só causavam mais agitação nos jornalistas.

— Está linda esta noite, Cricky — disse o pai com afeição quando ela entrou em seu quarto e o ajudou com as abotoaduras. O criado pessoal estava a postos para auxiliá-lo, mas Christianna gostava de cuidar do pai, que a preferia. Fazia Hans Josef recordar dos dias em que a esposa estava viva, então sorriu ao fitar a filha. Ele, o irmão e os primos eram as únicas pessoas na Europa a chamá-la de Cricky, embora ela tivesse usado o apelido em Berkeley quando foi estudar. — Parece muito crescida — disse, sorrindo orgulhoso de Christianna, que riu.

— Sou crescida, papai.

Por ser tão pequena e delicada, sempre pareceu muito jovem para sua idade. De jeans, suéteres ou camisetas, aparentava ser uma adolescente em vez dos 23 anos que tinha. Mas no elegante vestido preto, com uma pequena estola de vison no braço, mais parecia a miniatura de uma modelo em Paris. Era graciosa e ágil, a silhueta perfeitamente proporcional ao tamanho, e se movia com graça pelo quarto, enquanto o pai continuava a sorrir.

— Suponho que sim, minha querida, embora eu odeie pensar em você assim. Não importa quão velha seja, na minha mente, sempre será uma criança.

— Acho que Freddy pensa em mim assim também. Sempre me trata como se eu tivesse 5 anos.

— Para nós, você tem — disse o príncipe Hans Josef com benevolência. Era como qualquer outro pai, particularmente um que fora obrigado a criar os filhos sem uma esposa. Tinha sido pai e mãe para os dois. Ambos concordavam que tinha feito um trabalho notável, sem falhar com eles nenhuma vez. Conseguia fazer malabarismo entre os deveres com o Estado e os de pai com afeição, paciência, sabedoria e abundância de amor. Consequentemente, os três membros imediatos daquela família eram extraordinariamente próximos. E mesmo que Freddy se comportasse mal na maior parte do tempo, tinha um profundo amor pelo pai e pela irmã.

Christianna tinha falado com o irmão no Japão naquela semana. Ele ainda estava em Tóquio e se divertindo muito. Andava visitando templos, museus, santuários e ótimos, porém caríssimos, clubes noturnos e restaurantes. Freddy tinha sido convidado do príncipe herdeiro nas primeiras semanas, o que lhe fora muito restritivo, mas agora estava viajando por conta própria, com assistentes, um secretário, um criado pessoal e guarda-costas, claro. Era preciso pelo menos aquela quantidade de pessoas para manter Freddy sob controle moderado. Christianna sabia como ele era. Contou a ela que as garotas japonesas eram muito bonitas, e que em seguida iria para a China. Ainda não tinha planos de voltar para casa, mesmo que em visita, até a primavera. Isso lhe parecia uma eternidade. Enquanto ele estivesse fora, não havia ninguém sequer perto de sua idade para conversar em casa. Compartilhava suas mais profundas confidências com o cachorro. Podia conversar com o pai, claro, sobre coisas importantes, mas, para as brincadeiras comuns que ocorriam entre os jovens, ela não tinha ninguém mesmo. Nunca teve amigos de sua idade quando era criança, o que tornara Berkeley ainda mais maravilhosa.

Christianna e o pai chegaram ao balé na limusine Bentley guiada pelo motorista, acompanhado por um guarda-costas, na qual vieram mais cedo de Vaduz. Havia dois fotógrafos esperando do lado de fora, discretamente avisados de que o príncipe Hans Josef e a princesa compareceriam à apresentação daquela noite. Christianna e o pai não pararam para falar com eles, mas sorriram agradavelmente ao entrar, sendo cumprimentados no lobby pelo diretor do balé em pessoa, que os guiou para os assentos no camarote real.

Foi uma linda apresentação de *Giselle*, que agradou a ambos. O pai adormeceu por alguns minutos no segundo ato, e Christianna gentilmente colocou a mão no braço dele. Sabia o quanto os deveres às vezes pesavam sobre seu pai. Ele e seu avô tinham transformado o país de centro agricultor numa importante força industrial com economia sólida e alianças internacionais relevantes, como aquela com a Suíça, que beneficiava a todos. Hans Josef encarava as responsabilidades com seriedade, e o país florescera economicamente durante seu reinado. Além disso, ele gastava considerável parte de seu tempo com interesses humanitários. Por ocasião da morte da esposa, estabelecera uma fundação em sua memória, e a Fundação Princesa Agathe prestara uma enorme quantidade de bons serviços em países subdesenvolvidos. Christianna planejava falar com o pai sobre isso. Estava ficando cada vez mais interessada em trabalhar para a fundação, embora ele a tivesse desencorajado a princípio. Não queria permitir que se juntasse aos trabalhadores *in loco* em lugares perigosos. Christianna queria ao menos visitá-los, talvez trabalhar no escritório administrativo se o pai permitisse, caso não fosse para a Sorbonne. Ele tinha deixado claro que preferia que ela desse continuidade aos estudos. Ela tinha esperanças de que se começasse a trabalhar para a fundação no setor administrativo, talvez conseguisse convencer o pai a deixá-la fazer viagens com os diretores de vez em quando. Era exatamente a sua praia. A fundação era a mais próspera e generosa da Europa, em grande parte financiada pela própria fortuna de seu pai, em memória à falecida esposa.

Retornaram ao Palácio Liechtenstein pouco antes da meia-noite. A governanta tinha chá e sanduichinhos esperando por eles, e Christianna e o pai conversaram enquanto comiam, falando sobre a apresentação. Também iam com frequência assistir a óperas, e sinfonias. Viena ficava bem perto e oferecia o descanso de suas rotinas normalmente sérias, e o príncipe Hans Josef adorava essas pequenas viagens com a filha.

Ele a encorajou a fazer umas compras na manhã seguinte. Christianna comprou dois pares de sapato e uma bolsa, mas estava guardando energia para Londres. O tipo de coisa que comprava em Viena era o que vestia em aparições e cerimônias formais, como o corte de fitas. As roupas que comprava em Londres eram o que vestia em casa em Vaduz, ou em sua vida particular, quando tinha uma, o que não acontecia no momento. Tinha passado os últimos quatro anos vestindo jeans, e sentia falta disso agora que estava em casa. Sabia que o pai não queria que ela saísse de casa usando jeans, a menos que estivesse passeando pelo campo. Christianna tinha de pensar dez vezes antes de fazer qualquer coisa — o que dizer, o que vestir, aonde ir, com quem, até ao tecer comentários casuais em público que pudessem ser ouvidos e mal interpretados depois. Aprendera ainda bem menina que não existiam coisas como privacidade ou liberdade para a filha de um príncipe soberano. Seria facílimo constrangê-lo ou causar uma difícil situação diplomática caso ofendesse alguém. Isso era algo de que Christianna estava profundamente ciente, e fazia muito esforço para respeitar, por amor ao pai. Freddy era muito mais casual a esse respeito, para grande desgosto de todos, quando se encontrava em meio a situações embaraçosas, o que fizera com frequência até agora. Freddy simplesmente não pensava. Diferentemente dele, Christianna sempre pensava.

Também era muito interessada nos direitos femininos, o que era um assunto delicado em seu país. As mulheres só tinham direito a voto há pouco mais de vinte anos, desde 1984. Gostava de dizer que sua chegada lhes trouxera liberdade, já que o ano da emancipação delas era o de seu nascimento. Sob muitos aspectos, era um país ainda extremamente conservador, apesar das ideias bastante modernas do pai sobre economia e suas visões politicamente liberais. Mas ainda era um país pequeno, amarrado a tradições que existiam há nove séculos, e Christianna sentia o peso e o fardo de todas elas. Adorou a ideia de trazer consigo ideias novas dos Estados Unidos, de desenvolver mais oportunidades de trabalho para as mulheres, mas com apenas 33 mil súditos, e menos da metade de mulheres, pouquíssimas seriam afetadas pela percepção enérgica e jovial de Christianna. Mesmo assim, queria tentar. Até o fato de jamais poder herdar o trono era uma tradição arcaica. Em outras monarquias e principados, ela seria tão elegível ao governo quanto Freddy, embora herdar o trono fosse a última coisa que quisesse. Não tinha desejo de reinar, mas acreditava que a tradicional discriminação era, por princípio, inapropriada em um país moderno. Mencionava isso aos 25 membros do Parlamento de seu pai sempre que os via, assim como a mãe os perseguira para que dessem às mulheres o direito ao voto. Entravam aos pouquinhos no século XXI, mas isso estava sendo devagar demais para Christianna, às vezes até para seu pai, embora ele fosse menos rebelde que ela. Ideologicamente, Hans Josef ainda guardava profundo respeito pelas velhas tradições, mas possuía o triplo de sua idade, o que inevitavelmente fazia diferença.

Conversaram sobre a viagem a Londres no carro, no caminho de volta para Vaduz. O pai levara uma maleta estufada de papéis para ler durante a viagem, mas o trajeto era longo o bastante para que tivesse tempo para conversar com Christianna também. Ela visitaria Victoria na terça-feira. Sugeriu cautelosamente ir sozinha, sem guardas, mas o pai foi inflexível. Sempre preocupado com alguma potencial violência, queria que levasse pelo menos dois guarda-costas consigo, senão três.

— Que bobagem, papai — reclamou ela. — Só tive dois em Berkeley, e você sempre disse que nos Estados Unidos era muito mais perigoso. Além disso, Victoria tem seu próprio guarda-costas. Só preciso de um.

— Três — disse ele com firmeza, fazendo cara feia. Odiava sequer a chance mais remota de colocá-la em perigo. Preferia ser excessivamente cauteloso a ser indiferente.

— Um — barganhou Christianna, e, desta vez, o pai riu.

— Dois, e é minha oferta final. Do contrário, fica em casa.

— Tudo bem, tudo bem — cedeu ela. Sabia que o irmão tinha três guarda-costas consigo no Japão, e um quarto por precaução. Outras famílias reais às vezes viajavam com menos guarda-costas, mas por ser de conhecimento público que a família e o país eram imensamente ricos, isso os colocava em maior risco. Tinha a ver com riqueza, tanto quanto com quem eram, talvez até mais. O maior medo do príncipe sempre foi que um de seus filhos fosse sequestrado, e por isso era excepcionalmente cauteloso. Christianna havia muito se conformara com isso, assim como Freddy. Ele usava os guarda-costas como mensageiros, quando de bom humor, e para tirá-lo das confusões que criava, geralmente com mulheres, ou ajudá-lo a escapar de um clube noturno já tarde da noite quando estava bêbado demais para andar. Christianna tinha menos uso para os dela, pois se comportava muito melhor, e possuía um relacionamento confortável e amigável com eles, que gostavam muito dela e eram bem protetores. Mas ainda preferia sair sozinha, e quase nunca podia. O pai simplesmente não permitia, com boa razão quanto a alguns países. Ele nem pensaria em deixá-la viajar para a América do Sul, embora ela sempre quisesse ir lá. Eram inúmeras as histórias sobre sequestros de ricos e poderosos, e uma Princesa Sereníssima provida de vasta fortuna seria uma chance à qual não poderiam resistir. O príncipe Hans Josef preferia não colocar a tentação no caminho deles sob a forma da filha. Ele a obrigava a limitar suas viagens aos Estados Unidos e à Europa, e ele mesmo a levara a Hong Kong, local que Christianna amara. Disse que queria viajar para a África e a Índia em seguida, o que o fez estremecer. No momento, ele estava aliviado por Christianna se dar por satisfeita com uma semana em Londres, hospedando-se com a prima. Isto era o mais exótico que queria para ela, exótico o bastante. A jovem marquesa era extremamente excêntrica, dada a um comportamento escandaloso, e por vários anos teve um píton e um guepardo como bichinhos de estimação. O príncipe tinha proibido expressamente que ela os levasse para Vaduz. Mas sabia que Christianna se divertiria com ela, e também sabia o quanto ela precisava disso.

Chegaram ao palácio em Vaduz naquela noite depois das 22 horas. O assistente do príncipe estava esperando por ele. Mesmo àquela hora, Hans Josef tinha trabalho a fazer. Ele faria uma ceia tardia à escrivaninha, e Christianna decidiu pular aquela refeição. Estava cansada da viagem e foi procurar Charles na cozinha, onde dormia profundamente perto do fogão. Animou-se imediatamente quando ouviu os passos dela. Subiram juntos para o andar superior, onde sua criada pessoal estava tranquilamente sentada, esperando por ela, e se ofereceu para preparar um banho.

— Não precisa, Alicia — disse Christianna com um bocejo. — Acho que vou direto para a cama.

A cama já estava pronta, impecável, e esperando por ela. Havia um grande brasão bordado nos lençóis. E não havia mais nada para a mulher fazer, então ela se retirou com uma reverência, para grande alívio de sua senhora. Christianna havia mentido ao dizer que ia para a cama. Tinha intenção de tomar um banho, mas queria prepará-lo sozinha. Preferia ficar assim em seus aposentos.

Depois que a criada pessoal saiu, Christianna se despiu e andou pelo quarto com roupas íntimas, indo verificar os e-mails no pequeno e elegante escritório, que era todo ornamentado com belas sedas azul-claras. O quarto e o closet eram de cetim cor-de-rosa. O quarto fora de sua tataravó, e Christianna vivia nele desde o nascimento com sua babá, até ela se aposentar.

Não tinha nenhum e-mail dos Estados Unidos naquela noite, só uma breve mensagem de Victoria, que dizia o quanto se divertiriam naquela semana. Planejara toda sorte de travessuras, indicou misteriosamente, o que fez Christianna rir. Conhecendo Victoria, estava certa de que sim. Não tinha dúvida disso.

Ela voltou para o quarto, ainda de roupas íntimas, e finalmente foi tomar banho. Vagar por ali sem mais ninguém era um grande luxo e sua única liberdade. Sempre havia criados, criadas pessoais, assistentes, secretárias e guarda-costas ao seu redor. A privacidade era um raro presente, e ela desfrutava de cada minuto. Por um momento, era como se estivesse em Berkeley, embora o ambiente certamente fosse bem diferente. Mas era a mesma sensação de paz e liberdade, de poder fazer o que quisesse, mesmo que isso significasse tomar um banho e ouvir sua música predileta.

Pôs alguns CDs de seus dias de estudante para tocar, deitou na cama por um instante enquanto esperava sua imensa e antiga banheira encher e fechou os olhos. Se fizesse bastante esforço, quase poderia se sentir de volta a Berkeley... quase... mas não exatamente... Pensando nisso, quis abrir as asas e voar, retroceder o relógio. Seria tão maravilhoso se pudesse. Mas aqueles paradisíacos dias de liberdade haviam acabado. Ela estava ali agora. Para seu grande desgosto, estava crescida. Berkeley não era mais do que uma lembrança. E ela seria uma Princesa Sereníssima para sempre.

Capítulo 3

Bem cedo na ensolarada manhã de terça-feira, Christianna deixava o palácio em Vaduz rumo a Londres e parou para ver o pai quando se encaminhava para sair. Hans Josef já estava trabalhando no escritório, verificando uma pilha de pastas com ar de preocupação. Ele e seu ministro das Finanças pareciam estar numa séria discussão, e nenhum deles parecia satisfeito com o resultado. Caso fosse ficar em casa, teria perguntado a respeito daquilo ao pai à noite. Adorava ouvir sobre suas diretrizes e decisões, as mudanças de cargo e as questões econômicas que apareciam. Era a única razão pela qual teria concordado em estudar ciências políticas na Sorbonne, mas ainda não tinha se decidido. Adorava a ideia de sair de Vaduz, mas não estava entusiasmada em voltar a estudar, mesmo em Paris. Queria fazer algo mais importante pela humanidade. Atualmente se sentia mais atraída pela fundação que pela Sorbonne.

— Divirta-se — disse o pai calorosamente. Ele e o ministro tinham interrompido a discussão no momento em que ela entrou na sala. O ministro das Finanças não fazia ideia de quanto o pai compartilhava com ela. Estava muito mais inteirada do funcionamento interno do principado que o irmão, e muito mais atenta. Tudo o que Freddy queria era dirigir carros velozes e perseguir garotas, ou mulheres mais ligeiras que suas Ferraris. —

Dê lembranças minhas à nossa prima. O que você e Victoria planejaram fazer, ou será que nem devo perguntar? — brincou, com um sorriso adorável.

— Provavelmente não. — Ela sorriu também. Mas o pai não estava preocupado. Qualquer que fosse a travessura que Victoria tivesse guardada, sabia que Christianna era uma garota muito sensata. Não estava nem um pouquinho preocupado com isso.

— Estarei de volta em uma semana, papai. Ligo hoje à noite.

Ele sabia que a filha ligaria. Christianna sempre fazia o que dizia, desde quando era criança.

— Não se preocupe comigo. Apenas se divirta. Que pena — disse então Hans Josef, fingindo lamentar. — Vai perder um jantar na sexta à noite.

Sabia o quanto ela achava estes jantares chatos.

— Quer que eu volte? — perguntou Christianna com seriedade, sem mostrar o desapontamento no rosto. Se o pai quisesse, voltaria, embora fosse ficar decepcionada por encurtar a visita a Londres. Para ambos, responsabilidade e dever eram o nome do jogo, o código pelo qual viviam.

— Claro que não, menina boba. Eu nem sonharia com isso. Fique mais tempo, se quiser.

— Talvez eu fique — disse ela, parecendo esperançosa. — Não se importaria?

— Fique quanto tempo quiser — assegurou, enquanto Christianna o abraçava outra vez e apertava a mão do ministro educadamente. Então, com um último aceno para o pai, partiu.

— É uma moça adorável — comentou o ministro ao retomarem o trabalho.

— Obrigado — disse Hans Josef com orgulho. — Sim, ela é.

O motorista levou Christianna ao aeroporto em Zurique com seus dois guarda-costas, e quatro seguranças a acomodaram no avião.

Uma vez a bordo, ficou óbvio que alguém importante estava viajando, pois todas as aeromoças pareciam estar zumbindo ao seu redor. Ofereceram champanhe, que Christianna rejeitou e, logo após a decolagem, serviram-lhe uma xícara de chá. Um dos guarda-costas estava sentado ao lado dela, o outro, do outro lado do corredor. Durante o trajeto, leu um livro sobre a aplicação de políticas econômicas que seu pai recomendara. E uma hora e meia mais tarde aterrissaram no aeroporto de Heathrow, onde uma limusine a aguardava. Passou direto pela alfândega, sem nada a declarar, e dois seguranças do aeroporto se uniram aos guarda-costas para levarem-na à limusine. Partiram imediatamente e, menos de uma hora mais tarde, o carro estacionou diante da pequena e elegante casa de Victoria na Sloane Square. Victória era uma das poucas mulheres nobres em Londres que possuía uma enorme fortuna. Tudo, graças a sua mãe, uma americana que se casou pelo título e deixou para a filha uma vasta herança ao falecer dois anos antes. Victoria estava se divertindo fabulosamente com o dinheiro e não se importava nem um pouco quando as pessoas diziam que era mimada. Ela sabia que era e estava aproveitando tanto que nem se envergonhava do extravagante estilo de vida, sendo extremamente generosa com os amigos.

Ela mesma abriu a porta para Christianna. Estava de jeans, camiseta, salto alto de crocodilo vermelho, imensos brincos de diamante e uma impressionante tiara ligeiramente torta sobre os brilhantes cabelos vermelhos. Deu um gritinho no instante em que viu a prima, enlaçou os braços sobre ela e a levou para dentro, enquanto os dois guarda-costas de Christianna traziam as malas e o mordomo os guiava ao andar superior.

— Você está *fabulosa* — disse a Christianna, enquanto a tiara escorregava lentamente até a orelha.

A princesa começou a rir.

— O que está fazendo com esta coisa na cabeça? Deveria ter trazido a minha? Vamos a algum lugar esta noite?

Christianna não conseguia pensar em nenhum lugar em que usaria uma tiara, exceto talvez num baile oferecido pela rainha. E Victoria nem tinha avisado sobre nada importante acontecendo.

— Me parece estupidez deixá-la repousando no cofre. Pensei em arranjar utilidade para ela. Eu a uso o tempo inteiro.

Aquilo era tão típico dela.

Victoria era selvagem, excêntrica e bela. Era extremamente alta, com quase 1,80m, e completamente destemida, ia a qualquer lugar com saltos de 15 centímetros, plataformas preferencialmente. Vestia-se com minissaia ou jeans, as saias eram tão curtas que quase pareciam cintos, e sempre estava envolta em blusas diáfanas que pareciam pender ou cair e estavam sempre escorregando para revelar um seio e a sedosa pele clara. Era uma jovem de aparência espetacular. Já tinha trabalhado um pouco como atriz e modelo, ficado cansada disso, e tentado pintura por algum tempo. Era realmente boa nisso, mas nunca se prendia a alguma coisa por muito tempo. Tinha acabado de ficar noiva de um príncipe dinamarquês, que todos diziam estar totalmente louco por ela, mas a conhecendo tão bem quanto conhecia, Christianna não estava inteiramente convencida de que o noivado duraria por muito tempo. Victoria já havia ficado noiva duas vezes, uma vez com um americano, e na segunda vez com um conhecido ator francês que a trocou por outra, o que Victoria disse ter sido incrivelmente rude. Contudo já estava de namorado novo na semana seguinte. Ela era de longe a pessoa mais excêntrica que Christianna conhecia, mas adorava passar um tempo com ela. Sempre se divertiam muito juntas. Ficavam acordadas a noite inteira, frequentavam festas e dançavam no Annabel's. Christianna sempre conhecia gente interessante por lá. Victoria também bebia muito e fumava charutos. Acendeu um enquanto elas se acomodavam na sala de estar, que era uma confusão de arte moderna e antiga. A mãe lhe deixara vários Picassos, e havia livros e objetos de arte por toda a parte. Christianna ficava empolgada apenas por estar ali com ela. Era o exato oposto de sua vida pacata com o pai em Vaduz. Estar perto de Victoria era como ver uma encenação circense na corda bamba. Nunca se sabe o que pode acontecer em seguida. Observá-la era de tirar o fôlego.

Tagarelaram por alguns minutos sobre os planos para a próxima semana. Victoria contou que o noivo estava na Tailândia numa viagem oficial, e ela parecia estar tirando plena vantagem disso, saindo todas as noites, embora alegasse para Christianna que estava perdidamente apaixonada por ele, e que aquele ia durar. Christianna não tinha tanta certeza. Victoria mencionou rapidamente que jantariam no Palácio de Kensington naquela noite, com vários de seus primos, e depois sairiam.

O telefone devia ter tocado dez vezes durante a conversa, e a própria Victoria atendia. Ela falava com entusiasmo, ria e brincava, enquanto dois pugs, quatro pequineses e um chihuahua corriam pela sala latindo. Não tinha mais o guepardo nem a cobra. Era um verdadeiro hospício, e Christianna adorava aquilo. Adorava visitá-la.

Victoria perguntou a Christianna sobre sua vida amorosa enquanto uma criada servia calmamente o almoço. Comeram ostras e salada, que era uma nova dieta à qual a magérrima ruiva disse ter aderido.

— Não tenho vida amorosa — disse Christianna, parecendo imperturbável. — Não há ninguém para sair comigo em Vaduz. Não me importo muito.

Houve alguém de quem gostava na Califórnia, mas tudo terminou quando ela voltou para casa. E não tinha sido nada sério, apenas uma boa companhia enquanto ela ainda estava por lá. Tinham se separado como bons amigos. Ele lhe dissera antes que partisse que essa "coisa de princesa" teria sido demais para ele. Também era demais para ela na maior parte do tempo. Era um fardo pesado com o qual se deve conviver.

— Vamos encontrar alguém fabuloso aqui. — A ideia de fabuloso para Victoria não era exatamente a mesma para Christianna, embora a prima conhecesse algumas pessoas muito interessantes, a maioria das quais bem divertidas, mas ninguém que Christianna levasse a sério. Geralmente era um grupo muito exótico. Victoria conhecia todas as pessoas importantes em Londres, e o restante morria de vontade de conhecê-la.

As duas jovens subiram depois do almoço. Uma das criadas de Victoria já havia desfeito as malas de Christianna e pendurado tudo direitinho no armário. O restante estava impecavelmente dobrado em gavetas. O quarto de visitas de Victoria era decorado com padrões de leopardo e zebra, com rosas vermelhas por toda parte. Tudo era feito em belos tecidos franceses, com pilhas de livros em cada mesa e uma imensa cama com quatro colunas. Ela tinha muito estilo e sempre conseguia unir coisas que ninguém mais conseguiria, e não apenas na decoração. Seu próprio quarto era feito em seda clara cor de lavanda, com um imenso cobertor de raposa branca sobre a cama. Tinha a aparência de um bordel caríssimo, mas apesar do gosto exuberante, ela era dona de antiguidades magníficas e tudo o que possuía era de qualidade impecável. Havia uma caveira de prata em tamanho real e um par de algemas de ouro repousando numa mesa próxima à cama. A mesa em si era totalmente feita de cristal e pertencera ao marajá de Jaipur.

Como prometido, foram jantar no Palácio de Kensington naquela noite. Vários dos primos nobres de Christianna estavam lá, e todos estavam contentes em vê-la. Não os via desde que regressara de Berkeley em junho. Depois foram a uma festa particular, pararam em dois clubes noturnos, Kemia e Monte's, e terminaram no Annabel's no fim da noite. Christianna tinha amado cada minuto, mas estava ficando cansada a esta altura. Victoria ainda estava animada, com a ajuda de uma considerável quantidade de drinques.

Eram 5 horas da manhã quando voltaram para a casa em Sloane Square, e as duas moças subiram lentamente a escada para ir para a cama. Os guarda-costas de Christianna ficaram com elas a noite inteira e tinham acabado de se retirar para seus quartos no último andar. Foi uma típica noite na vida de Victoria, uma noite da qual Christianna não se esqueceria por muito tempo. Visitar Victoria era sempre inesquecível, um grande contraste com a sonolenta Vaduz.

O resto da semana foi igualmente excitante, com festas, pessoas, compras, a inauguração de uma galeria e uma rodada constante de coquetéis, jantares e clubes noturnos, e inevitavelmente as duas jovens foram parar na imprensa. Victoria estava usando sua tiara e um sobretudo de leopardo. Christianna estava vestindo outro vestido elegante preto, com uma jaqueta de vison que comprara no dia anterior. Não sentiu que foi uma grande extravagância porque sabia que teria muitas oportunidades de vesti-lo quando voltasse para casa. O resto do que comprara era apenas por diversão, e teve que comprar outra mala para levar tudo para casa. No fim, ficou por dez dias e teria adorado ficar mais tempo. Mas se sentia culpada por deixar o pai sozinho. Parecia feliz e relaxada, deliciada com a visita do último dia, e odiava ter que retornar a Vaduz. Victoria a fez prometer que voltaria em breve. As festas para celebrar seu noivado ainda nem tinham começado. Estavam esperando seu noivo voltar da viagem prolongada.

Christianna não conseguiu deixar de imaginar se a família do noivo não o enviara para longe para tirá-lo das garras dela. Victoria não era exatamente a ideia de esposa ideal para um príncipe herdeiro, não importava o quanto ele estivesse louco por ela. Todos que a conheciam sabiam que não ia durar. Mas ela estava se divertindo, fazendo planos para o casamento, que seria presenciado por milhares. Era um casamento que Christianna definitivamente não queria perder. As duas primas se abraçaram e se beijaram em despedida e, tão logo chegou a Vaduz, Christianna teve que se vestir para o jantar oficial que o pai estava oferecendo naquela noite, para dignitários da Espanha. Era uma refeição formal na sala de jantar oficial, seguida de dança no salão de baile do palácio.

Ela se juntou ao pai num vestido de noite de chiffon branco e sandálias de salto alto prateadas que acabara de comprar em Londres. Como sempre, parecia delicada, elegante e requintada. Sorriu consigo mesma, pensando em Victoria, enquanto descia para se juntar ao pai. Imaginou o que ele teria dito se ela tivesse colocado uma tiara como a prima. Em Victoria, com os cabelos ruivos, e fumando charutos, ficava muito bem. Christianna se sentiria tola usando uma das tiaras do cofre, ou pelo menos, pretensiosa. Victoria usava a dela até no café da manhã, e sempre que saíam.

Christianna ainda não tinha visto o pai no curto tempo desde que chegara em casa. Tinha subido direto para se vestir, para que não se atrasasse para o jantar. E como sempre, estava ao lado dele precisamente na hora certa. Ele lhe sorriu com visível prazer. Estava animado por tê-la novamente e a abraçou no momento em que a viu.

— Divertiu-se em Londres? — perguntou ele com interesse, pouco antes dos convidados chegarem.

— Foi fantástico. Obrigada por me deixar ir.

Tinha ligado várias vezes para o pai, mas não ousava contar em detalhes o que estavam fazendo. Sabia que ele se preocuparia, mas tudo fora inofensivo. Tentar explicar faria tudo soar como um desvario. E a viagem tinha sido ótima. Melhor do que isso, tinha sido fabulosa. A prima fora uma perfeita anfitriã e garantiu que Christianna se divertisse durante cada minuto em que estivera lá.

— Acha que o noivado dela é sério dessa vez? — perguntou o pai, parecendo cético, e Christianna riu.

— Provavelmente tão sério quanto os outros. Ela diz que está louca por ele e está planejando o casamento. Mas ainda não vou comprar um vestido.

— Foi o que pensei. Não consigo imaginá-la como rainha da Dinamarca um dia, e garanto que seus futuros sogros também não conseguem. Devem estar aterrorizados. — Christianna gargalhou do comentário dele.

— Ela deve estar praticando usar a coroa. Usou uma das tiaras da mãe durante todo o tempo em que estive lá. Acho que está lançando uma nova moda.

— Eu devia ter enviado uma das suas — provocou ele. Sabia que Christianna nunca a teria usado.

Os convidados começaram a chegar em seguida, e foi uma noite séria, extremamente circunspecta. Christianna trabalhou bastante no jantar, conversando com os dignitários que estavam a seu lado, com um em alemão, com o outro em espanhol. E ficou aliviada por dançar com o pai no fim da noite.

— Acho que não foi tão animado quanto Londres — disse Hans Josef em tom de desculpas, e Christianna sorriu. Tinha sido uma noite penosamente entediante, mas já esperava que fosse. Não era surpresa nenhuma, ela comparecia a muitos eventos como aquele para agradar ao pai. Ele sabia disso e ficava emocionado com o esforço que ela fazia. Christianna era muito diligente com seus deveres e suas obrigações oficiais, não importava o quão cansativas fossem. Ela sabia que não adiantava discutir, teria que cumpri-las de qualquer forma, então aceitava aquilo com graça.

— Tive diversão suficiente em Londres com Victoria para que o efeito dure bastante tempo — respondeu com generosidade. Estava realmente cansada depois de todas aquelas noites. Não sabia como Victoria fazia daquilo um estilo de vida. Era festeira experiente em Londres, e já fazia isso havia anos. Diferentemente de Christianna, nunca tinha ido à faculdade. Sempre dizia que não havia propósito nisso, pois sabia que nunca usaria nada do que aprendesse lá. Preferiu frequentar aulas de arte, e era de fato uma artista razoavelmente decente. Adorava especialmente pintar cães vestidos como gente. Uma loja em Knightsbridge estava vendendo suas pinturas por uma fortuna.

Os convidados no palácio de Vaduz foram para casa bem depois da meia-noite, e Christianna em seguida acompanhou lentamente o pai escada acima. Acabavam de chegar à porta do apartamento dela quando um dos assistentes do príncipe veio à procura dele. Parecia ser algo urgente, e o príncipe Hans Josef voltou-se para ele com ar preocupado, esperando para ouvir o que era.

— Alteza, acabamos de receber o relato de um ataque terrorista na Rússia. Parece ser uma situação muito grave com reféns, semelhante à de Beslan anos atrás. Parece uma duplicata quase exata, na verdade. Pensei que gostaria de ver na CNN. Vários dos reféns já foram mortos, todos crianças.

— O príncipe correu para a sala de estar de Christianna e ligou o aparelho de televisão. Todos os três se sentaram para assistir em silêncio. O que viram era horrendo – crianças que tinham sido baleadas e sangravam, outras sendo carregadas para fora do prédio, mortas. Os terroristas tinham tomado uma escola e queriam que prisioneiros políticos fossem soltos em troca das crianças. O exército havia cercado o lugar, e parecia haver caos por toda a parte, com pais chorando do lado de fora, esperando por notícias dos filhos. O príncipe assistia à transmissão com descontentamento, e Christianna olhava horrorizada. Era uma cena medonha. Ficaram assistindo por duas horas, depois o príncipe se levantou para ir para a cama. O assistente já partira havia muito tempo.

— Que coisa terrível — exclamou o pai com solidariedade. — Todos aqueles pobres pais esperando pelos filhos. Não posso imaginar pesadelo pior — completou, enquanto abraçava Christianna.

— Nem eu — disse ela, baixinho, ainda usando o vestido de chiffon branco e as sandálias prateadas. Tinha chorado diversas vezes enquanto assistia TV, e o pai também havia derramado algumas lágrimas, sensibilizado. — Sinto-me tão imprestável aqui, toda arrumada e incapaz de ajudá-los — disse, sentindo-se culpada, e o pai a abraçou outra vez.

— Não há nada que se possa fazer enquanto não tirarem as crianças de lá. Vai ser um banho de sangue se o exército forçar a entrada. — Pensar nisso era ainda mais triste, e Christianna secou os olhos outra vez. Os terroristas tinham matado dúzias de crianças. Já havia um total de cem mortes quando desligaram a TV. — Esta é a pior situação que vejo desde Beslan. — Eles se despediram com um beijo de boa-noite, e Christianna foi se despir para pôr a camisola.

Pouco tempo depois, já na cama, sentiu-se compelida a ligar a televisão outra vez. Àquela altura, a situação havia piorado e mais crianças tinham sido assassinadas. Os pais estavam desesperados, a imprensa estava por toda parte, os soldados estavam reunidos em grupos, esperando ordens do que fazer. Era hipnotizante assistir, e aterrador. Era fácil adivinhar que mais vidas seriam perdidas conforme a noite avançava.

Por fim, ficou acordada a noite inteira assistindo os noticiários e, pela manhã, estava com olheiras de tanto chorar e pela falta de sono. Enfim se levantou, tomou banho, se vestiu, e encontrou o pai tomando o café da manhã no escritório. Christianna estava usando um suéter grosso e jeans quando entrou. Tinha feito algumas ligações telefônicas antes de procurá-lo. E quando o encontrou, Hans Josef parecia tão angustiado quanto ela. Agora o número de mortos já tinha dobrado, quase todos crianças. Assim como metade do mundo, o pai estava com a TV ligada, à qual assistia quando Christianna entrou. A comida estava praticamente intocada. Quem conseguiria comer?

— Aonde vai a esta hora, toda vestida? — perguntou, parecendo distraído. Liechtenstein não tinha qualquer papel ali, mas a tragédia criada estava deixando todos agitados e tristes. Não era nenhum filme produzido para ser exibido na televisão. Aquilo era bem real.

— Quero ir lá, papai — disse Christianna calmamente, com olhos que se fixaram fundo nos dele.

— Não temos nenhum envolvimento ou posicionamento oficial nesta situação — explicou ele. — Somos um país neutro, não temos motivos para trabalhar com a Rússia na resolução disso e não possuímos equipe antiterrorista.

— Não falo de um efetivo oficial. Quero ir como eu — afirmou com clareza.

— Você? Como mais poderia ir senão num efetivo oficial? E não temos nenhum por lá.

— Só quero ir como um ser humano ajudando os outros. Não precisam saber quem sou.

Hans Josef pensou nisso por um longo momento, ponderando a situação. Era um pensamento nobre, mas não achava que fosse uma boa ideia. Era perigoso demais para ela. Quem sabia o que os terroristas fariam em seguida, particularmente se descobrissem que uma jovem e bela princesa estava nas proximidades? Ele não a queria por lá.

— Compreendo como se sente, Christianna. Gostaria de ajudá-los também. É uma situação absolutamente terrível. Mas oficialmente não devemos nos meter, e particularmente seria perigoso demais para você. — Ele parecia soturno ao dizer isso.

— Eu vou, papai — disse Christianna calmamente. Desta vez não estava pedindo, mas comunicando. Ele podia ouvir não apenas nas palavras, mas também sentir na voz dela. — Quero estar lá para fazer o que puder, mesmo que seja distribuir cobertores, servir café ou ajudar a enterrar os mortos. A Cruz Vermelha está lá, posso me voluntariar para trabalhar com eles. — Christianna falava sério. O pai sabia. Percebeu de repente que seria difícil impedi-la, mas sabia que precisava tentar o mais gentilmente que pudesse.

— Não quero que vá. — Era tudo o que ele podia dizer. Podia ver claramente o quanto ela estava perturbada. — A área é muito perigosa, Cricky.

— Tenho que ir, papai. Não posso continuar sentada aqui, me sentindo inútil, assistindo a tudo na TV. Levo alguém comigo se quiser. — Havia algo nos olhos dela e no jeito que falava que explicitava não haver outra escolha.

— E se eu disser não? — Ele não podia amarrá-la e mandar que a carregassem para o quarto. Era uma mulher crescida, mas o pai estava firme de que não deveria deixá-la ir.

— Eu vou, papai — repetiu. — Não pode me deter. É a coisa certa a ser feita.

Era. Mas não por ela. Ele também gostaria de ir, mas há muito deixara para trás a compaixão impetuosa da juventude, e estava velho demais para se arriscar.

— É a coisa certa a ser feita, Cricky — disse com carinho. — Mas não por você. É muito perigoso. Se descobrirem quem você é, podem tomá-la como refém também. Duvido que os terroristas tenham mais respeito pelos países neutros do que por qualquer outro. Por favor, não discuta comigo a respeito disso.

Christianna então balançou a cabeça, obviamente desapontada com a reação dele. Mas Hans Josef se sentia obrigado a protegê-la de si mesma.

— Você tem uma responsabilidade aqui com o seu povo — disse com severidade. Tentou tudo o que podia. — Você poderia ser morta, ou ferida. Além do mais, você não tem habilidades técnicas ou médicas para oferecer. Às vezes civis destreinados, mesmo bem-intencionados, só pioram situações assim. Christianna, sei que tem boa intenção, mas não quero que faça isso.

Os olhos dele queimavam os dela.

— Como pode dizer isso? — retrucou ela, com raiva, lágrimas enchendo os olhos. — Olhe para estas pessoas, papai. Os filhos delas estão mortos ou morrendo. Provavelmente muitos mais vão morrer hoje também. Preciso ir lá. Deve haver alguma coisa de útil que eu possa fazer. Não vou ficar aqui sentada, assistindo à TV. Não foi isso que você me ensinou a ser.

Estava comovendo o coração dele, mais profundamente do que suspeitava. Christianna sempre comovia.

— Não a ensinei a arriscar a vida levianamente, pelo amor de Deus! — exclamou ele, zangado também. Não se deixaria convencer, não importava o quanto ela tentasse. A resposta ainda era não. O problema era que Christianna não estava pedindo, estava comunicando. Na mente dela, não havia outra escolha.

— Você me ensinou sobre "Honra, Coragem e Bem-Estar", papai. Você me ensinou a cuidar e ser responsável pelos outros. Você me ensinou a procurar pelos que estão em necessidade e fazer tudo o que pudesse para ajudá-los. O que aconteceu à honra, à coragem e ao bem-estar, ao seu código familiar? Você me disse que nossas vidas são dedicadas ao dever e à responsabilidade por aqueles que precisam de nós, não importa quanta coragem seja necessária para defender aquilo em que acreditamos. Olhe para estas pessoas, papai. Elas precisam de nós. Vou fazer o que puder por elas. Foi o que você me ensinou desde quando eu era uma menininha. Não pode mudar isso agora só porque não me quer lá.

— Não é a mesma coisa quando há terroristas envolvidos. Eles não seguem regra alguma. — O pai a encarava com desespero, os olhos implorando para que não fosse. E então ela o reduziu às lágrimas, aproximando o rosto do dele para lhe dar um beijo na bochecha.

— Eu te amo, papai. Vou ficar bem. Eu prometo. Eu ligo quando puder. — Hans Josef então viu que dois dos guarda-costas dela estavam parados na porta, vestindo roupas grosseiras. Ela os deixara preparados para a viagem, antes mesmo de vir vê-lo. Fora sincera em cada palavra dita. E ele sabia que a menos que a restringisse fisicamente, Christianna iria com ou sem permissão. Curvou a cabeça por um momento, depois a ergueu outra vez para encarar a filha.

— Tenha muito cuidado — resmungou, depois encarou os guarda-costas com adagas nos olhos. Era o próprio príncipe soberano, e mesmo que Christianna o desafiasse, aqueles dois homens sabiam que pagariam muito caro se algo acontecesse a ela. — Não a percam de vista nem por um minuto. Entenderam?

— Sim, entendemos, Sua Alteza — responderam depressa.

Era raro vê-lo zangado, mas era como o príncipe estava agora. Na verdade, não estava zangado, mas preocupado. Mais do que isso, estava apavorado por Christianna. Não suportaria perder a filha que amava tanto. Pensar nisso fez com que percebesse como as pessoas deviam estar se sentindo perdendo os filhos conforme os terroristas matavam um a um, para conseguir livrar os amigos da prisão. Era uma troca de crianças por terroristas, uma troca horripilante, uma situação impossível para todos os envolvidos. E ao pensar nisso novamente, soube que Christianna estava certa. Não era o que queria para ela, mas admirava sua coragem e seu desejo de ir. Estava fazendo exatamente o que ele lhe ensinara: renunciar à sua vida frente à necessidade de estar a serviço dos outros. Indiretamente, a vontade dela de ir para lá era inteiramente culpa dele.

Depois que Christianna foi buscar a mochila no quarto, o pai acompanhou a filha e os dois guarda-costas até o carro.

— Vá com Deus — disse ele ao abraçá-la, com lágrimas nos olhos.

— Eu te amo, papai — afirmou ela com tranquilidade. — Não se preocupe comigo. Vou ficar bem.

Então ela entrou no carro com os dois homens. Todos os três usavam botas e casacos pesados. Christianna ligara reservando assentos num voo horas antes. Planejava procurar a Cruz Vermelha e se voluntariar assim que chegasse lá. Tinha visto na CNN que eles estavam a postos, fazendo qualquer coisa que pudessem.

O príncipe ficou olhando até o carro cruzar os portões. Ela se pendurou na janela e acenou para ele com um sorriso vitorioso. Jogou um beijo e murmurou "eu te amo", então o carro sumiu ao fazer a curva. Hans Josef retornou ao palácio com a cabeça curvada. Estava aborrecido com a partida dela, mas sabia que não existia absolutamente nada que pudesse fazer para impedi-la. Christianna iria de qualquer jeito. Tudo o que podia fazer agora era rezar por sua segurança e seu retorno. O pai a admirava do fundo do coração, mais do que ela imaginava. Era uma moça notável. E ao entrar no escritório, o príncipe se sentia mil anos mais velho.

Capítulo 4

Christianna e os dois guarda-costas foram para Zurique e de lá seguiram de avião até Viena, onde embarcaram num voo para Tbilisi, na Geórgia, uma viagem de 5h30.

Aterrissaram em Tbilisi às 19 horas, e meia hora depois pegaram um aviãozinho antigo e de aparência desgastada para Vladikavkaz, no território da Ossétia do Norte, ao sul da Rússia. O avião turbo propulsor estava lotado, o interior parecia deteriorado e malconservado, e tremera visivelmente na decolagem. Tinha sido uma longa viagem desde o primeiro voo, e os três pareciam cansados quando desembarcaram do voo final às 21 horas.

Os guarda-costas que levara consigo eram os dois mais jovens. Ambos tinham treinado no exército suíço, um deles servira numa unidade de assalto israelense antes disso. Havia escolhido os homens certos para acompanhá-la.

Não tinha ideia do que encontraria quando chegasse a Digora, para onde se dirigiam, a aproximadamente 50 quilômetros de Vladikavkaz, onde tinham aterrissado. Christianna não fizera qualquer plano além do voo. Procuraria a Cruz Vermelha tão logo chegassem ao local onde as crianças eram mantidas reféns em Digora e ofereceria qualquer ajuda que necessitassem. Presumia que seriam aceitos no local, e esperava estar certa. Não estava com medo do que aconteceria e não tinha feito qualquer esforço a fim de garantir um lugar para ficar ou um quarto de hotel. Queria trabalhar no local, o dia inteiro, se necessário. Estava preparada para ficar longas horas de pé e sem dormir enquanto ajudava pais desesperados ou crianças feridas. Tinha praticado primeiros socorros na escola, mas, fora isso, não possuía nenhuma habilidade específica, só a juventude, um bom coração e um par de mãos dispostas. E apesar dos avisos desesperados do pai, Christianna não estava preocupada com nenhum perigo que pudesse encontrar. Estava disposta a aceitar o risco e estava certa de que, para aqueles do lado de fora da escola tomada pelos terroristas, o risco era mínimo. De qualquer forma, queria estar lá. E Christianna sabia que seus guarda-costas a protegeriam, então se sentia segura.

Sua primeira discussão com um obstáculo inesperado aconteceu quando passou pela imigração no aeroporto. Um dos guarda-costas entregou ao agente da alfândega todos os três passaportes. O acordo entre eles fora de que sob circunstância nenhuma deveriam revelar sua identidade real assim que chegassem à Rússia. Não tinha previsto que teria um problema antes disso, e ficou surpresa quando o agente da alfândega olhou o passaporte com atenção e depois a encarou. A fotografia era bem semelhante, então estava óbvio que não era isso.

— É você? — perguntou ele, parecendo ligeiramente beligerante. Estava falando com ela em alemão, pois a ouvira falar com um dos guarda-costas em alemão e com o outro em francês. Christianna assentiu em concordância, esquecida da diferença entre os passaportes deles e o dela. — Nome? — E então ela percebeu qual era o problema.

— Christianna — disse tranquilamente. Só havia um único nome em seu passaporte, o primeiro nome, como acontecia a todos na realeza. A rainha Elizabeth da Inglaterra, a princesa Michael de Kent, que se chamava Marie Christine. Todos os passaportes emitidos para membros reais em todos os países exibiam apenas o primeiro nome, sem título nem sobrenome. O agente da alfândega russa parecia zangado e confuso.

— Sem sobrenome?

Christianna hesitou e depois lhe entregou uma breve carta emitida pelo governo de Liechtenstein explicando as circunstâncias de seu passaporte e sua identidade completa como Princesa Sereníssima do principado. Ela havia precisado da carta enquanto estava estudando na Califórnia e tivera problemas similares ao passar pela imigração americana. A carta oficial estava escrita em inglês, alemão e francês, e Christianna a mantinha na bolsa de viagem com o passaporte. Só a apresentava se requisitada. O agente alfandegário leu com atenção, ergueu os olhos para ela duas vezes, depois olhou para os guarda-costas, e voltou a olhar para ela.

— Para onde está indo, Srta. Princesa?

Ela tentou não rir. Era óbvio que ele não estava familiarizado com títulos, tendo crescido num Estado comunista, mas parecia moderadamente impressionado. Christianna informou o destino, ao que ele assentiu novamente, carimbou os passaportes e acenou para que prosseguissem. O país dela era neutro, assim como a Suíça, o que geralmente lhe abria portas que outro passaporte não teria sido capaz. E seu título geralmente ajudava. O agente não fez mais perguntas, e eles foram ao escritório de locação de carros e ficaram na fila por meia hora como todas as outras pessoas.

Todos os três estavam famintos àquela altura, então Christianna entregou aos dois homens um pacotinho de biscoitos e duas garrafas de água que carregava consigo na mochila, abrindo uma terceira garrafa para si mesma. Pareceu se passar uma eternidade até chegar a vez deles. E quando finalmente chegou, tudo o que havia disponível era um Yugo de dez anos, por um valor astronômico. Christianna aceitou levá-lo, já que não havia mais nada, e entregou o cartão de crédito, que, mais uma vez, não possuía sobrenome. A mulher perguntou se ela tinha dinheiro. Christianna levara algum dinheiro, mas não queria usá-lo assim tão cedo na viagem, a mulher enfim concordou em aceitar o cartão de crédito, depois de lhes oferecer um negócio melhor caso pagassem em dinheiro, o que Christianna recusou.

Ela assinou os contratos, pegou as chaves do carro e pediu um mapa. Dez minutos mais tarde, Christianna e os dois guarda-costas, Samuel e Max, foram para o estacionamento encontrar o carro. Era minúsculo e parecia batido. Os dois homens mal couberam no carro, enquanto Christianna se acomodava no banco traseiro com sua mochila, grata por ser pequena. Samuel ligou o carro, Max abriu o mapa. Segundo o que a mulher na locadora de carros dissera, tinham uma viagem de quase 50 quilômetros pela frente e provavelmente chegariam às 23 horas daquela noite. Uma vez no estacionamento, retiraram as armas da bolsa despachada e as carregaram. Samuel estava dirigindo, então Max as carregou por ambos enquanto saíam do estacionamento, e Christianna apenas observou. Não tinha receios com armas, que estiveram ao seu redor durante toda a vida. Seus guarda-costas eram inúteis sem elas. A própria Christianna tinha aprendido a atirar e era excepcionalmente boa de mira, melhor que o irmão, que considerava as armas ofensivas, embora gostasse dos aspectos sociais da caça ao pato e ao tetraz, da qual participava com frequência.

Estavam morrendo de fome quando deixaram o aeroporto, então pararam para jantar na metade do caminho num restaurantezinho na beira da estrada. Samuel falava algumas palavras de russo, mas na maior parte do tempo apontaram para o que os outros estavam comendo, depois se sentaram para a refeição simples e reforçada. Os outros clientes eram na maioria caminhoneiros, viajando à noite, e a loira bonita e os dois fortões de aparência saudável eram imediatamente notados em meio aos outros. Seriam ainda mais se qualquer um deles sequer imaginasse que ela era uma princesa. Mas Christianna só parecia ser uma jovem bonita, de jeans, com as pesadas botas de caminhada que usava em Berkeley, um suéter grosso e uma parca. Os homens estavam similarmente vestidos e possuíam um ar militar. Outros descobririam facilmente que eram alguma espécie de segurança, mas ninguém os questionou quanto a isso. Depois de comer, pagaram e prosseguiram com a viagem. Notaram várias minivans Daewoo na estrada que eram usadas como táxis compartilhados, chamados de "Marshrutkas", segundo Christianna soube depois. Era uma forma popular de transporte.

Incapazes de ler as placas e confusos com o mapa, tomaram vários trajetos errados e chegaram ao destino quase à meia-noite. Foram logo detidos por uma barreira na estrada, guarnecida por soldados russos em equipamento de choque. Estavam usando capacetes e máscaras, e portavam metralhadoras quando perguntaram por que Christianna e os guardas estavam ali. Christianna falou do banco traseiro e disse em alemão que estavam procurando os representantes da Cruz Vermelha para que pudessem trabalhar com eles. A sentinela hesitou, pediu num alemão hesitante que esperassem, e consultou seus superiores, que estavam discutindo a curta distância. Um deles conversou com o soldado, depois ele mesmo se aproximou do carro.

— São funcionários da Cruz Vermelha? — perguntou, franzindo a testa e os encarando com grande suspeita. Não tinha certeza de quem eram, mas não lhe pareciam terroristas. Ele possuía um sexto sentido para essas coisas, que lhe dizia que o trio no Yugo estava ali pela razão que disseram.

— Somos voluntários — disse Christianna, com clareza, e ele hesitou, continuando a avaliá-los. Nada do que via lhe causava alarme.

— De onde?

A última coisa que queria era turistas vagando na confusão que já possuíam nas mãos. Como o primeiro homem com quem eles tinham conversado, este parecia cansado. Era o segundo dia do cerco e mais uma dúzia de crianças fora morta naquela tarde e atirada no pátio da escola, o que desmoralizou a todos. Duas outras crianças que tentaram escapar haviam sido baleadas. A situação inteira era uma imitação da horrível tomada de reféns que acontecera vários anos atrás em Beslan, na mesma região da

Ossétia do Norte. Esta era quase uma duplicata exata, numa escala ligeiramente menor. Mas o número de mortos estava subindo diariamente, e ainda não estava encerrado.

— Somos de Liechtenstein — disse ela com clareza. — Eu sou. Os dois homens são suíços. Somos todos neutros — lembrou ao homem, que assentiu outra vez. Christianna não sabia se isso faria diferença ou não, mas achou que não faria mal lembrá-lo.

— Passaportes? — O segurança no banco do motorista entregou-os a ele, que teve a mesma reação do agente da alfândega ao passaporte de Christianna. — O seu não tem sobrenome — disse, parecendo aborrecido, como se fosse um erro que Christianna tivesse cometido ao solicitar a expedição do passaporte. Mas desta vez ela não queria entregar a carta, não queria que as pessoas na área soubessem quem ela era, ou fizessem rebuliço por causa disso.

— Eu sei. Meu país às vezes faz isso. Com as mulheres — acrescentou, mas ele não se convenceu e começou a ficar desconfiado. Tinha que ficar, diante do que estava acontecendo. Com relutância, Christianna lhe entregou a carta. Ele leu com atenção, a encarou, depois encarou os dois homens, voltou a encará-la e então pareceu olhá-la com impressionante admiração. — Uma Princesa Real? — Ele parecia realmente aturdido. — Aqui? Para trabalhar com a Cruz Vermelha?

— Espero que sim. Foi para isso que viemos — explicou. O oficial então apertou a mão do motorista, disse-lhes onde encontrar a área isolada designada à Cruz Vermelha, entregou-lhes um passe e acenou para que prosseguissem. Era uma ocorrência muito incomum, dar-lhes acesso a um local de tomada de reféns, mas Christianna tinha a sensação de que se não fosse uma princesa, não os teriam permitido entrar. O oficial respeitava a ela e aos dois homens que a acompanharam até a Rússia. Até lhes deu o nome da pessoa encarregada. E antes que se afastassem, Christianna pediu baixinho que ele não explicasse a ninguém quem ela era. Disse que significava muito para ela que ninguém soubesse. Ele assentiu, ainda parecendo impressionado conforme

eles se afastavam. Christianna esperava que ele fosse discreto. Ser reconhecida pelas pessoas estragaria tudo, ou decerto tornaria tudo mais difícil. O anonimato nessas circunstâncias tornava as coisas muito mais fáceis. E se a imprensa ouvisse boatos de sua presença, Christianna seria perseguida por toda parte, e talvez até tivesse que partir. Esta era a última coisa que queria. Queria ser útil, não alimentar um frenesi jornalístico.

À medida que se aproximavam da escola, viam cordões policiais, barricadas militares, tropas de choque, esquadrões de assalto e soldados com metralhadoras por toda parte. Mas tendo passado pela barricada inicial, não eram mais verificados com tanta atenção. Os passaportes, quando solicitados, só eram vistos de relance e nem eram inspecionados por completo. Olhavam para os passes improvisados e assentiam. A maior parte dos civis que viam estava chorando, pais e parentes das crianças e dos professores que ainda estavam lá dentro. Era tão semelhante àquela tomada de reféns em Beslan, que era difícil acreditar que um evento quase idêntico estava acontecendo, no mesmo estado. Finalmente, depois de procurarem com atenção e passarem por uma frota de ambulâncias, encontraram quatro imensos caminhões da Cruz Vermelha, cercados por um exército de funcionários, usando a conhecida braçadeira vermelha e branca para identificá-los na multidão. Vários deles seguravam crianças. Estavam servindo café, cuidando de pais com ar desesperado e mantendo a calma em meio à multidão.

Tão logo os viu, Christianna saiu do carro, e Samuel, o guarda-costas com treinamento de assalto, seguiu-a de perto, enquanto Max estacionava num campo que fora designado para famílias e imprensa. O carro lhes proporcionara uma viagem apertada, mas ao menos os levara até ali. Christianna perguntou pelo nome que o oficial na barricada lhe dera e foi direcionada a um amontoado de cadeiras próximo a um dos caminhões. Havia uma mulher de cabelos brancos sentada lá, falando com um grupo de mulheres em russo. Estava tranquilizando-as da melhor maneira possível.

Pouco se podia ver do que estava acontecendo lá dentro, só a constante troca e movimentação dos soldados, que permaneciam prontos e alertas. Todas as mulheres russas estavam chorando. Christianna não quis interromper e ficou afastada, esperando que a senhora terminasse de conversar com elas. Sabia que poderia demorar horas até que ela ficasse livre para verificá-los. Christianna aguardou pacientemente até que a mulher encarregada pela equipe da Cruz Vermelha a notasse, erguesse o olhar e a encarasse com ar questionador.

— Está esperando por mim? — perguntou a mulher em russo, parecendo surpresa.

— Estou — respondeu Christianna em alemão, esperando que encontrassem uma língua em comum. Geralmente, em casos assim, era o inglês ou o francês, e ela era fluente nos dois. — Posso esperar. — Não ia a lugar nenhum e não queria interromper. A veterana da Cruz Vermelha pediu licença, afagou o braço de uma mulher num gesto de conforto, e se aproximou de onde Christianna estava.

— Pois não? — Era óbvio que Christianna não era do local nem parente de ninguém. Ela parecia muito limpa, pouco desgrenhada, as roupas ainda estavam alinhadas, e não possuía a aparência desgastada de todos ao redor. A tensão de observar a cena se desdobrando tinha cobrado seu preço. Até os soldados choravam ao resgatar os corpos das crianças que foram baleadas.

— Quero ser voluntária — disse Christianna com serenidade, parecendo calma, tranquila, controlada e competente na maneira de se dirigir à senhora, que não fazia ideia de quem ela era.

— Possui identificação da Cruz Vermelha? — perguntou a mulher. Tinham assentado no francês. A mulher encarregada parecia ter passado por muitas guerras. Ajudara a envolver o corpo de crianças mortas, mantivera pais aos soluços em seus braços por dois dias, cuidara de ferimentos até os paramédicos conseguirem chegar. Tinha feito tudo o que era possível desde que chegara ali, duas horas após o ataque, até mesmo servir café para os soldados exaustos e chorosos.

— Não sou funcionária da Cruz Vermelha — explicou Christianna. — Vim de Liechtenstein para cá hoje com meus dois... amigos... — Ela olhou para os dois homens ao seu lado. Se necessário, seria voluntária como emissária humanitária de seu país, mas preferia fazer isso como indivíduo anônimo, se a permitissem ajudar nesses termos. Não tinha certeza de que permitiriam. A senhora hesitou, fitando Christianna com atenção.

— Posso ver seu passaporte? — perguntou tranquilamente. Havia algo nos olhos dela que lhe deu a impressão de que a mulher sabia quem ela era. Ela abriu o passaporte, viu o solitário nome de batismo, fechou o documento e o devolveu com um sorriso. Ela sabia exatamente quem Christianna era. — Trabalhei com alguns dos seus primos britânicos nos Estados africanos. — Ela não mencionou quais enquanto Christianna assentia. — Alguém sabe que você está aqui? — A jovem balançou a cabeça. — E presumo que estes sejam seus guardas? — Christianna assentiu novamente. — Vamos precisar da ajuda — afirmou com tranquilidade. — Perdemos mais vinte crianças hoje. Eles acabaram de fazer outra exigência de troca de prisioneiros, então talvez vejamos mais mortes em poucas horas. — Sinalizou para que Christianna e os dois homens a acompanhassem, entrou num caminhão e saiu com três braçadeiras desbotadas. Estavam se esgotando. Entregou-as para Christianna e seus homens, e cada um pôs uma. — Estou grata pela ajuda, Alteza. Presumo que esteja em caráter oficial? — perguntou numa voz cansada e gentil. Havia algo de tão generoso e compassivo naquela mulher que só de falar com ela era como ser abraçado. Christianna estava profundamente contente por ter vindo.

— Não, não estou — respondeu Christianna. — E prefiro que ninguém saiba quem sou. Isso complica muito. Ficaria grata se apenas me chamasse de Christianna. — A mulher assentiu e se apresentou como Marque. Era francesa, mas falava russo fluentemente. Christianna falava seis línguas, inclusive o dialeto falado em Liechtenstein, mas russo não estava entre elas.

— Compreendo — respondeu Marque tranquilamente. — Mas, de qualquer forma, alguém pode reconhecê-la. Há muita imprensa por aqui. Você me pareceu familiar no momento em que a vi.

— Espero que mais ninguém seja tão astuto — disse Christianna, com um sorriso pesaroso. — Isso arruína tudo quando acontece.

— Sei que deve ser muito difícil. — Ela já tinha visto investidas frenéticas da imprensa e concordava com Christianna. Se ninguém soubesse, seria muito mais simples para todos.

— Obrigada por nos permitir trabalhar com vocês. O que podemos fazer para ajudar? Você deve estar exausta — disse com simpatia, ao que a mulher assentiu.

— Se vocês forem ao segundo caminhão, precisamos de alguém para ajudar a fazer o café. Acho que já estamos quase sem. E temos uma pilha de caixas que precisamos deslocar, com suprimentos médicos e garrafas d'água. Talvez seus homens possam nos ajudar com isso.

— Claro — Christianna disse a Max e Samuel o que era esperado deles, que logo desapareceram na direção em que as caixas estavam, enquanto ela seguia para o segundo caminhão, como instruída por Marque. Os guarda-costas ficaram relutantes em deixá-la sozinha, mas Christianna garantiu que ficaria bem. Havia tanta proteção armada naquela área que dificilmente estaria em risco, quer estivessem com ela quer não.

Marque a agradeceu novamente pela ajuda e depois se afastou para verificar algumas das mulheres com quem estava conversando antes de Christianna chegar.

Passaram-se horas até Christianna vê-la novamente, tempo em que esteve entregando café e, depois, garrafas d'água. Havia cobertores para aqueles que estavam com frio. Algumas pessoas estavam dormindo no chão. Outras estavam sentadas rígidas ou soluçando, aguardando notícias dos entes amados lá dentro.

Conforme Marque previra, a exigência de troca de prisioneiros feita pelos terroristas teve um resultado violento quase exatamente três horas depois. Cinquenta crianças foram baleadas e atiradas pelas janelas da escola por homens encapuzados. Os corpos das crianças mortas voaram como bonecas de trapos até o pátio, sob os gritos das pessoas, e os soldados só foram capazes de resgatá-los com a cobertura de fogo pesado. Só uma das crianças ainda estava viva ao ser resgatada, mas morreu nos braços da mãe, enquanto soldados, habitantes locais e voluntários olhavam e soluçavam. Era uma atrocidade desmedida. E ainda não tinha acabado. Até o momento, quase uma centena de crianças tinha morrido e quase o mesmo número de adultos, mas os terroristas ainda estavam em completo controle. Um grupo religioso radical do Oriente Médio, com elos com rebeldes tchetchenos, tinha assumido a responsabilidade pelo ataque. Era um esforço conjunto pela liberação de trinta terroristas da prisão, mas o governo russo se recusava a ceder, para grande raiva da multidão. Preferiam ter trinta terroristas libertados e poupar a vida de seus filhos. Havia uma sensação de desespero e impotência por toda a multidão quando Christianna se juntou aos funcionários da Cruz Vermelha e soluçou. O que acontecia estava além do imaginável.

Tinha feito pouca coisa desde sua chegada além de distribuir água e café, mas de repente viu uma jovem russa parada perto dela, chorando desconsoladamente. Estava grávida e segurava uma criancinha pela mão. Os olhos dela então encontraram os de Christianna, e como se fossem parentes de longa data, elas caíram nos braços uma da outra e choraram. Christianna nunca soube seu nome, e as duas não compartilhavam nenhuma língua em comum que não fosse o inesgotável pesar de observar crianças morrerem. Christianna descobriu depois que a mulher tinha um filho de 6 anos na escola, que ainda não fora visto ou encontrado. O marido era professor lá e havia sido uma das primeiras mortes da noite anterior. Ela estava rezando para que o filho ainda estivesse vivo.

As duas ficaram lado a lado por várias horas, se abraçando e dando as mãos alternadamente. Christianna trouxe comida para a criança de 2 anos e uma cadeira para a grávida sentar, enquanto ela continuava a chorar. Havia tantas como ela que era difícil distingui-las na multidão.

Foi depois do amanhecer que os soldados com uniforme de assalto mandaram que deixassem a área. Todo o grupo de pessoas à espera e funcionários teve que recuar bastante. Ninguém sabia o que estava acontecendo, mas os terroristas tinham acabado de fazer o que disseram ser sua última exigência. Se não fosse atendida, disseram que explodiriam a escola inteira, o que parecia inteiramente plausível agora. Eram pessoas sem consciência nem moralidade, que não davam nenhum valor à vida humana, aparentemente nem mesmo à deles.

— Precisamos entrar nos caminhões — avisou Marque ao passar, reunindo suas tropas, e Christianna agora estava contabilizada entre elas. — Não nos disseram, mas acho que vão entrar, querem todos bem afastados quando invadirem. — Estava andando entre os habitantes locais e lhes dizendo a mesma coisa. Pessoas caminhavam e corriam pelo campo por trás das recém-formadas fileiras da tropa de choque. Era de fazer doer o coração dos pais colocarem mais distância entre eles e os filhos presos lá dentro. Mas os soldados estavam empurrando a multidão para trás à força, como se estivessem ficando sem tempo.

Christianna apanhou a criancinha no colo, envolveu os ombros da jovem amiga grávida, então a ajudou a entrar num dos caminhões. Ela não estava mais em condições de andar ou tolerar o que estava acontecendo. Parecia estar para dar à luz a qualquer momento. Christianna já nem estava mais atenta a isso, mas seus guarda-costas a observavam bem de perto. Estavam bem cientes de que as tropas locais estavam para invadir, e se algo grave acontecesse, queriam tê-la ao alcance. Marque também os notara e compreendia por que estavam mantendo Christianna debaixo de suas vistas. Estar com uma princesa morta nas mãos era tão desejável quanto ter crianças mortas. O número de mortes já estava alto demais. Seria vitória ainda maior para os terroristas matar um membro real, mesmo que de um país neutro. Seu anonimato e sua segurança eram vitais. E Marque estava impressionada com o afinco com que Christianna trabalhara a noite inteira. Fora incansável, possuidora do zelo, da paixão, da energia e do carinho da juventude. Marque suspeitava que, se tivesse tempo de conhecê-la, Christianna se mostraria uma moça da qual gostaria. Parecia bem prática e realista.

Todos que esperavam recuaram pelo campo, e dentro de meia hora havia explosões, disparos de metralhadora, gás lacrimogêneo e bombas ecoando enquanto esquadrões de assalto e tropas de choque penetravam no prédio. Era impossível determinar quem estava no controle, a multidão que observava a distância apenas ficava ali e chorava. Era difícil acreditar que sobrasse alguém vivo quando tudo estivesse terminado, dos dois lados.

Christianna deixou a jovem amiga grávida deitada numa cama portátil em um dos caminhões e continuou a perguntar o que estava acontecendo, mas ninguém sabia ainda. Era cedo demais para dizer enquanto a batalha prosseguia. Christianna se juntou aos funcionários da Cruz Vermelha que distribuíam cobertores, café, água e comida na multidão. Tinham colocado as crianças pequenas, que tremiam sob o frio do amanhecer, em dois dos caminhões. Só horas depois o tiroteio cessou. Foi quase mais assustador quando acabou do que quando começou. Ninguém sabia exatamente o que isso significava ou quem estava no comando. Ainda podiam ver as tropas se movendo ao longe e, de uma das janelas superiores, uma bandeira branca. A multidão na ponta oposta do campo estremecia no frio e continuava a esperar por notícias.

Passaram-se outras duas horas até que um grupo de soldados atravessasse o campo para guiá-los de volta. Tragicamente, havia centenas de corpos de crianças para serem identificados, e os gritos de angústia ao redor deles pareciam fluir por horas à medida que as famílias identificavam e choravam seus mortos. Com exceção de dois, todos os terroristas cometeram suicídio. As bombas na escola não tinham sido detonadas e estavam sendo desarmadas por esquadrões antibomba. Os dois terroristas restantes foram levados em carros blindados, antes que a multidão angustiada os destruísse. A inteligência militar queria interrogá-los. E no fim, havia quinhentas crianças mortas, e quase todos os adultos. Era uma tragédia odiosa da qual ninguém se esqueceria tão cedo. E agora que havia acabado, a imprensa de repente estava por toda parte. A polícia tentava em vão mantê-los longe.

Junto com os funcionários da Cruz Vermelha, Christianna caminhou com os pais, em meio às crianças sem vida, enquanto eram identificadas, depois os ajudava a enrolá-las e colocá-las em pequenos caixões de madeira que apareceram de repente. Um soluço ficou preso na garganta pela milésima vez ao ver a amiga grávida, apertando o filho enquanto chorava. O menino estava quase nu, mas vivo e coberto do sangue de um corte na cabeça. Christianna se aproximou e abraçou mãe e filho. Não havia como conter as lágrimas. Tirou a própria jaqueta para envolver o menino, enquanto a jovem sorria em meio às lágrimas e a agradecia em russo. Christianna a abraçou outra vez e a ajudou a levar o menino para que fosse verificado por um paramédico. Apesar do óbvio trauma e do corte na cabeça, surpreendentemente, ele estava bem. A cena não passou despercebida por Marque, que trabalhava junto com outros funcionários, ajudando as pessoas a identificarem os corpos e fechando caixões. Foram um dia e uma noite devastadores, mesmo para os soldados e aqueles que já haviam testemunhado cenas assim. Poucas na história do terrorismo recente foram tão graves. E, para Christianna, foi um batismo de fogo. Ao parar para ajudar mais alguém, notou que estava coberta de sangue. Todos pareciam estar cobertos pelo sangue das crianças que carregavam, mortas ou vivas.

Ao longo da tarde e da noite, inúmeras ambulâncias chegaram, caixões, caminhões, veículos e pessoas vieram de cidades vizinhas e de mais longe ainda. Era como se toda a Rússia tivesse vindo fazer companhia àquelas pessoas, ajudá-las a enterrar e prantear seus mortos. Já tarde da noite, pareciam ter uma ideia clara de quantos foram mortos e de quantos foram salvos. Quase todas as crianças desaparecidas foram contabilizadas, embora algumas tivessem sido levadas para os hospitais sem que ninguém soubesse seus nomes. Era meia-noite quando Christianna e seus guarda-costas ajudaram Marque e os outros a carregarem os caminhões. O trabalho voluntário estava concluído, o resto seria feito pelos membros profissionais da Cruz Vermelha, que tentariam localizar as crianças que foram para hospitais de outras localidades. Christianna ficou até o fim. Parou junto ao último caminhão, abraçou Marque e explodiu em lágrimas de lamento e exaustão. Todos tinham visto muita coisa nos últimos dias. Christianna só chegara na noite anterior, mas sabia sem qualquer dúvida que sua vida havia mudado para sempre. Tudo o que vira, fizera ou vivera antes daquilo agora lhe parecia irrelevante.

Marque sabia melhor do que ninguém que era assim que funcionava. Seus dois filhos foram mortos num levante na África quando ela morava lá, tendo permanecido por tempo demais num momento de inquietação política. Isso lhe custara a vida dos filhos, algo pelo que passara a vida tentando se perdoar, e no fim também lhe custou o casamento. Tinha ficado na África depois disso, e deu início a uma filial da Cruz Vermelha para ajudar os habitantes locais. Ainda voltava lá com frequência. Havia trabalhado no Oriente Médio, durante várias guerras e conflitos, e na América Central. Ia para onde ela fosse necessária. Não possuía mais um país. Era uma cidadã do mundo, sua nacionalidade era a Cruz Vermelha, sua missão era ajudar todos aqueles que precisassem dela, em qualquer situação, sem importar que fosse desconfortável, debilitante ou perigoso. Marque não temia nada e amava tudo. E agora estava com os braços ao redor de Christianna, que chorava feito uma criança. Todos tinham passado por muita coisa.

— Eu sei — disse Marque com carinho, indiferente à própria exaustão, como sempre. Aquela era sua razão de existir, então ela se entregava aos outros que mais precisassem. Não tinha medo de morrer no decorrer do trabalho. Aquela agora era a sua família, e tudo o que amava. — Eu sei o quanto é difícil na primeira vez. Você fez um trabalho maravilhoso — elogiou, enquanto Christianna permanecia aconchegada em seus braços. Era pouco maior que uma criança. Os guarda-costas também tinham chorado muitas vezes naquela noite e não tinham mais vergonha disso. Teria sido estranho se não chorassem. Christianna os adorava por isso. Assim como Marque havia adorado o que ela fizera. Demorou muito tempo para que Christianna secasse os olhos e saísse dos braços da senhora. Não teve um abraço de mãe por grande parte da vida, e era assim que imaginava que seria. Alguém que a abraçasse até que ela se sentisse pronta para encarar a vida outra vez. Christianna ainda não sabia se já estava pronta. Nunca esqueceria as tragédias que vira naquela noite, ou da pura alegria dos pais que encontraram seus filhos vivos. Havia chorado tanto quanto agora. Tinha sido mais avassalador que qualquer coisa que pudesse imaginar. Esperava trabalhar muito, mas não ter o coração arrancado do corpo e partido em pedaços.

— Se em algum momento quiser trabalhar conosco, me ligue. Acho que você tem um dom — disse Marque, com honestidade. Tinha descoberto a si mesma após a morte dos filhos, então fizera das crianças da África a sua família. Em anos de serviço, havia amado e confortado crianças ao redor do mundo. Havia transformado sua própria perda devastadora numa bênção para os outros.

— Bem que eu gostaria — respondeu Christianna, ainda parecendo abalada. Sabia muito bem que trabalhar para eles não era nem mesmo uma possibilidade remota. Seu pai nunca permitiria.

— Talvez possa trabalhar por um período curto. Pense nisso. É fácil me encontrar. Ligue para a Cruz Vermelha em Genebra, eles sempre sabem onde me encontrar. Não fico em um lugar por muito tempo. Se quiser, podemos conversar.

— Eu adoraria — disse Christianna com sinceridade, desejando conseguir convencer o pai, e ao mesmo tempo sabendo que jamais haveria chance de conseguir. Ele ficaria louco com a ideia. Mas isso era muito mais significativo que qualquer coisa que pudesse fazer em casa, mesmo através da fundação.

Pela primeira vez na vida, Christianna tinha se sentido viva e útil, como se sua existência não fosse apenas por acidente, como se tivesse um propósito. E sabia que mesmo que jamais se encontrassem novamente, lembraria de Marque pelo resto da vida. Havia pessoas ao redor do mundo inteiro que sentiam o mesmo.

As duas se abraçaram outra vez, e quando os caminhões da Cruz Vermelha começaram a partir ao amanhecer, Christianna, Max e Samuel voltaram para onde tinham deixado o carro. Estava com vários buracos de balas e o para-brisa havia desaparecido, destroçado em pedacinhos no chão. Os dois homens limparam o carro da melhor forma que puderam. Seria uma fria viagem de volta ao aeroporto. Partiram não muito depois da Cruz Vermelha, quando o sol surgia no céu. Ainda havia soldados e policiais na área. Todos os corpos tinham sido removidos. As ambulâncias tinham partido. E as crianças que morreram lá jamais seriam esquecidas.

Foi uma longa viagem de volta até Vladikavkaz. Nem Christianna nem os guarda-costas trocaram mais do que algumas palavras. Estavam muito exaustos e muito abalados com o que tinham visto. Max dirigiu desta vez, enquanto Samuel dormia no banco da frente e Christianna olhava pela janela. Ficaram ali um dia e duas noites, o que parecia uma eternidade. Christianna ficou acordada durante a viagem inteira, pensando na moça grávida, agora viúva, com três crianças. Pensou em Marque e na gentileza de seu rosto, na sua ilimitada ternura e compaixão. Refletiu também sobre o que ela lhe dissera na despedida e desejou que houvesse alguma maneira de convencer o pai a lhe permitir fazer este tipo de trabalho. Não tinha nenhuma vontade de obter uma licenciatura ou um mestrado na Sorbonne. Isso de nada significava para ela. Mas, acima de tudo, pensou nos rostos que vira naquela noite, nas pessoas que morreram, nos rostos daqueles que sobreviveram e caminhavam chocados em meio aos pais e familiares... nas dádivas, nas perdas, nas tragédias, nos terrores, nas pessoas terríveis que provocaram aquilo numa completa falta de consciência. Ainda estava em silêncio e bem desperta quando chegaram ao aeroporto. Devolveram o carro e garantiram à empresa de locação que se responsabilizariam pelos danos. Christianna mandou deduzirem do cartão de crédito que lhes dera inicialmente. Via que as pessoas a olhavam enquanto passavam pelo aeroporto, mas não sabia o porquê, até um dos guarda-costas colocar a própria jaqueta sobre seus ombros.

— Estou bem, não estou com frio — assegurou, devolvendo a jaqueta a ele, que a fitou com tristeza.

— Você está coberta de sangue, Alteza — murmurou, enquanto Christianna olhava para o suéter que vestia e comprovava. O sangue de centenas de crianças, quase o mesmo tanto de adultos, quase tantos quanto havia tocado. Ao olhar-se em um, viu que o sangue estava em seu cabelo também. Não o penteava havia dois dias e nem se importara com nada que não fossem as pessoas que vira em Digora. Agora eles eram tudo o que importava.

Foi ao banheiro feminino e tentou parecer mais respeitável, o que foi relativamente inútil. Os sapatos estavam cobertos de lama dos campos pelo qual passara. O jeans e o suéter estavam manchados de sangue. Estava em seu cabelo, debaixo das unhas, ainda podia sentir o cheiro. Ele havia se infiltrado em sua alma. Exibiu o passaporte ao partirem, mas ninguém fez comentários desta vez. A caminho de saírem, não parecia importar muito. E chegaram em casa tarde da noite.

Os guarda-costas tinham ligado antes, e um carro com motorista veio buscá-los no aeroporto. Tinham pedido que o motorista cobrisse os bancos com toalhas, o que o intrigou até vê-la. A princípio não viu que era sangue. Pareceu ficar chocado ao perceber, mas não disse nada. Seguiram até o palácio de Vaduz em silêncio. Quando os portões se abriram, eles entraram, e Christianna olhou para o lugar onde vivera, nascera e provavelmente morreria, felizmente quando estivesse velha. Mas o que sabia no fundo da alma era que nada ali tinha mudado nos últimos três dias, mas que ela era uma pessoa diferente agora. A garota que deixara Vaduz três dias atrás não existia mais. A que voltara para casa após o cerco de Digora estava mudada para sempre.

Capítulo 5

Christianna não viu o pai na noite em que chegou em casa. Ele estava em Viena para um jantar diplomático na embaixada francesa e tinha ficado no Palácio Liechtenstein, assim como no dia em que foram ao balé. Sabia antes de partir para Viena que Christianna estava a salvo. Os celulares deles não tinham funcionado enquanto estavam na Rússia, mas os guarda-costas tinham ligado do aeroporto para tranquilizá-lo. Até então, ele estava desesperado de preocupação. E foi ao encontro dela no instante em que entrou em casa — 24 horas depois de Christianna ter retornado da Rússia. Ela parecia imaculada de jeans, mocassins e agasalho da Berkeley. O cabelo estava lavado e escovado. Não havia sinal do que ela havia passado, do quão desgastante tinha sido, até Hans Josef olhar nos olhos dela. O que viu o aterrorizou. Ela não parecia morta, mas mais viva do que jamais estivera, mais sábia, mais velha, mais triste, mais grave. Assim como Christianna sabia por si mesma ao retornar para casa, após tudo o que vira naqueles três dias, não era mais a mesma pessoa. Olhando para ela, o pai ficou assustado. Soube que tudo havia mudado desde a última vez em que a vira.

— Olá, papai — murmurou enquanto ele a tomava nos braços e beijava. — Estou muito contente por vê-lo. — Christianna parecia mais adulta do que jamais fora, mais mulher. O pai queria mantê-la presa ali em seus braços, mas de repente percebeu que não podia. A criança que conhecera e criara havia sumido de repente, e no lugar dela estava uma mulher que tinha aprendido e visto coisas que ninguém devia sequer conhecer.

— Senti saudades — murmurou ele, com tristeza. — Estava muito preocupado com você. Assistia aos noticiários constantemente, mas não a vi nenhuma vez. Foi tão horrível quanto parecia? — perguntou, sentando-se ao lado dela e segurando-lhe a mão. Queria que Christianna não tivesse ido, mas não havia como impedi-la. Sabia que não poderia. E sabia o mesmo agora.

— Foi pior. A imprensa foi impedida de mostrar muita coisa, por respeito às famílias. — Lágrimas rolaram devagarinho pelas bochechas, e o coração dele se comoveu pelo que a filha tinha passado. Teria feito qualquer coisa para protegê-la daquilo. — Mataram tantas crianças, papai. Centenas delas, como se fossem apenas carneiros, bois ou bodes.

— Eu sei. Vi parte disso na televisão. Os rostos das famílias estavam tão horríveis. Fiquei pensando em como me sentiria se perdesse você. Não poderia suportar. Não sei como aquelas pessoas vão conseguir sobreviver e seguir em frente. Deve ser muito difícil.

Christianna pensou na amiga grávida, aquela com quem não fora capaz de conversar, mas tinham se abraçado e chorado... e em Marque... em todos aqueles que cruzaram seu caminho naqueles poucos dias.

Fiquei aliviado porque a imprensa não a exibiu. Chegaram a saber que você estava lá? — Ele presumia que não, senão teria ouvido falar disso, e Christianna balançou a cabeça.

— Não, não souberam, e a mulher que estava encarregada da Cruz Vermelha foi muito discreta. Ela me reconheceu no momento em que viu meu passaporte. Disse que alguns dos nossos primos já trabalharam com ela.

— Fico contente por ela não ter dito nada. Eu estava com medo de que alguém dissesse. — Se assim fosse, esse teria sido o menor dos problemas, embora Christianna também não fosse gostar disso. Estava contente por ter sido capaz de fazer seu trabalho sem ser descoberta nem perturbada. Teria sido uma grande intromissão ser assediada pelos fotógrafos, e ofensivo a todas as famílias que estavam sofrendo. Teve sorte por permanecer anônima durante a viagem.

Ela deu uma olhada longa e séria no pai, que pressentiu que estava vindo algo de que não gostaria. Christianna apertou a mão dele e o olhou nos olhos. Os dela eram dois poços sem fundo de radiante azul do céu, muito parecidos com os dele, exceto por serem jovens e os dele, velhos. E nos olhos dela viu poços idênticos de esperança e dor. Christianna tinha visto muita coisa para uma moça de sua idade naqueles três dias. Ele sabia que ela levaria muito tempo para esquecer tudo o que vira.

— Quero voltar, papai — murmurou, e Hans Josef ficou surpreso, chocado e sentido. — Não para a Rússia, mas quero trabalhar com a Cruz Vermelha outra vez. Quero fazer a diferença, e não posso fazer isso aqui. Eu sei que não posso ficar para sempre, mas quero um ano, seis meses... Depois disso, faço o que você quiser. Mas quero uma vez na vida fazer algo que faça a diferença, uma grande diferença, para alguém. Papai, por favor... — Os olhos dela estavam cheios de lágrimas quando ele balançou a cabeça e se remexeu com desconforto no assento.

— Pode fazer isso com a fundação da sua mãe, Cricky. Você teve uma experiência chocante. Sei como é. — Ele já tinha visitado locais de desastre e visto a agonia do sofrimento das pessoas. — Há muitas coisas que pode fazer aqui. Trabalhar com as crianças deficientes, se quiser, ou com os pobres de Viena. Pode ser voluntária no hospital de vítimas de queimaduras. Pode aliviar muitas dores e consolar muitos corações aflitos. Mas se o que está me pedindo é para ir para países perigosos, em situações de altíssimo risco, onde você mesma estará em risco, simplesmente não posso permitir. Eu me preocuparia demais com você. Você é importante demais para mim, eu te amo demais. E também devo responsabilidade a sua mãe. Ela esperaria que eu a mantivesse longe de perigo.

— Não quero fazer essas coisas aqui — respondeu Christianna, petulante, soando novamente como uma criança, mas ela se sentia criança diante dele. Essa era uma discussão que não queria perder, nem ele. — Quero sair pelo mundo uma vez na vida, ser como qualquer um, trabalhar duro e pagar minhas dívidas, antes de me acomodar nesta vida confortável para sempre, como Victoria, tentando decidir que tiara usar, qual vestido, cortando fitas em hospitais ou visitando crianças órfãs e idosos pelo resto da minha vida. — O príncipe sabia o quanto aquela vida era entediante, então não discordou. Mas particularmente por ser mulher, Christianna não podia sair correndo pelo mundo, arriscando a vida em zonas de guerra, ou cavando fossos para os pobres, para expiar os pecados de ser da realeza e rica. Ele sabia melhor do que ninguém que ela agora precisava aceitar quem ela era.

— Você acabou de voltar de quatro anos nos Estados Unidos. Teve muita liberdade por lá. — De fato, mais liberdade do que ele sabia. — Mas agora precisa aceitar quem você é e tudo que faz parte disso. É hora de voltar para casa, não é hora de fugir. Não pode fugir disso, Christianna. Eu sei. Eu mesmo tentei quando era jovem. No fim, é isso o que somos, e tudo o que faz parte disso é o que devemos fazer. — Aquilo soava como uma sentença de morte para Christianna, cujas lágrimas escorriam pelas bochechas, sofrendo pela liberdade que jamais conheceria ou provaria, as coisas que nunca faria. Por um ano na vida, queria ser como todo mundo. O pai estava dizendo que isso era impossível. Este era o presente que desejava dele agora, antes que fosse tarde demais. Se alguma vez fosse fazer isso, esta era a hora.

— Então por que Freddy ainda está correndo ao redor do mundo, fazendo o que quer?

— Primeiro porque — o pai lhe sorriu — seu irmão é imaturo. — Como ambos sabiam, mas o rosto do pai se tornou sério novamente. Sabia que este assunto era importante para ela. — Segundo, ele não está em áreas perigosas, ao menos não tecnicamente ou geograficamente, em circunstâncias como a que você acabou de vivenciar na Rússia. Seu irmão cria perigos por si só, e eles são muito mais inofensivos do que aqueles que você encontraria trabalhando para a Cruz Vermelha. Passaria um ano, ou seja lá quanto tempo, fazendo coisas como as quais acabou de passar. Nada adverso aconteceu desta vez, graças a Deus, e você voltou ilesa. Mas poderia ter sido o contrário. Se eles tivessem de fato explodido a escola, sem anunciar antes, você poderia ter sido ferida, ou pior. — Hans Josef estremeceu ao pensar. — Christianna, não vou entregá-la ao mundo para que seja morta, ou maltratada, ou exposta a doenças tropicais e desastres naturais, inquietações políticas ou qualquer tipo de violência. Simplesmente não vou. — Estava firme quanto a isso, como ela imaginava que estaria, mas Christianna não estava pronta para desistir. Aquilo significava muito para ela agora. E sabia que mesmo que fosse trabalhar na fundação da sua falecida mãe, o pai não permitiria que viajasse com eles para áreas perigosas, mesmo para visitas. Tudo o que queria era protegê-la, mas era exatamente disso que estava cansada.

— Vai pelo menos pensar nisso? — implorou.

— Não, não vou — respondeu o pai, que então se ergueu. — Farei tudo o que puder e tudo o que você quiser para ter uma vida melhor e mais interessante aqui. Mas esqueça a Cruz Vermelha, Christianna, ou qualquer coisa semelhante.

Ele a encarou com severidade, inclinou-se para beijá-la, e antes que Christianna pudesse falar mais, saiu com largos passos do cômodo. A discussão estava encerrada. E Christianna ficou horas a fio alternando entre a depressão e a raiva, fumegando em seu quarto. Por que ele era tão irracional? E por que ela tinha que ser princesa? Odiava ser da realeza. Nem mesmo respondeu aos e-mails dos Estados Unidos naquela noite, o que geralmente adorava fazer. Estava com muita coisa em mente, tinha visto demais.

Evitou completamente o pai nos dois dias seguintes. Montou em seu cavalo, saiu para correr com o cachorro. Cortou fitas num orfanato e em outro lar para idosos. Gravou textos para pessoas cegas, passou algum tempo na fundação, mas odiou tudo aquilo. Queria ser qualquer um que não fosse ela, queria estar em qualquer lugar que não fosse seu lar em Vaduz. Nem mesmo queria ir para Paris. Acima de tudo, odiava sua vida, seus ancestrais, o palácio, até o pai, quando ousava. Não queria mais ser princesa. Era como se fosse uma maldição, não uma bênção, como ouvira dizer ao longo da vida. Ligou para Victoria em Londres para reclamar, e a prima a convidou a voltar. Mas qual seria a serventia daquilo? Simplesmente teria que voltar para Vaduz novamente, para tudo que a aguardava lá. Os primos alemães a convidaram para ficar com eles alguns dias, mas ela também não queria ficar por lá. E recusou-se a acompanhar o pai numa viagem a Madri, para visitar o rei da Espanha. Odiava todos eles.

Estava furiosa havia duas semanas, numa tristeza profunda, quando o pai foi procurá-la. Christianna o evitava acintosamente havia dias. O pai bem sabia de seu sofrimento e parecia um bocado infeliz ao se sentar numa cadeira no quarto dela. Em deferência a ele, Christianna baixou o volume da música. Estava usando-a para suprimir tudo da cabeça, suprimir seus pesares. Até Charles parecia entediado quando ergueu os olhos para a dona e abanou a cauda, mas nem se importou em levantar.

— Quero conversar com você — disse o pai.

— Sobre o quê? — perguntou ela, ainda soando petulante e mal-humorada.

— Sobre sua ideia insana de se alistar na Cruz Vermelha. Quero que saiba que acho uma ideia extremamente ruim, e se sua mãe estivesse viva, nem mesmo consideraria falar com você sobre isso. Na verdade, teria me matado por sequer conversarmos sobre esse assunto. — Christianna fez cara feia ao ouvir. Estava cansada de tentar ser convencida de que era uma má ideia. Já ouvira aquilo não sabia mais quantas vezes, razão pela qual nem falava com ele no momento.

— Sei como se sente a respeito, papai — respondeu, angustiada. — Não precisa me falar outra vez. Já ouvi isso.

— Sim, já ouviu, e eu também. Então pode me escutar mais uma vez. — Ele quase sorriu consigo mesmo, pensando no quanto era capaz de governar um país de 33 mil súditos, mas que era muito mais difícil reinar sobre uma filha. Suspirou e então prosseguiu. — Falei com o diretor da Cruz Vermelha em Genebra essa semana. Tivemos uma longa conversa. Na verdade, a meu pedido, ele veio aqui me ver.

— Não vai me comprar fazendo com que eu seja voluntária num escritório — disse ela com raiva, encarando-o, enquanto Hans Josef lutava para manter o controle, e conseguia. — Não vou oferecer um baile para eles, nem aqui nem em Viena. Odeio coisas assim. Acho que são extremamente desagradáveis. — Cruzou os braços como sinal de recusa.

— Eu também, mas são parte do meu trabalho. E um dia talvez sejam parte do seu, dependendo de com quem se casar. Também não gosto nada disso, mas é o que se espera de nós. Outros fizeram isso antes de você e transformaram suas vidas numa confusão. Christianna, você não tem escolha senão aceitar seu destino aqui. Somos afortunados de muitas maneiras. — A voz suavizou um pouco ao fitá-la. — Além disso, temos um ao outro, e eu te amo muito. E não quero que fique infeliz.

— Eu estou infeliz — salientou novamente. — Levo uma vida completamente inútil, estúpida, mimada e indulgente. E a única vez em que fiz alguma coisa significativa ou digna foi há duas semanas na Rússia.

— Sei disso. E sei que se sente assim. Eu compreendo. Muito do que as pessoas fazem, em qualquer trabalho, é inexpressivo e superficial. É muito raro viver uma experiência como a que você acabou de ter, onde realmente ajudou pessoas em seus momentos mais graves. Mas não pode fazer disso a sua vida.

— A mulher que dirigia a operação da Cruz Vermelha na Rússia faz exatamente isso. O nome dela é Marque, e ela é uma mulher incrível.

— Sei tudo a respeito dela — disse o pai calmamente. Tinha passado várias horas com o presidente da Cruz Vermelha que viera de Genebra para vê-lo, e no fundo o príncipe tinha ficado muito satisfeito com a conversa, embora nutrisse graves reservas. — Cricky, quero que me escute. Não quero que fique aborrecida, ou mesmo infeliz. Deve aceitar completamente quem você é e compreender em sua alma que não pode escapar disso. É a sua sina, o seu destino e a sua obrigação. E também é uma grande bênção sob diversos aspectos, embora ainda não enxergue isso. E parte disso é que você deve ser uma bênção para os outros, como você é, onde você estiver, e não tente simplesmente negar isso. Você também é uma bênção para mim, e um dia será para o seu irmão. Sabe muito mais sobre este país do que ele. E vai ajudá-lo a governar Liechtenstein, mesmo que seja dos bastidores. Na verdade, estou contando com você para que faça isso. Ele será o príncipe soberano, mas você será a mentora e conselheira dele. Ele não conseguirá governar este país sem você para guiá-lo. — Era a primeira vez que o príncipe sugeria isso, o que a deixou chocada. — Como você lida com suas responsabilidades, sua vida, o que faz dela, se prefere tornar a si mesma infeliz, no fim das contas isso só diz respeito a você. Quero que pense um pouco nisso. Não pode escapar agora, nem depois, nem dia algum, de quem você é. Espero muito de você, Christianna. Preciso de você. Você é uma Princesa Sereníssima. É parte de você, tanto sua herança quanto seu trabalho. Consegue me entender? — O pai nunca se fizera tão claro na vida, o que a assustava e a deixava com vontade de fugir.

Ela queria evitar o que ele estava dizendo, mas não ousava, afinal era seu pai, fosse um príncipe soberano ou não. E odiava ouvir o que ele dizia, pois era dolorosamente verdadeiro e detestava ser lembrada disso. Era um fardo que não podia ser aliviado, removido ou eliminado. Jamais. E agora ele queria acrescentar os deveres de Freddy aos dela.

— Eu entendo, pai — respondeu, com cara feia. Ela só o chamava de pai, não de papai, quando estava zangada. Assim como ele só usava o título de Christianna, embora raramente, quando estava furioso com ela, o que era ainda mais raro.

— Que bom. Se me entende, podemos prosseguir — disse ele, inabalável. — Pois no fim, você não tem escolha. Só vou discutir isso com você se aceitar quem você é e se resignar com o que enfim deve fazer. Se não conseguir fazer isso agora, eu lhe darei tempo para se acostumar à ideia, mas cedo ou tarde, terá que voltar para as suas responsabilidades em Vaduz. Para seus próprios deveres e obrigações, para ajudar e guiar seu irmão com as dele. — Era um fardo impressionante ouvir o que o pai esperava dela um dia. Era pior do que temia.

— Não quero ir para Paris — disse, parecendo teimosa.

— Não ia sugerir Paris. E não gosto do que vou sugerir. Mas o diretor da Cruz Vermelha aceitou assumir inteira responsabilidade sobre você. Ele me garantiu, na verdade, me jurou, que se eu confiá-la a ele, você não sofrerá nenhum mal, e pretendo fazê-lo manter sua palavra. Se o menor incidente ocorrer, ou qualquer situação política se tornar desagradável, então você volta para casa no voo seguinte sem discussões. Mas até lá, estou permitindo que se junte a um dos projetos deles pelos próximos seis meses. Um ano, no máximo, se tudo correr bem. Mas depois disso, não importa o quê, você volta para casa. E por enquanto, só estou me comprometendo com seis meses. Vamos ver o que acontece depois disso. Eles cuidam de um projeto na África que acham que pode lhe interessar. Foi iniciado por sua amiga Marque. É basicamente um centro para mulheres e crianças com AIDS, é uma das poucas partes pacíficas da África no momento. Se isso mudar a qualquer momento, está acabado e você volta para casa. Está claro? — Havia lágrimas nos olhos dele quando terminou de falar com a filha, que o encarava com espanto. Nem em um milhão de anos esperaria que o pai mudasse de ideia quanto ao que queria fazer.

— Está falando sério? É verdade? — Christianna se levantou e enlaço os braços ao redor do pescoço dele, incapaz de acreditar.

Havia lágrimas em seus olhos também quando o abraçou e o beijou. Estava empolgada. — Ah, papai! — exclamou, sem palavras que mostrassem o quanto estava emocionada, enquanto Hans Josef a abraçava com força.

— Provavelmente estou completamente insano por deixá-la fazer isso. Devo estar ficando velho — disse, com voz abalada. Havia pensado muito seriamente no assunto, se lembrando do quanto se sentia angustiado quando estava na idade dela, querendo fazer algo mais significativo com sua vida. Foram anos aflitivos, e, por ser príncipe herdeiro, tinha sido realmente impossível livrar-se dos deveres, então teve que conviver com a frustração. Depois conhecera a mãe dela, se casara e tudo mudara. Seu pai morrera logo em seguida, e ele se tornou o príncipe soberano. Nunca teve tempo de olhar para aqueles antigos dias de infelicidade novamente, mas lembrou-se muito bem deles quando vasculhou a memória, o que finalmente o convenceu. E Christianna nunca teria o fardo ou a responsabilidade de reinar. Esse destino recairia sobre o irmão, pois mulheres não podiam reinar em Liechtenstein. Tudo aquilo finalmente o levou a tomar uma decisão, embora o tivesse feito com muita apreensão, e só porque a amava muito, o que Christianna sempre soube, mesmo quando estava com raiva dele. Não estava com raiva dele agora. Nunca na vida se sentira tão grata ou feliz.

— Ah, papai — disse, a voz cheia de emoção. — Quando posso ir?

— Quero você aqui nas festas de fim de ano. Não vou ficar aqui sem você, por mais egoísmo que pareça. E é egoísmo. Eu disse ao diretor que você pode ir em janeiro, ou depois, se preferir, mas não antes disso. De qualquer forma, eles precisam de tempo para se prepararem para você. Estão estabelecendo alguns programas novos por lá, por isso não querem nenhum voluntário novo até então. — Christianna assentiu. Podia viver com isso. Eram menos de quatro meses e mal podia esperar.

— Eu prometo, faço tudo o que quiser até a minha partida.

— É melhor mesmo — disse ele com um sorriso sentido para a filha que tanto amava —, senão eu posso mudar de ideia.

— Não, por favor! — exclamou ela, parecendo criança de novo. — Prometo me comportar.

A única coisa que Christianna lamentava era partir antes do irmão retornar. Mas o veria quando voltasse, ou talvez Freddy aparecesse para uma visita, já que tinha pouco a fazer em Vaduz e adorava viajar. Ele mesmo já estivera na África várias vezes. Ela mal podia esperar para que sua aventura começasse. E depois disso, quando tivesse de voltar para casa, teria que se conformar com sua vida. Como o pai dissera, era seu destino, sua sina. E talvez então fosse trabalhar na fundação, e um dia a dirigisse, já que seu irmão não possuía qualquer interesse nela e, quando sucedesse o pai, não teria mais tempo para isso. A ideia de guiá-lo ainda a assustava. Era algo que teria de enfrentar um dia, bem sabia. Mas primeiro pensaria em sua temporada na África. Não conseguiria pensar em mais nada.

— Terá que fazer várias semanas de treinamento em Genebra antes de partir. Vou lhe dar o número do diretor, sua secretária poderá acertar tudo com ele. Ou talvez possam enviar alguém para treiná-la aqui.

Christianna não queria favores especiais, queria mais do que tudo ser como todos os outros. Ao menos naquele precioso ano. Era sua última chance.

— Vou para Genebra — disse tranquilamente, sem contar a ele o porquê.

— Pois bem — respondeu Hans Josef, levantando-se. — Você tem muito a pensar e muito a celebrar. — Parou à porta e olhou novamente para a filha, parecendo apenas por um instante um homem idoso. — Vou sentir terrivelmente a sua falta quando estiver fora. — E ele se preocuparia constantemente, mas não lhe contou. Parecia cansado e triste parado ali na porta.

— Eu te amo, papai... Obrigada... Do fundo do coração — disse ela, algo que o pai sabia ser sincero. Sabia que fizera a coisa certa por ela, não importava o quanto fosse difícil para ele. E mandaria pessoas para vigiá-la e protegê-la, não haveria discussão sobre o contrário.

— Eu também te amo, Cricky — disse carinhosamente o príncipe, que assentiu, sorriu para a filha e deixou o quarto com lágrimas nos olhos.

Capítulo 6

Uma vez que o pai concordara em deixá-la trabalhar para a Cruz Vermelha, Christianna entregou-se aos deveres em Vaduz com energia renovada, cortando fitas, visitando doentes e idosos, lendo para órfãos e participando de eventos oficiais e diplomáticos com o pai, sem uma única palavra de reclamação. Hans Josef estava comovido com os esforços que ela fazia, e esperançoso de que estaria pronta para se ajustar aos deveres da vida real com mais equidade quando voltasse para casa. Ela mal podia esperar para partir para a África em janeiro, e recebera uma mensagem de Marque, que ouvira boatos de que Christianna estava indo para lá. Agradecia novamente pelo empenho de quando se conheceram e desejava tudo de bom na nova aventura. Estava animada por ela. Disse que seria uma experiência da qual ela jamais se esqueceria. Marque ainda ia à África por conta própria quando tinha oportunidade, e disse que talvez fosse fazer uma visita enquanto Christianna estivesse por lá.

Nem a princesa nem o pai estavam preparados para a reação de Freddy quando ela enviou um e-mail ao irmão, contando seus planos. Ele ficou muito zangado e se opôs violentamente à ideia. Ligou para o pai e fez tudo o que podia para convencê-lo a mudar de ideia. Mas, para grande alívio de Christianna, o pai se manteve firme. Depois de discutir sem sucesso, Freddy decidiu ligar ele mesmo para a irmã.

— Perdeu o juízo? — perguntou com irritação. — No que está pensando, Cricky? A África é perigosa, você não faz ideia do que está fazendo. Vai ser morta pelos nativos em algum levante local, ou vai ficar doente. Já estive lá, não é lugar pra você. Nosso pai deve estar louco. — Ela estava aliviada por Freddy não ter conseguido fazê-lo voltar atrás, embora certamente tivesse tentado.

— Não seja bobo — respondeu alegremente, embora a fúria dele a irritasse um pouco. — Você só passou um mês lá no ano passado, e se divertiu muito.

— Sou homem — retrucou ele com teimosia, ao que Christianna revirou os olhos. Odiava quando ele dizia coisas assim.

— Não seja estúpido. Que diferença isso faz?

— Não tenho medo de leões e cobras — disse ele, soando arrogante. Tinha certeza de que ela ficaria apavorada com os dois.

— Nem eu — retrucou Christianna com bravura, embora definitivamente não estivesse entusiasmada com as cobras.

— Claro que tem. Quase teve um ataque do coração quando coloquei uma cobra na sua cama — lembrou-lhe, fazendo-a rir.

— Eu tinha 9 anos.

— Você é pouco mais velha do que isso agora. Devia ficar em casa, que é o seu lugar.

— Fazendo o quê? Não tenho nada para fazer aqui, e você sabe disso.

— Pode ir a jantares festivos com nosso pai, ou arranjar um marido. Faça seja lá o que as princesas supostamente fazem. — Ela ainda estava tentando descobrir o que aquilo seria. — A propósito, soube que Victoria ficou noiva novamente. O príncipe herdeiro da Dinamarca? Não vai durar. — Christianna não discutiu com ele, ambos a conheciam muito bem. De fato, Christianna soubera por um dos primos alemães que Victoria estava ficando entediada com ele, embora todos dissessem que era um bom homem. Christianna nem conseguia imaginá-la casando com alguém, ao menos não por um bom tempo. — Garota estúpida — murmurou Freddy. — Está obcecada com a ideia de casamento. Não sei como um homem conseguiria suportar ficar casado com ela, embora eu tenha que admitir que ela é muito divertida.

— O que me diz de você? — perguntou Christianna em tom de queixa. — Quando volta para casa? Ainda não está entediado?

— Não — respondeu ele, parecendo travesso. — Estou me divertindo muito.

— Bom, não é divertido por aqui sem você. Estou morta de tédio.

— Isso não é desculpa para fugir para a África, tentando encontrar a própria morte. — Ele realmente parecia preocupado com ela. Embora a importunasse constantemente, e a tivesse atormentado quando era criança, Freddy a adorava e lamentou saber que Christianna teria partido quando ele voltasse para casa. Estava pensando seriamente em visitá-la, caso realmente persistisse com aquele plano que ele considerava totalmente louco.

— Não vou encontrar a minha morte — garantiu ela. — Não estou entrando para o exército. Vou trabalhar para a Cruz Vermelha numa instalação para mulheres e crianças.

— Ainda acho que deveria ficar em casa. Como está nosso pai? — perguntou casualmente. Estava se sentindo um tanto culpado por estar afastado por tanto tempo, mas não culpado o bastante para voltar para casa.

— Está bem. Trabalhando muito como sempre. Por que não tenta voltar para casa no Natal, antes que eu parta?

— Tenho muita coisa para ver na China. Hong Kong, Pequim, Cingapura, Xangai, e quero parar em Mianmar para ver alguns amigos no caminho de volta.

— Vamos ficar tristes aqui sem você, já estamos.

— Não vão, não — respondeu ele, rindo. — Vão estar ocupados se divertindo em Gstaad. — Eles sempre iam para lá no Natal e no Ano-Novo, mas até isso seria menos divertido esse ano sem ele. Christianna adorava esquiar com o irmão, embora ela e o pai encontrassem amigos e parentes por lá todos os anos. Era uma parte muito agradável da vida deles. E ela estaria de partida logo depois das festas.

— Sinto muito a sua falta, sabia? — disse ela, sentindo-se nostálgica por um instante. Era bom conversar com ele, mesmo que desaprovasse seus planos. O irmão ficara muito protetor desde que havia crescido. Contudo ainda era difícil imaginar que ele um dia seria o príncipe soberano. Não gostava de pensar nisso, já que provavelmente só aconteceria quando seu pai não estivesse mais entre eles, algo que com sorte demoraria a acontecer. E enquanto isso, tudo o que Freddy fazia era brincar. Também não tinha nenhuma vontade de ficar na minúscula Vaduz. Ficava ainda mais entediado que Christianna quando estava lá, e cumpria menos deveres oficiais do que ela. Nunca se interessou por essas coisas simples. Evitava alegremente as suas responsabilidades e fugia, sempre que tinha a chance.

— Também sinto a sua falta — disse Freddy com carinho. — E o que foi essa história que ouvi sobre sua ida à Rússia? Nosso pai disse algo a respeito, mas não entendi bem. O que você estava fazendo lá? — Christianna contou a ele sobre o ataque terrorista à escola em Digora, os reféns, o horrorizante número de mortos e as coisas chocantes que viu enquanto estava lá. Freddy pareceu chocado e compreendeu melhor o que a levara a se voluntariar para a Cruz Vermelha. — O que está acontecendo com você, Cricky? Não vai se tornar freira ou algo do tipo, vai? — Nem conseguia imaginá-la voando para a Rússia para passar três dias numa tomada de reféns, trabalhando para a Cruz Vermelha. Ele vira o ataque nos noticiários, mas nem em um milhão de anos lhe ocorreria entrar num avião e ir ao local para ajudar. Teria sido a coisa mais remota em sua mente. E embora o amasse demais, Christianna também sabia que ele era um homem extremamente mimado e indulgente consigo mesmo.

— Não, não vou me tornar freira. — Ela riu.

— Algum bad boy que eu precise espantar quando eu chegar em casa?

— Nenhum — respondeu ela, sorrindo. Não tinha um encontro desde que deixara Berkeley em junho. Esteve fora por quatro anos e perdera o contato com os poucos amigos que tinha em casa. Sua vida sempre fora isolada. — Você é o único bad boy de verdade que eu conheço.

— Sim — disse ele com orgulho. — Creio que sou, não é? — Ele sempre se divertia quando ela o chamava assim. Não tinha vontade de ser outra coisa senão isso, e talvez não mudasse de ideia por um longo tempo. Ao menos no momento, em Tóquio, Freddy estava se mantendo longe da imprensa. Não se envolvia num escândalo ou num romance ardente há duas semanas. — E não pense que me esqueci dessa sua bobagem sobre a África. — Lembrou-se de repente, repreendendo-a outra vez. — Não vai escapar desse assunto tão fácil assim. Tenho toda a intenção de ligar para nosso pai novamente!

— Não ouse!

— É sério. Acho que é um plano absolutamente horrível.

— Pois eu não acho. Não vou ficar aqui simplesmente cortando fitas enquanto você fica com toda a diversão, correndo pelo mundo. Quantas gueixas vai trazer para casa? — brincou ela.

— Nenhuma. Além disso, ainda não fui à China. Disseram que as garotas são absolutamente lindas em Xangai. E acabei de ser convidado para ir ao Vietnã.

— Você é incorrigível, Freddy — disse Christianna, soando mais como irmã mais velha do que caçula. Ela se sentia assim às vezes. Ele era adorável e irresistível, e ao mesmo tempo um completo irresponsável. Ela se perguntava se um dia ele se casaria. Realmente não conseguia imaginar isso e, nos últimos anos, ele se tornara um dos playboys mais famosos da Europa, fato que não agradava ao pai. O príncipe esperava que um dia Freddy se casasse com uma moça digna dele, que parasse de caçar modelos e atrizes. A única princesa com quem se envolvera era casada e aquilo havia sido completamente reprovável. O marido da princesa com quem se envolvera o chamara de patife na imprensa, ao que Freddy respondeu que se sentia lisonjeado porque o homem o tinha em tão alta conta. Sob certos aspectos, Christianna sabia, era melhor que ele não estivesse em casa. Enquanto continuasse a agir assim, tudo o que faria seria aborrecer o pai. Ao menos em Tóquio, fosse lá qual travessura estivesse para aprontar, ele não estava sob todos os olhares. — Pense em voltar para o Natal. — Lembrou-lhe antes de desligar.

— E você pense em recobrar o juízo e ficar em casa. Esqueça a África, Cricky. Vai odiar. Apenas se lembre de todas as cobras e insetos.

— Obrigada pelo encorajamento. E pense em voltar antes que eu parta. Do contrário, não o verei por pelo menos oito meses.

— Talvez devesse pensar em se tornar freira. — Foi seu comentário final. Christianna pediu que se comportasse, mandou-lhe um beijo e desligou. Às vezes se preocupava com ele. Era tão desinteressado pelo trabalho que o pai fazia tão bem, trabalho que herdaria um dia. Esperava que ele conseguisse crescer antes de herdá-lo. O pai nutria a mesma esperança, mas ficava mais preocupado a cada ano.

Christianna mencionou ter conversado com ele naquela noite, e o pai suspirou e balançou a cabeça.

— Preocupa-me o que vai acontecer ao país quando ele assumir as rédeas. — Embora um país minúsculo, Liechtenstein possuía uma economia próspera, o que não acontecera por acidente. Christianna sabia muito mais sobre a política e a economia que o irmão. O pai às vezes pensava que era uma pena que suas idades, sexos e personalidades não fossem trocados. Odiaria possuir uma filha libertina, o que Christianna não era, mas odiava tanto quanto a ideia de ter um playboy irresponsável como príncipe soberano. Era um problema que ele ainda tinha de solucionar. Mas por enquanto, o tempo estava ao lado deles, e felizmente, embora tivesse acabado de completar 67 anos, o príncipe Hans Josef gozava de boa saúde. Presumivelmente, Freddy não reinaria tão cedo.

Os dois meses seguintes voaram enquanto Christianna cumpria seus deveres com zelo renovado. Queria fazer tudo o mais perfeitamente possível antes de partir para a África, apenas para mostrar ao pai o quanto estava grata pela permissão. Passou duas semanas em Genebra para o treinamento. Já tinha um certificado avançado em primeiros socorros. Grande parte das explicações era sobre o país em que estaria vivendo, as tribos locais, seus hábitos, os potenciais perigos da situação política atual, as coisas nas quais deveria prestar atenção, os descuidos que deveria evitar para não ofender os habitantes locais. Recebeu um curso rápido e intensivo sobre AIDS, já que a instalação onde trabalharia era especificamente voltada para esta doença. E depois vieram vários avisos sobre insetos com os quais se preocupar, doenças contra as quais devia estar vacinada e sobre como identificar uma grande variedade de cobras venenosas. Só durante aquela parte do treinamento foi que ela se indagou, embora apenas por uma fração de segundo, se Freddy teria razão. Christianna odiava cobras. Disseram-lhe que tipo de equipamento precisaria, quais seriam suas responsabilidades e que tipo de roupas levar. Sua cabeça estava rodopiando de tanta informação quando voltou para Vaduz. O médico do palácio já tinha começado a lhe dar as vacinas necessárias. No total, seriam nove, várias das quais soube que talvez a deixassem enjoada. Estava recebendo vacinas contra hepatite A e B, tifo, febre amarela, meningite, raiva, e reforço contra tétano, sarampo e pólio. E teria que tomar medicamentos antimaláricos enquanto estivesse fora, assim como antes e depois da viagem. Para Christianna, tudo parecia valer a pena. A única coisa que ainda a preocupava um pouco eram as cobras. Já havia encomendado dois pares de botas resistentes e fora avisada de que as sacudisse ao levantar da cama, antes de calçá-las, para o caso de algo desagradável ter rastejado para dentro delas durante a noite – uma ideia nada atraente. Mas tudo o mais que lhe contaram parecia bom, particularmente o trabalho. Ela ajudaria os médicos profissionais e outros funcionários, como uma espécie de assistente geral, durante o tempo em que estivesse lá. Assim sendo, seu cargo era um tanto difícil de definir, mas descobriria mais sobre isso quando chegasse. Sentia-se pronta, capaz e disposta a fazer qualquer tarefa que designassem. De fato, mal podia esperar.

Duas semanas antes do Natal, logo após o treinamento em Genebra, ela e o pai foram a Paris para um casamento. Uma de suas primas na família Bourbon, pelo lado materno, estava se casando. Uma princesa estava se casando com um duque. O casamento em si foi espetacular, em Notre Dame, e a recepção num bonito *hôtel particulier* na rue de Varenne. As flores eram belíssimas, tinham pensado em cada detalhe possível. A noiva usava um magnífico vestido de renda da Chanel Haute Couture com uma nuvem de véu que encobria o rosto. Havia quatrocentas pessoas no casamento, que foi presenciado por membros da realeza de toda a Europa e a nata de *le tout Paris*, as pessoas mais badaladas na sociedade parisiense. O casamento foi às 20 horas, e o noivo e todos os convidados do sexo masculino usaram gravata branca. As mulheres exibiam vestidos espetaculares. Christianna trajava um vestido de veludo azul profundo debruado de zibelina, com as safiras da mãe. Lá viu Victoria, que tinha acabado de terminar o noivado com o príncipe dinamarquês. Estava mais selvagem do que nunca, e solteira mais uma vez, alegou ela, para seu grande alívio.

— Quando o travesso do seu irmão volta para casa? — per guntou a Christianna, com um quê de malícia nos olhos.

— Neste ritmo, nunca — respondeu Christianna. — Ele disse que não antes da primavera.

— Droga. Que pena. Eu ia convidá-lo para ir comigo ao Taiti no Ano-Novo. — Ela disse aquilo de uma maneira que de repente fez Christianna se perguntar se Victoria estava mirando nele para uma investida.

— Talvez ele a encontre lá — disse Christianna, olhando ao redor. Era um dos casamentos mais bonitos que já vira.

A noiva fora acompanhada por várias criancinhas, carregando cestas de cetim cheias de pétalas de flores, como era o costume na França.

— Acho que ele já está na China — disse vagamente. Tinha acabado de ver um amigo do outro lado da sala, alguém que não via há anos.

O pai partiu às 2 horas, enquanto a festa ainda estava a pleno vapor. Assim como a maioria dos jovens, Christianna ficou até quase 5h. A noiva e o noivo ainda estavam lá àquela hora também, dançando com muita energia. O carro estava esperando por Christianna lá fora, com os guarda-costas, e ela voltou para o Ritz, onde estava hospedada com o pai, quase às 6h. Tinha sido um evento fabuloso, e ela não se divertia assim havia anos.

Christianna não pôde deixar de pensar, ao retirar as safiras e o vestido e dispô-los numa cadeira, que a vida que levava na Europa estava muito longe do que se poderia imaginar da vida que levaria na África enquanto estivesse trabalhando para a Cruz Vermelha. Mas, por mais divertida que esta às vezes fosse, a vida na qual estaria embarcando era exatamente a que queria. Ainda pensando nisso, deitou-se na cama com um sorriso.

Ela e o pai passaram o resto do fim de semana em Paris. Ele a lembrou, um tanto desejoso, enquanto caminhavam pela Place Vendôme no caminho de volta ao hotel, que não era muito tarde para que mudasse de ideia quanto a trabalhar para a Cruz Vermelha. Ainda poderia mudar de planos e ir para a Sorbonne. Tão logo ele disse isso, ela o fitou e sorriu.

— Papai, não ficarei longe por tanto tempo. — Embora estivesse esperando alongar os seis meses para um ano, caso ele permitisse.

— Vou sentir tanta saudade — disse ele com tristeza.

— Eu também. Mas vai ser tão emocionante. E quando eu poderia fazer isso outra vez? — Aquele era o momento, enquanto ainda era jovem. Mais tarde, quando assumisse mais responsabilidades, seria ainda menos provável que pudesse se afastar, e ambos sabiam disso. O pai lhe prometera, então não voltaria atrás com a palavra. Mas odiava vê-la partir.

O pai a encorajou a ficar mais um dia em Paris, ou até mais, se ela quisesse. Mas saber que estaria de partida para a África em breve fazia com que se sentisse culpada por deixá-lo sozinho por muito tempo. Ele era tão apegado a ela, sentia muitíssimo a sua falta quando estava ausente. Seus anos em Berkeley foram difíceis para o pai. Era muito mais próximo à Christianna que ao filho, e gostava particularmente de discutir os assuntos do principado com ela, pois apreciava suas opiniões.

Ela e Victoria fizeram compras na Faubourg St. Honoré e na Avenue Montaigne na segunda-feira. Almoçaram no L'Avenue, onde Freddy geralmente arranjava modelos. Seus locais favoritos eram o Costes, o Bain Douche, o Man Ray e o Buddha Bar. Freddy tinha um carinho particular por Paris, assim como Christianna. Ela e Victoria desabaram no quarto dela no Ritz ao fim de um longo dia e pediram serviço de quarto. Ainda estavam cansadas devido ao casamento. E enfim se separaram na terça de manhã no aeroporto. Christianna voou para Zurique e Victoria, para Londres, prometendo que se encontrariam de novo em breve. Victoria já havia dito que iria para Gstaad para ficar com ela, caso não fosse para o Taiti. Agora que não era mais comprometida, ela estava ligeiramente sem ter o que fazer, e Christianna esperava vê-la outra vez antes de partir.

Teve muito a fazer em Vaduz naqueles dias. Foi feito um anúncio oficial do palácio de que ela estaria viajando nos próximos meses, sem especificidades quanto aos planos ou destino. Isso tornava as questões de segurança mais simples, e Christianna estava determinada a não deixar que ninguém soubesse que era uma princesa enquanto trabalhasse para a Cruz Vermelha. Assim que a notícia do afastamento se espalhou, de repente todos a quiseram para cerimônias, inaugurações, lançamentos de pedras fundamentais, festas e bênçãos. Tentou comparecer em tantos eventos quanto pôde, e estava exausta quando seguiu com o pai para Gstaad na semana seguinte. Eles sempre se divertiam lá. Era uma badalada estação de esqui, cheia de americanos e europeus, playboys, beldades, estrelas de cinema e membros variados da realeza. Era um dos poucos locais de férias que atendia aos extremamente ricos de onde Christianna realmente gostava. Tanto ela quanto o pai eram esquiadores ávidos e sempre passavam momentos maravilhosos lá a cada ano.

Celebraram o Natal sossegadamente, em seguida foram à missa à meia-noite, e Christianna tentou ligar para Freddy em Hong Kong, mas ele estava fora de área. Parecia estranho que o irmão não estivesse ali com eles, mas ele ligou na manhã seguinte. Perguntou sobre o casamento Bourbon em Paris, e Christianna contou sobre o convite um tanto improvisado de Victoria para que fosse ao Taiti. Freddy disse lamentar perder a oportunidade, mas que talvez a acompanhasse na Páscoa, e depois de implorar novamente que a irmã reconsiderasse seus planos, desejou aos dois um Feliz Natal e desligou.

Christianna e o pai ficaram em Gstaad, como sempre faziam, até depois do Ano-Novo, e, ao chegar em casa, a princesa ficou surpresa por perceber que só lhe restavam quatro dias em Vaduz antes da partida. E aqueles dias voaram rápido demais para o gosto do pai. Queria desfrutar de cada momento que podia com a filha. Mas suas próprias responsabilidades encurtavam muito o tempo. Ele entrou no quarto dela no último dia com um olhar desolado. Christianna estava ocupada fazendo as malas e ergueu o olhar quando Hans Josef entrou. Até o cachorro estava deitado perto da mala, parecendo triste.

— Charles e eu vamos sentir sua falta — disse ele, parecendo infeliz.

— Vai cuidar dele por mim? — perguntou Christianna, dando um abraço no pai. Sentiria saudades deles também. Mas mal podia esperar para partir para sua grande aventura.

— Sim, vou. Mas quem vai cuidar de mim? — Ele só estava brincando um pouco. Dependia da companhia dela mais do que se a esposa ainda estivesse viva, ou se Freddy fosse mais presente em sua vida ou melhor companhia. O filho nunca estava por perto, e quando estava, causava mais aborrecimento e preocupação do que companhia e apoio. O pai de Christianna conversava e se abria com ela como com ninguém mais em sua vida.

— Logo estarei de volta, papai. E Freddy volta em um mês ou dois. — O pai revirou os olhos, e os dois riram.

— Duvido que seu irmão um dia vá cuidar de mim, ou de alguém. E acho que ficaria assustado se o fizesse. Nós é que vamos cuidar dele. — Os dois sabiam que ele estava certo, e Christianna riu de novo, embora ambos compartilhassem a mesma preocupação sobre o que aconteceria ao país quando Freddy fosse o príncipe soberano. O pai tinha começado a nutrir esperanças de que Christianna se tornasse a principal conselheira do irmão quando isso acontecesse, e estava tentando lhe ensinar tudo o que podia. Christianna era uma aluna disposta, uma filha adorável, não fugia das responsabilidades e nunca o desapontava, o que tornava sua ausência ainda mais grave, embora ele admitidamente soubesse que às vezes colocava um fardo muito grande sobre ela.

— Tenho certeza de que ele vai crescer um dia, papai — disse Christianna, tentando soar confiante e esperançosa, mesmo que injustamente.

— Queria compartilhar do seu otimismo. Sinto falta do garoto, mas não sinto falta do caos que ele cria quando está aqui. É tão tranquilo por aqui sem ele. — O pai sempre era honesto com ela, como ela era com ele.

— Eu sei. Mas não existe ninguém como ele, existe? — disse, soando como uma irmã adoradora, embora Freddy sempre a tivesse perturbado, e ainda perturbasse. — Vou ligar sempre que puder, papai. Parece que há telefones na agência postal de lá, embora não sejam muito confiáveis, segundo disseram, e às vezes as linhas ficam mudas por semanas. Então tudo o que se pode fazer é falar por rádio. Mas mando notícias de alguma forma, eu prometo. — Sabia que seus guarda-costas pensariam em algo, então poderia enviar mensagens para tranquilizar o pai. Não ousariam fazer diferente, senão Hans Josef poderia forçá-la a retornar caso o deixasse preocupado demais. Faria tudo o que pudesse para manter contato, seja lá o que fosse necessário. Ainda esperava que ele lhe permitisse estender a viagem. Queria ficar um ano inteiro.

A última noite juntos foi penosa. Jantaram na sala de jantar privativa e conversaram sobre os planos dela. Christianna perguntou sobre algumas novas políticas econômicas que o pai havia acabado de introduzir, e qual fora a reação do Parlamento. O príncipe ficou contente com as perguntas e gostou de discuti-las com a filha. Mas isso só lembrou-lhe novamente o quanto sua vida seria solitária sem ela. Christianna ainda nem tinha partido, mas ele mal podia esperar por seu retorno. Queria que os próximos meses passassem rápido, mas sabia que não passariam. Sem o brilhante raio de sol que ela levava à sua vida, os dias se arrastariam. Egoisticamente, estava pensando em insistir para que ela retornasse após os seis meses iniciais, e quando mencionou isso, Christianna pediu que ele esperasse para decidir. Talvez estivesse pronta para voltar por conta própria, ou precisasse de mais alguns meses para concluir seja lá o que tivesse começado. Pediu-lhe que mantivesse a mente aberta, e ele concordou. As conversas entre eles sempre eram racionais, amorosas e adultas. Sob muitos aspectos, ela era uma das grandes razões para que não tivesse casado novamente. Com Christianna para lhe fazer companhia e conversar, não precisava de uma esposa, nem queria uma. Além disso, sentia que era tarde demais para recomeçar a vida. Antes disso, esteve muito ocupado. Sentia-se confortável como estava agora, embora fosse se sentir muito menos quando Christianna estivesse longe. Deu-lhe um beijo de boa-noite, já lamentando a ausência dela, e tomaram juntos o café na manhã seguinte. Ela estava usando jeans para o longo voo e provavelmente não vestiria nada diferente no próximo ano. Só levava um vestido, por precaução, duas saias camponesas que trouxera da Califórnia, vários dos shorts que usara na faculdade, uma pilha de jeans e camisetas, chapéus, mosquiteiro, repelentes de insetos, os medicamentos contra malária, e também botas e sapatos robustos que a protegessem das temidas cobras.

— Isso não é pior do que quando eu costumava voltar para a faculdade na Califórnia depois das férias, papai. Pense desta maneira. — Tentou consolá-lo. Hans Josef parecia muito desolado e triste com sua partida.

— Prefiro pensar em você bem aqui.

Mal pôde falar quando se despediu dela. Segurou-a num longo abraço, e Christianna beijou-lhe a bochecha com adoração, como sempre fazia.

— Sabe o quanto confio em você, não é, Cricky? Cuide-se.

— Vou me cuidar. Eu ligo, papai. Prometo. Cuide-se você também. — Era mais difícil deixá-lo do que pensava que seria, e sentiu um soluço preso na garganta. Sabia o quanto ele precisava dela e odiava deixá-lo sozinho. Sabia o quanto ficaria solitário. Mas só desta vez, desta última vez, antes que assumisse seus deveres reais para sempre, precisava da própria vida.

— Eu te amo, Cricky — murmurou ele. E assim, virou-se para os dois guarda-costas parados juntos dela com um olhar severo. — Fiquem perto dela o tempo inteiro. — Não havia como descumprir suas ordens. Eram os mesmos homens que a acompanharam até a Rússia, Samuel e Max. Estavam tão animados quanto ela com a nova aventura, e Christianna se sentia confortável e resignada em tê-los consigo. O pai fora intransigente a respeito. Era a única condição na qual não cederia, então Christianna enfim aceitou. Sentia-se ligeiramente boba por ter dois guarda-costas consigo, mas o diretor do acampamento da Cruz Vermelha disse que compreendia perfeitamente tal necessidade. Foi extremamente confidencial quanto à sua situação e garantiu-lhe por e-mail que não divulgaria quem ela era. Ele seria o único a estar ciente de que seu passaporte não possuía sobrenome, o que a denunciaria àqueles que sabiam de tais coisas, embora isso fosse raro. Marque, de maneira singular, estava ciente disso, pois tinha trabalhado com membros da realeza antes. Outros, não.

Mas Christianna não queria assumir riscos. A única coisa que não queria que ninguém soubesse era que era uma princesa. Queria ser tratada como todos os outros por lá. Não queria ninguém lhe chamando de Sua Alteza Sereníssima, nem senhora, muito menos os guarda-costas, que estavam se disfarçando de voluntários, amigos que estavam indo com ela. Christianna tinha pensado em tudo e coberto todas as possibilidades. E até o momento, o diretor da instalação fora totalmente cooperativo.

— Eu te amo, papai — disse quando entrou no carro e o pai fechou a porta. Ele queria acompanhá-la ao aeroporto, mas tinha que se encontrar com todos os ministros naquela manhã, para debater as políticas econômicas sobre as quais ele e Christianna haviam conversado na noite anterior. Então se despediu dela no palácio.

— Também te amo, Cricky. Não se esqueça disso. Cuide-se. Seja cuidadosa. — Avisou-lhe novamente, ao que Christianna sorriu e inclinou-se na janela para beijar-lhe a mão. O elo que formaram nos anos após a morte da mãe dela era inquebrável e incomumente forte.

— Adeus! — Ela acenou enquanto se afastavam. O pai ficou parado acenando até o carro atravessar os portões, virar e desaparecer, e então, com a cabeça baixa, caminhou lentamente de volta ao palácio. Tinha feito isso por ela, permitido que fosse à África, para fazê-la feliz. Mas para ele, seriam seis ou 12 miseráveis meses sem a filha. Conforme entrava no palácio, o cachorro andava desolado ao lado dele. Sem a alegre presença de Christianna, os dois realmente pareciam um par triste e solitário.

Capítulo 7

O voo de Christianna partindo de Zurique logo decolou para Frankfurt naquela manhã. Seus guarda-costas estavam na classe econômica, ela, na primeira classe. E embora tivesse pedido que não, o palácio deixara discretamente que a companhia aérea soubesse que ela estava no voo. Era exatamente o que ela não queria e isso a aborreceu. Tudo o que podia fazer era se consolar por saber que não seria "especial" pelo próximo ano. Não queria ser. Aquele período na África, trabalhando para a Cruz Vermelha, seria sua última oportunidade de ser uma pessoa comum, sem nenhum dos fardos que automaticamente vinham com sua posição na vida. Pelos meses seguintes, não queria nenhum dos privilégios da realeza. Nenhum mesmo. Queria que a experiência lá fosse exatamente como a de todo mundo, para o que desse e viesse.

Quando mudaram de voo em Frankfurt, ficou grata por ninguém parecer saber quem ela era. Não havia ninguém para encontrá-la ou cumprimentá-la, ninguém para ajudá-la a mudar de avião, nenhuma atenção especial. Pegou a mochila e a bolsa de mão, enquanto os dois guarda-costas lidavam com a bagagem dos três. Conversaram amigavelmente por alguns minutos entre os voos e tentaram imaginar como seria. Sam achava que seria dureza. Estivera na África antes. O diretor em Genebra tinha assegurado que seria confortável, mas Christianna havia dito que não se importava, e falava sério. Estava mais do que disposta a enfrentar o mesmo que todos, se assim fosse o caso. Ele lhe prometera anonimato, e ela contava com isso. Do contrário, tudo estaria arruinado. Na cabeça dela, aquela era sua última chance de uma vida verdadeira, antes de se dedicar ao peso e às restrições dos deveres reais para todo o sempre.

Samuel ficou por semanas coletando informações do Departamento de Estado dos Estados Unidos sobre a situação política na Eritreia, na África Oriental, para onde estavam indo. Fazia fronteira com a Etiópia, que causara sérios problemas à Eritreia ao longo dos anos. Os dois países enfim assinaram uma trégua vários anos antes, e tudo estava pacífico agora. Os conflitos fronteiriços que aconteciam anteriormente com a Etiópia tinham terminado. Samuel prometera alertar o príncipe se qualquer coisa mudasse ou se algo preocupante acontecesse em algum lugar próximo, e se necessário, tiraria a princesa do país. Mas parecia não haver preocupações por enquanto, como também prometera o diretor da Cruz Vermelha. A Eritreia seria interessante e segura. Tudo o que Christianna precisava fazer era se concentrar no trabalho. Estava deixando a cargo deles as questões de segurança, para que estas fossem tratadas da maneira mais discreta possível. Alegavam ser três amigos de Liechtenstein, que tinham se inscrito para um ano juntos. Era uma história plausível à qual pretendiam se ater, e não havia razão para que ninguém no acampamento suspeitasse do contrário. E Christianna sabia o quanto os dois homens eram discretos.

Depois da viagem de avião de dez horas de Frankfurt para Asmara, via Cairo, mal olharam para seu passaporte. Nem notaram a ausência de sobrenome, para grande alívio de Christianna. Não queria que a imprensa fosse notificada em parte alguma do trajeto, já que a notícia de sua presença no país poderia acompanhá-la até o destino final, o que ela queria evitar a qualquer custo.

Àquela altura, já estavam na estrada há 14 horas, e Christianna estava cansada. Os dois homens dormiram durante o longo voo. Quando saíram do aeroporto, olharam ao redor. Max tinha recebido um e-mail antes de partirem, confirmando que seriam apanhados. Ninguém sabia ao certo quem iria encontrá-los, ou qual veículo do acampamento trariam. Só asseguraram que alguém estaria lá, mas ninguém parecia esperar por eles.

Aproximaram-se de uma barraca de teto de capim e compraram três refrigerantes de laranja. A bebida era produzida por uma companhia africana e o sabor era enjoativamente doce, mas beberam mesmo assim, pois fazia calor e estavam com sede. Embora fosse inverno na África Oriental, a temperatura estava alta. O cenário ao redor era bonito, o ar era seco e o terreno, plano. Havia uma suave luz indistinta que parecia recobrir tudo e lembrou Christianna da reconfortante luminosidade das pérolas da mãe. Havia certa gentileza nas cercanias, enquanto esperavam que alguém aparecesse. Por fim sentaram-se nas malas do lado de fora da barraca, e meia hora depois surgiu um velho e obsoleto ônibus escolar amarelo. Possuía uma bandeira da Cruz Vermelha colada de cada lado, mas fora isso parecia totalmente vergonhoso, como se não pudesse avançar 1 quilômetro. Apesar disso, tinha vindo desde Senafe, e a viagem tomara cinco horas.

A porta foi aberta e um homem alto, de aparência desgrenhada e cabelo escuro saiu. Olhou para os três sentados nas malas, sorriu e correu para ajudá-los, com desculpas pelo atraso. Olhando para o antigo ônibus amarelo, podia-se facilmente ver por que ele estava atrasado.

— Sinto muito, sou Geoffrey McDonald. Um pneu furou no caminho, levou uma eternidade para trocá-lo. Não está muito cansada, Alteza? — perguntou com otimismo. Ele a reconhecera de um exemplar da revista *Majesty* que alguém abandonara, embora ela parecesse mais jovem do que esperava, e ainda com vigor e beleza mesmo após a longa viagem.

— Por favor, não me chame assim — pediu Christianna imediatamente. — Espero que o diretor em Genebra tenha avisado. Só Christianna está bom.

— Claro — desculpou-se Geoffrey, pegando a mochila, enquanto apertava as mãos dos guarda-costas. Teoricamente não deveria estender a mão para ela, a não ser que ela o fizesse primeiro e, por ser britânico, ele aparentemente estava ciente da etiqueta envolvida, mas Christianna logo estendeu a mão. Geoffrey a apertou com cautela e um sorriso tímido. Parecia um professor distraído, e Christianna, assim como os dois guardas, gostou dele de imediato.

— Espero que ninguém esteja ciente disso por aqui — disse ela, parecendo preocupada.

— Não, de maneira alguma — assegurou ele. — Na verdade, fui avisado. Apenas esqueci. É bem empolgante que uma princesa venha ficar conosco, mesmo que ninguém saiba. Minha mãe ficaria muito impressionada — confessou ele —, embora eu só vá contar depois de sua partida. — Havia certa meninice desajeitada nele que seria difícil não amar. Christianna sentiu-se imediatamente sossegada. Ele era amigável e caloroso.

— Não quero que os outros saibam — explicou outra vez enquanto se encaminhavam para o ônibus, com os guarda-costas atrás dela, carregando as malas.

— Compreendo. Estamos muito animados por ter você aqui. Precisamos de qualquer ajuda que conseguirmos. Dois dos nossos pegaram tifo e tiveram que voltar para casa. Ficamos desfalcados por oito meses. — Ele possuía um jeito ligeiramente distraído, estava despenteado, e parecia ter uns 40 anos. Contou ter nascido na Inglaterra, mas havia vivido a vida inteira na África, e crescido na África do Sul, na Cidade do Cabo. Dirigia o acampamento em Senafe nos últimos quatro anos. Disse que a instalação crescera aos trancos e barrancos desde o começo.

— Já estão acostumados conosco agora. Os habitantes locais ficaram desconfiados no começo, embora todos sejam muito amigáveis por aqui. Além da unidade de AIDS, este é basicamente um posto de assistência médica. Um médico vem duas vezes por mês para me dar uma mão. — Acrescentou que a instalação que dirigiam estava obtendo um considerável sucesso. O objetivo deles era prevenir o alastramento da doença e também tratar aqueles que já estavam contaminados. — O centro anda transbordando. Vai ver quando chegarmos. E é claro que tratamos todas as doenças e enfermidades locais também. — Ele saiu do ônibus novamente antes de partirem e comprou um refrigerante para si. Parecia empoeirado e cansado, ligeiramente pálido, como se trabalhasse muito, e Christianna sentiu-se tocada pelo fato de o diretor ter vindo pessoalmente.

Já era muito empolgante estar ali, tentando absorver as paisagens e sons incomuns, embora todos estivessem se sentindo um tanto entorpecidos depois da longa viagem. Samuel e Max estavam quietos, estudando os arredores, sempre alertas e constantemente cientes de que a missão deles era protegê-la. Por enquanto, tudo estava bem.

Quando Geoff voltou, ligou o ônibus, que deu uma série de horríveis tossidelas e gemidos, engasgou e depois tremeu de maneira alarmante quando ganhou vida. Ele se virou para Samuel e Max com um largo sorriso.

— Espero que um de vocês seja mecânico. Precisamos desesperadamente de um no acampamento. Temos equipe médica, mas ninguém sabe como consertar nossos carros. Têm alto grau de instrução, todos eles. Precisamos de encanadores, eletricistas e mecânicos. — O ônibus saiu sacolejando pela estrada, morreu e religou, como se fosse para demonstrar a questão.

— Faremos nosso melhor. — Max sorriu. Era muito mais capacitado com armas, mas não falou nada. Estava disposto a tentar. O ônibus quase parou novamente quando subiam uma colina num passo de lesma, enquanto Geoff tagarelava com os três. Era como se Christianna o deixasse ligeiramente nervoso, pois sempre lhe dava olhadas tímidas e sorria. Era impossível para ele esquecer quem ela era.

Christianna fez perguntas sobre a unidade, a crise da AIDS na África e os outros cuidados médicos que eles proporcionavam. Geoffrey explicou que ele mesmo era médico. A especialidade dele era medicina tropical, o que o levou até aquele lugar. Enquanto conversavam, ela observava o cenário. Havia pessoas caminhando dos dois lados da estrada em roupas de cores alegres, com faixas de tecido branco. Um rebanho de cabras começou a atravessar o caminho deles. O ônibus parou por causa disso, e depois não quis ligar, enquanto um homem de turbante que guiava um camelo tentava ajudar um garotinho a pastorear as cabras. Geoff afogou o motor tentando dar a partida, então o deixou assim enquanto as cabras finalmente deixavam a estrada. Isso lhes deu mais oportunidade de conversa.

Ele era extremamente informativo em seus dados e avaliações. Disse que na unidade de AIDS não tratavam só mulheres, mas crianças também, muitas das quais haviam sido estupradas e então afastadas das tribos por não serem mais virgens, o que era ainda pior quando engravidavam. As famílias não podiam mais oferecê-las em casamento, então ficavam imprestáveis na troca por gado, terra ou dinheiro. E assim que ficavam doentes, eram quase sempre abandonadas. O número de homens e mulheres infectados pela AIDS era chocante, e o fato de que aquele índice continuava a subir era ainda mais alarmante. Geoffrey disse que seus pacientes também sofriam de tuberculose, malária, calazar (uma forma de leishmaniose) e doença do sono.

— Estamos esvaziando o mar com um dedal — disse ele, esboçando a situação em palavras que não deixavam dúvida do quanto era desesperadora a situação dos pacientes, muitos deles refugiados das disputas fronteiriças com a Etiópia nos anos anteriores à trégua. Contou também que a trégua era algo inquietante, pois a Etiópia continuava ambicionando Massawa, o porto da Eritreia no Mar Vermelho. — Tudo o que podemos fazer é cuidar deles, deixá-los confortáveis e auxiliar alguns até a morte. E tentar educar outros quanto à prevenção da doença.

Christianna percebeu que era uma perspectiva intimidante enquanto ouvia Samuel e Max fazerem várias perguntas também. A missão deles não era perigosa, mas deprimente. O índice de mortalidade era alto, praticamente cem por cento em meio aos que tinham AIDS. Muitas das mulheres e crianças que chegavam até eles estavam em estágio avançado para que a doença fosse interrompida, controlada ou forçada a algum tipo de remissão. Um dos maiores objetivos, disse ele, era impedir que as mães passassem a AIDS para os recém-nascidos, dando medicação tanto à mãe quanto ao bebê e convencendo-as a não amamentar. Algo cultural e praticamente impossível já que muitas eram pobres, vendiam a fórmula recebida e continuavam a amamentar porque era mais barato, então os bebês também pegavam AIDS. Era uma batalha constante e penosa, de acordo com Geoffrey, educar e tratá-los, quando podiam.

— Fazemos o que podemos por eles, mas nem sempre podemos fazer muito. Às vezes temos que aceitar isso também.

Mencionou que os Médicos Sem Fronteiras apareciam com frequência na região e ajudavam. Eram gratos pela ajuda de outras organizações também, não apenas da Cruz Vermelha, embora cem por cento do financiamento viesse deles. O governo local era pobre demais para ajudar. Disse que estavam planejando pedir contribuição de algumas fundações, mas ainda não tiveram tempo de preencher os pedidos de subsídio. Christianna achou que gostaria de ajudá-los, pensando na própria fundação, que contribuía generosamente para situações similares àquela. Descobriria mais sobre as necessidades deles nas semanas e meses seguintes, e conversaria com a fundação sobre isso quando retornasse.

Gastaram cinco horas para chegar ao acampamento. Conversaram quase o trajeto inteiro. Geoff era um homem agradável, interessante, obviamente gentil e compassivo, com vasto conhecimento sobre o continente onde vivia e as agonias que o infestavam, muitas das quais não podiam ser remediadas, por enquanto, e provavelmente não seriam por muito tempo. Mas ele e aqueles com quem trabalhava estavam fazendo tudo o que podiam para mudar isso.

Christianna enfim caiu no sono nos últimos minutos da viagem de ônibus, apesar das sacolejadas, dos ruídos e da fumaceira constantes que o ônibus emitia. Estava tão cansada que nem uma bomba a incomodaria àquela altura. Acordou com um susto quando Max tocou seu braço. Estavam no acampamento, e o ônibus foi cercado por funcionários da Cruz Vermelha, que observavam com curiosidade para ver os três novos funcionários que chegavam. Andavam conversando sobre eles há semanas. Todos sabiam que eram dois homens e uma mulher, e que vinham de algum lugar da Europa. Havia um vago rumor de que eram todos suíços, alguém dissera que eram alemães, depois acharam que os homens eram alemães e a mulher, suíça. Ninguém lhes mencionara Liechtenstein. Talvez estivessem confusos porque a estadia e a chegada deles tinham sido acertadas pelo escritório de Genebra. Mas quem quer que fossem, eram mais do que bem-vindos e desesperadamente necessários no acampamento. Mesmo que não fossem médicos ou enfermeiros, ao menos tinham corações e mãos a oferecer.

Quando Christianna olhou ao redor, viu que dúzias de pessoas a olhavam, todos numa variedade de vestimentas informais. Shorts, jeans, camisetas, botas de caminhada, as mulheres com cabelo curto ou preso sob lenços, vários deles com jalecos de médico, inclusive as mulheres. Ela viu uma mulher de meia-idade com rosto envelhecido, um sorriso caloroso e um estetoscópio ao redor do pescoço. Havia uma muito bonita, alta, com cabelo escuro, que olhava atentamente para o ônibus com uma criança nativa nos braços. Parecia haver uma divisão aproximadamente igual entre homens e mulheres. A variação de idade parecia abarcar desde a faixa de Christianna até alguns rostos que pareciam ter o dobro da sua idade. Entre eles estava um punhado de trabalhadores locais trajando vestimenta nativa colorida, alguns dos quais seguravam crianças pela mão. O centro em si, no eixo do complexo, parecia um amontoado de cabanas brancas recém-pintadas. E de cada lado havia uma série de tendas imensas, quase de aparência militar.

Geoff estendeu a mão para ela, em respeito à sua posição elevada, para firmá-la ao descer do ônibus no chão desnivelado. Christianna sorriu para ele, depois olhou os outros com timidez, enquanto Samuel e Max saíam do ônibus carregando as malas. Christianna parecia bastante descabelada e desleixada após a longa viagem enquanto o grupo de funcionários se aproximava um a um.

Geoff apresentou a mulher mais velha primeiro. Seu nome era Mary Walker e, como o estetoscópio sugeria, era médica. Era britânica e a chefe do programa que lidava com AIDS. Possuía cabelo branco pendendo numa longa trança pelas costas, um rosto sorridente bem marcado com penetrantes olhos azuis. Imediatamente fez Christianna lembrar-se de Marque. Apertou sua mão num cumprimento forte e seguro e deu calorosas boas-vindas ao acampamento. Havia duas outras mulheres ao lado dela, uma delas era uma bonita jovem irlandesa com cabelo escuro encaracolado e olhos verdes. Era parteira e viajava por toda a Debub, nas áreas remotas, fazendo partos e trazendo os bebês, ou as mães, para o acampamento quando estavam doentes. Perto dela estava uma jovem americana que, como Geoff, crescera na Cidade do Cabo. Cursara faculdade nos EUA, mas sentia muita falta da África, como todos sentiam quando partiam.

Assim que se conheceram e Geoff contou-lhe sobre o lugar onde estava trabalhando, ela concordou em se juntar a eles. Seu nome era Maggie, e Christianna logo percebeu, quando Geoff pôs um braço ao redor dela ao se aproximar, que Maggie e Geoff estavam romanticamente envolvidos. Maggie era enfermeira. Deu um forte abraço de boas-vindas em Christianna. A irlandesa se apresentou como Fiona com um sorriso largo e travesso. Logo apertou a mão de Christianna e deu-lhe as boas-vindas.

Os quatro homens que estavam parados ao redor se apresentaram numa rápida sucessão. Dois eram alemães, um era francês, o quarto era suíço, e todos pareciam estar na faixa dos 30: Klaus, Ernst, Didier e Karl. E por fim, a morena alta com a criança nos braços se aproximou e apertou a mão de Christianna e dos dois homens. Tinha belos olhos e um rosto sério. Seu nome era Laure, e era francesa. Parecia muito mais reservada que os outros, e Christianna imaginou se não seria tímida. Falou com ela em francês, mas nem assim a jovem se animou muito. Sua atitude beirava a hostilidade. Geoff explicou que ela esteve com a UNICEF por muitos anos e que estava com eles em Senafe há vários meses. Geoff e Mary eram os únicos médicos no grupo, Fiona era a única parteira, Maggie era a única enfermeira. Todos os outros eram pessoas benevolentes, afetuosas, trabalhadoras e conscientes que foram para Senafe para fazer a diferença, de qualquer maneira que pudessem, como a própria Christianna.

O acampamento na verdade ficava nos arredores de Senafe, na subzona de Debub, ao norte, perto da fronteira etíope, o que seria preocupante nos anos anteriores à trégua, mas não mais. Ali agora era um lugar pacífico e bastante remoto. Enquanto continuava a olhar ao redor, Christianna se impressionou com a beleza das mulheres africanas que estavam paradas um pouco além do grupo, sorrindo com timidez, em roupas coloridas, com muitas joias no cabelo, nas orelhas e ao redor do pescoço. Havia mais seis residentes trabalhando no centro, quatro mulheres e dois homens, que estavam conversando com mulheres ou crianças nas cabanas e não puderam sair para cumprimentar os recém-chegados. Mas havia um crescente grupo de africanas que olhavam e sorriam para o trio que acabara de descer do ônibus.

As africanas que os observavam vestiam as roupas mais exóticas que Christianna já tinha visto. Possuíam cabelo trançado em fileirinhas amarradas com miçangas ou joias, pairando no rosto. Estavam bastante adornadas e envoltas em tecidos interessantes, alguns entremeados com ouro ou fios metálicos. Algumas mulheres estavam completamente cobertas, outras a observavam com os seios nus. As roupas elaboradas e os esforços para se enfeitarem faziam grande contraste com as roupas simples e sem atrativos dos funcionários ocidentais, que não pareciam nada sexy ou sequer atraentes nas suas camisetas, shorts, jeans e botas de caminhada. Geoff explicou que existiam nove grupos étnicos, ou tribos, na Eritreia: tigrínia, rashaida, afar, tigre, kunama, saho, nara, bilen e hedareb. Christianna ficou quase que imediatamente impressionada com o calor dos sorrisos das africanas. Uma delas veio abraçá-la, explicou que era de Gana, disse que seu nome era Akuba e contou com orgulho que era voluntária da Cruz Vermelha. Christianna também conheceu um dos africanos que ajudavam no centro, cujo nome era Yaw. Era muita informação para ser absorvida de imediato, muitas pessoas, um lugar novo, uma cultura inteiramente diferente, uma vida completamente nova, um trabalho estranho. Christianna sentiu-se sobrepujada ao olhar ao redor e tentou assimilar tudo. Seria quase impossível explicar para alguém o banquete que aquilo era para seus sentidos, o quanto era empolgante, ou como os africanos pareciam gentis e adoráveis. Os rostos pareciam levemente similares aos etíopes, definitivamente aparentados apesar do ódio e da longa história de guerra entre eles. Um quinto da população da Eritreia tinha fugido do país durante as batalhas, antes da trégua de cinco anos antes. Mas nenhum dos rostos que Christianna viu ao seu redor parecia amargurado. Pelo contrário, o povo era bonito e acolhedor.

— Deve estar exausta. — Geoff interrompeu as muitas apresentações. Podia ver que ela estava cansada, e tinham viajado por aproximadamente cinco horas. Chegara ao canto mais afastado do mundo. Mas Christianna nunca se sentira mais feliz e, como uma criança numa festa de aniversário, queria aproveitar tudo.

— Estou bem — respondeu corajosamente, tagarelando primeiro com Akuba, depois conversando com as mulheres eritreias e, por fim, com as pessoas com quem estaria trabalhando nos próximos meses. Mal podia esperar para conhecê-los e começar a trabalhar.

— Venha — disse Fiona com um largo sorriso. — Permita-me conduzi-la ao Ritz. — Apontou para uma das tendas grandes num dos lados dos amontoados de cabanas, onde trabalhavam. Eles viviam nas tendas, as mulheres num lado, os homens no outro, e aqueles que queriam combinar forças, como Maggie e Geoff, possuíam tendas menores separadas. A tenda dos homens era chamada de George V, como o ilustre hotel em Paris, e a tenda das mulheres era o Ritz.

Christianna pegou sua valise com Samuel, que ficou imediatamente insatisfeito. Não queria que ela se afastasse sozinha sem que ele e Max tivessem avaliado o lugar, coisa para a qual ainda não houvera tempo. Ela acenou com a cabeça e sorriu, tomou a bolsa com firmeza da mão dele e acompanhou Fiona. A vida de verdade tinha começado.

A tenda para a qual Fiona a levou era maior do que Christianna tinha esperado e mais ventilada do que parecia de fora. Era uma pesada tenda de lona comprada dos militares na qual puseram um piso de madeira e oito camas portáteis, uma das quais estava desocupada desde que Maggie se mudara para viver numa tenda separada com Geoff. E com os recém-chegados, haveria oito homens na tenda masculina. Os africanos que trabalhavam no centro viviam nas cabanas construídas por eles mesmos. Maggie e Geoff possuíam a própria tenda, que Geoff comprara.

Fiona conduziu Christianna ao canto oposto. Havia um pequeno criado-mudo com uma gaveta perto da cama portátil, uma luminária que funcionava com pilhas e uma desgastada maleta de excedente militar aos pés da cama.

— Este será o seu guarda-roupa — disse Fiona com uma risada. — Não me pergunte o porquê, mas vim para cá com um guarda-roupa completo seis meses atrás. Finalmente mandei tudo de volta. Não vesti nada além de jeans e shorts desde que cheguei aqui. Mesmo se formos a Senafe para jantar, o que não fazemos com frequência, ninguém se produz. — Christianna estava vestindo jeans, uma camiseta branca de manga comprida, uma velha jaqueta de brim que comprara num bazar em Berkeley e tênis, o que fora confortável para a viagem. Mas apesar disso, havia algo de elegante nela. Não usava nenhuma joia além do anel de sinete da família e um minúsculo par de brincos prateados. As africanas que acabara de conhecer estavam usando muito mais joias que ela. Christianna tinha feito tudo o que podia para parecer simples. Descobriu poucos minutos depois que Fiona tinha 30 anos, embora aparentasse 15. Pensara erroneamente que possuíam a mesma idade. Disse que Laure, a morena alta, tinha 23. Quase todo o resto estava na faixa dos 30, exceto Klaus e Didier. E disse que eles formavam um grande time.

Christianna sentou-se na cama enquanto a ouvia, e um momento depois Fiona se jogava na cama também, como uma veterana no internato, recebendo a menina nova ao chegar. Tudo era um pouquinho intimidante a princípio, embora Christianna estivesse desesperada para chegar ali, agora precisava admitir que estava se sentindo um bocado subjugada, com o choque cultural, se é que era isso.

— Como são os seus dois amigos? — perguntou Fiona com uma risadinha.

Admitiu que ela e Ernst tinham saído para jantar algumas vezes, mas no fim decidiram não iniciar um romance e terminaram amigos. Era muito mais fácil assim ali. Geoff e Maggie eram raros. Na maior parte do tempo, o grupo inteiro preferia a camaradagem de serem colegas de trabalho, sem complicar isso com romances, mas às vezes acontecia. Também sabiam que cedo ou tarde as pessoas partiriam. Raramente ficavam por mais do que um ano, e as coisas mudavam quando se ia embora.

— Então me fale sobre Sam e Max — persistiu Fiona, e Christianna riu.

Tecnicamente, acompanhando-a nos próximos seis ou 12 meses na África Oriental, os dois estavam em serviço e não deveriam se divertir com aquele tipo de coisa. Mas ela certamente não faria objeção nem contaria a ninguém se algum deles, ou os dois, tivesse um caso ou mesmo um romance sério. Era muito tempo para que ficassem em abstinência. Afinal, os dois eram homens jovens. E os dois podiam ficar de olho nela, como estavam designados a fazer, e ainda conseguir se divertir um pouco. Christianna estava mais do que disposta a se passar por cega.

— Os dois são homens muito bons. Confiáveis, conscienciosos, responsáveis, honestos, leais, aplicados, gentis. — Listou as muitas virtudes enquanto Fiona ria. Parecia uma duende de cabelos escuros sentada na cama de Christianna, com bailantes olhos verdes. As duas pareciam e se sentiam duas crianças, apesar da diferença de idade. Laure, que tinha a mesma idade de Christianna, não parecia tão amigável e mal trocara uma palavra com ela quando se conheceram. Na verdade, ela a encarou com raiva tão logo Christianna desceu do ônibus. Não fazia ideia do motivo. Todos no acampamento haviam sido cordiais.

— Parece uma referência de emprego — brincou Fiona, mais precisa do que imaginava ou do que Christianna admitiria. — Quero dizer, como eles são? São bonitões, são caras legais?

— Muito. Samuel já foi um soldado israelense. É excelente com armas. — Percebeu que tinha cometido outro deslize e lembrou-se de ter mais cuidado no futuro. Estava cansada depois da viagem.

— Isso parece assustador, a menos que tenhamos outra guerra com a Etiópia, nesse caso talvez ele fosse bem útil. Presumo que não sejam casados, senão não estariam aqui. — Embora soubesse que Mary Walker era casada a princípio. Tinha vindo para um tempo de serviço de noventa dias, jamais voltou e pediu o divórcio. Amava demais a África Oriental e seu povo para deixá-los. Era a única médica na equipe além de Geoff, e era especializada em AIDS. Tinha paixão pelo povo de que cuidava, mais até do que pelo casamento, que ao chegar ali percebeu estar morto há anos, então ficou. — Eles têm namorada? — indagou Fiona, então Christianna balançou a cabeça, mas depois hesitou.

— Acho que não. Nunca perguntei. — Até ela precisava admitir que soava estranho, já que alegavam ser amigos. O problema era que aquilo era um disfarce, e Christianna não queria ser descoberta.

— Como os conheceu? — perguntou Fiona, pulando na própria cama como um duende. Era a cama perto da de Christianna. Poderiam sussurrar segredos à noite como menininhas.

— Eu na verdade os conheço há muito tempo. Eles trabalham para o meu pai. — Finalmente tinha sido honesta, o que já era alguma coisa. — Quando eu contei que estava vindo para cá, os dois se voluntariaram para vir também. — E consequentemente foram designados para o serviço, o que era claro que ela não podia revelar. — Fomos à Rússia juntos, durante a tomada de reféns em Digora. A mulher que estava dirigindo o posto da Cruz Vermelha lá era notável. Eu me apaixonei por ela e pelo que estava fazendo. Decidi vir para cá depois daquilo, e eles também. — O rosto de Christianna ficou sério e triste. — Acho que naquela noite muitas coisas mudaram para nós três. Então aqui estamos nós. — Ela sorriu para a nova amiga. Gostou muito de Fiona. Todos no acampamento gostavam. Era uma pessoa calorosa, sociável e franca, dedicada incansavelmente a seu trabalho, que dizia amar. Como muitos dos outros, também estava apaixonada pela África. Era um lugar mágico, e viciante depois que entrava em seu sangue.

— Qual era o nome dessa mulher? — perguntou ela com interesse.

— O nome dela é Marque.

— Claro. Eu a conheço também. Todo mundo conhece. Ela vem aqui às vezes. É tia da Laure, é por isso que ela está aqui. Laure teve algum tipo de noivado rompido, casamento fracassado ou algo assim. Ela nunca fala no assunto. Mas dizem os rumores que veio para cá para se recuperar. Não estou inteiramente certa de que ela ame isso aqui, ou talvez esteja apenas infeliz. Esse tipo de coisa é difícil. Já fiquei noiva uma vez também — ela deu outra risadinha —, por cerca de dez minutos. Com um homem terrível. Me refugiei na Espanha por um ano para me livrar dele, que se casou com outra. Sujeito terrível. Bebia.

Christianna sorriu e tentou ser simpática. Era muita informação para digerir de uma vez, e estava tão cansada e atordoada pelo jet lag que temia por distração dizer alguma coisa que não devia e que a entregasse, algo que denunciasse que ela era uma princesa e que vivia em um palácio. O pensamento a fez estremecer, não queria nada daquilo interferindo na sua vida ali. Não aconteceria se fosse cuidadosa. Só precisava estar ciente do que dizia até se acostumar com a nova vida.

— Você tem namorado? — perguntou então Fiona, com interesse.

— Não, não tenho. Acabei de terminar a faculdade nos Estados Unidos em junho. Fiquei à toa em casa desde então e depois vim para cá.

— Que tipo de trabalho você quer fazer quando voltar? Medicina? Eu adoro ser parteira; talvez devesse vir comigo e dar uma olhada. Fico tocada sempre que vejo uma nova vida vindo ao mundo. É um verdadeiro milagre, é sempre emocionante, embora às vezes seja triste, quando alguma coisa vai muito mal. Acontece. Mas é alegre na maioria das vezes.

Christianna hesitou com a pergunta.

— Eu estava pensando em relações públicas. Meu pai faz isso, na verdade ele também lida um pouco com política e economia. Gosto muito de administração. Me graduei em economia na faculdade. — Era tudo verdade, até certo ponto, dependendo de como se via a questão.

— Sou péssima em matemática. Mal sei contar — disse Fiona, sem ser exatamente sincera. Christianna sabia que lhe custara sete anos para se tornar parteira, incluindo a escola de enfermagem, então devia ser uma estudante decente, ou ao menos perseverante. E era óbvio que amava seu trabalho. — Acho administração muito chato — continuou Fiona com honestidade. — Todos aqueles números. Adoro trabalhar com pessoas. Você nunca consegue prever nada. — Ela se deitou na cama com um suspiro. Sairia naquela noite para visitar pacientes e geralmente tentava descansar um pouco antes disso, para que estivesse revigorada e alerta. Possuía várias pacientes que estavam a ponto de dar à luz a qualquer momento. Estavam planejando mandar mensageiros caso necessitassem de Fiona, que iria até a paciente num antigo fusca que estava no acampamento havia anos. Para Fiona, era uma emoção sempre que uma nova vida vinha ao mundo. E ali na África ela salvava vidas de mães e bebês com grande frequência. As condições em que trabalhava eram inacreditavelmente primitivas. Era boa no que fazia.

Christianna ficou deitada em seu catre em silêncio por alguns minutos. Queria levantar, desfazer as malas e dar uma olhada nos arredores. Estava agitada demais para dormir mas, por um momento, o corpo pareceu pesado e as pálpebras começaram a pestanejar. Fiona deu uma olhada nela e sorriu, Christianna parecia uma menina adorável, e a irlandesa tinha que admirá-la por vir à África Oriental naquela idade. Era uma coisa muito corajosa de se fazer, e exatamente quando lhe dava uma espiada, os olhos de Christianna se arregalaram e encararam Fiona em sua cama portátil.

— E as cobras? — Ela parecia preocupada. Fiona riu da pergunta.

— Todos perguntam isso no primeiro dia aqui. São assustadoras, mas não vemos muitas. — Não contou que uma biúta tinha se esgueirado para dentro da tenda duas semanas antes, mas geralmente não entravam. — Vamos mostrar fotos daquelas com as quais deverá tomar cuidado. Vai se acostumar com isso depois de um tempo. — Fiona via mais cobras que a maioria dos funcionários do acampamento, pois estava sempre fora, visitando as pacientes.

As duas mulheres ficaram deitadas em silêncio por alguns minutos e, sem querer, Christianna caiu no sono. Estava completamente exausta e quando acordou, Fiona já tinha ido embora. Christianna saiu para procurar pelos outros. Havia várias pessoas andando ao redor do complexo.

Christianna viu Akuba e sorriu para ela. Estava levando uma criança pela mão para uma das cabanas. O homem chamado

Yaw estava concentrado martelando alguma coisa. Ela olhou ao redor, e havia na noite uma beleza que jamais vira na vida, aquela luz africana sobre a qual as pessoas falavam, e o ar era como uma carícia nas bochechas. Notou então que havia outra tenda, atrás das cabanas. Acompanhou os sons que ouviu vindo de lá e encontrou a equipe inteira da Cruz Vermelha, sentada em longas mesas de refeitório com bancos de acabamento precário, comendo. Christianna ficou imediatamente envergonhada, embora muito mais tranquila do que quando os deixara mais cedo. Tinha precisado dormir, mas temia que isso a fizesse parecer preguiçosa, o que não era uma boa maneira de começar.

— Sinto muito — desculpou-se com Geoff e Maggie. A equipe inteira estava lá, menos Fiona, que tinha saído há horas para realizar um parto. Incluindo Christianna, Max e Samuel, agora eram 17 funcionários efetivos da Cruz Vermelha. Havia pelo menos uma dúzia de eritreus que trabalhavam com eles, mais Akuba e Yaw, que eram de Gana. — Caí no sono. — Ela parecia mortificada, mas Samuel e Max pareciam satisfeitos por vê-la, assim como os outros. Estavam apenas começando a refeição. Comiam frango com legumes e uma imensa tigela de arroz misturado com frutas. Trabalhavam duro, então as quantidades eram generosas o bastante para nutri-los.

— Você precisava dormir — disse Geoff com sensatez. — Vamos mostrar tudo o que precisa ver amanhã. Já fiz o tour com Sam e Max.

Eles tinham pedido discretamente para ver tudo, o que era parte de seus deveres para garantir a segurança dela. Mas tinham ficado fascinados com o que tinham visto e encantados com as crianças, que pareciam estar por toda a parte no acampamento, dúzias delas, todas sorrindo, gargalhando, dando risadinhas, brincando, assim como alguns dos idosos. Os habitantes locais pareciam ser uma gente excepcionalmente feliz, sorrindo ou rindo o tempo inteiro. Até os doentes que estavam no centro eram amigáveis e bem-humorados.

Mary indicou um espaço vazio para Christianna se sentar, perto de Laure, e ela pulou sobre o banco e se sentou. Didier estava do outro lado de Laure, conversando com ela em francês, e Ernst estava do lado de Christianna. Estava num bate-papo com Max e Sam, em suíço-alemão, já que todos eles eram suíços de nacionalidade, embora Samuel fosse metade israelense e tivesse servido nos dois exércitos. Christianna os entendia e riu algumas vezes. Depois se virou para Laure e disse algo em francês. Não houve resposta, Laure ignorou Christianna abertamente e continuou a conversar com Didier. Era óbvio que estava amuada, mas Christianna não fazia ideia do porquê. Não havia feito nada para ofendê-la.

Então Christianna conversou tranquilamente com Mary Walker, que estava do lado oposto da mesa. Ela falava sobre a epidemia de AIDS que enfrentavam e depois prosseguiu explicando para Christianna o que era calazar, que na verdade era a febre negra, e soava mais como uma praga que envolvia o escurecimento dos pés, do rosto, das mãos e do abdome. Aquilo soava horrível para Christianna, especialmente durante o jantar. Geoff acrescentou mais alguns detalhes sangrentos. Mesmo assim Christianna achava tudo fascinante, particularmente o trabalho deles com a AIDS. Mary mencionou que a equipe dos Médicos sem Fronteiras estaria de volta em poucas semanas. Vinham uma vez por mês, trazendo uma equipe médica maior que a que tinham disponível no acampamento em Senafe. Quando era preciso, traziam cirurgiões e faziam os procedimentos necessários. Vinham em casos de urgência também, embora na maior parte do tempo Mary e Geoff lidassem com tudo o que aparecia, inclusive apendicectomias de emergência e cesarianas. Eles eram uma equipe que oferecia serviço completo, disse Geoff, brincando. Falou muito bem dos profissionais dos Médicos Sem Fronteiras, que voavam por toda a África em pequenos aviões e prestavam serviços médicos onde quer que fosse necessário, mesmo em zonas de guerra ou nos locais mais remotos.

— São um pessoal incrível — comentou Geoff, enquanto se servia de uma imensa porção de sobremesa. Era magro como um palito, e era óbvio que queimava tudo o que comia. Tinha comido consideravelmente no jantar, assim como todos os homens à mesa. As mulheres pareciam comer menos, embora também comessem bem. Todos trabalhavam duro e desfrutavam as noites conversando e rindo durante o jantar. A maioria almoçava às pressas, e Mary avisou a Christianna que o café da manhã era servido na mesma tenda às 6h30. Eles começavam a trabalhar cedo. Mulheres locais cuidavam da comida e tinham aprendido os tipos de pratos europeus que todos gostavam. Maggie era a única americana na equipe e disse que a única coisa da qual realmente sentia falta de sua terra natal era o sorvete. Disse que sonhava com isso às vezes. Estava muito, muito longe de casa, mas parecia imensamente feliz. Todos estavam, exceto Laure, em quem Christianna prestou atenção durante todo o jantar. Ela sempre parecia triste e falava pouco. A única pessoa com quem conversava, em voz baixa e em francês, era Didier. Falava pouquíssimo com os outros e praticamente nada durante o jantar. Todos estavam fazendo visível esforço para conhecer Christianna e os dois homens que vieram com ela. Geoff tinha lhe servido duas taças do vinho que fora oferecido em comemoração à chegada deles. Max e Samuel já pareciam integrados ao grupo, em meio aos homens. Houve muitas brincadeiras durante o jantar, além de péssimas piadas em francês, inglês e alemão — todas línguas que Christianna falava. Era um grupo maravilhosamente internacional.

Era tarde quando enfim se levantaram e saíram sob a cálida noite africana, ainda conversando e rindo. Os homens convidaram Max e Sam para jogar cartas, e eles aceitaram e disseram que estariam de volta à tenda de refeições em alguns minutos. Não podiam dizer, claro, mas precisavam garantir que Christianna estaria acomodada na tenda para dormir, o que afinal era a razão para estarem ali. Geoff e Maggie voltaram para a própria tenda de braços dados, e o grupo de mulheres vagava lentamente em direção à delas, ainda tagarelando. Fiona ainda não tinha aparecido, e os outros presumiram que estava fazendo um parto em algum lugar. O índice de mortalidade entre os recém-nascidos na África Oriental era aterrorizante, principalmente nas primeiras 24 horas antes ou depois do parto. Sozinha, Fiona tentava melhorar tais estatísticas e convencera muitas das mulheres locais a fazer pré-natal, estando presente em cada parto que podia.

Christianna perguntou se não se preocupavam por ela andar sozinha à noite. Mary Walker comentou que Fiona era destemida e que as áreas vizinhas eram bastante seguras. Disse que a trégua entre os dois países era sempre tensa e que os etíopes continuavam achando que tinham feito mau negócio. Ainda queriam os portos da Eritreia, mas não houvera problemas em Senafe e a jovem parteira irlandesa era muito amada por aqueles de quem cuidava. Uma das outras mulheres que Christianna conheceu naquela noite, Ushi, era uma professora alemã e trabalhava com as crianças locais. Disse que Fiona sempre carregava uma arma consigo quando saía à noite e que não tinha medo de usá-la, embora nunca tivesse precisado. Ninguém era encorajado a andar com armas, mas Fiona andava mesmo assim e, dadas as circunstâncias, era uma atitude inteligente. Ushi, abreviação de Ursula, foi calorosa e receptiva com Christianna e os dois homens. Todos foram, exceto Laure, que voltou para a tenda à frente de todas em silêncio. Parecia ser uma moça muito infeliz e ficava olhando Christianna com uma antipatia inexplicável, porém visível.

As mulheres conversavam quando entraram na tenda e vestiram seus pijamas. Christianna teria adorado um banho, ou uma chuveirada, mas já fora avisada de que não seria possível. Havia um chuveiro externo que todas usavam pela manhã, ou à tardinha, quando as meninas locais derramavam água sobre as mulheres, e os meninos faziam o mesmo pelos homens. Era primitivo, mas Christianna fora avisada de antemão, portanto não estava surpresa. Não tinha medo dos desconfortos que poderia encontrar, e as outras mulheres a provocaram quanto a cobras e leões, dizendo que poderiam entrar na tenda à noite. Todas se comportavam como meninas num acampamento, o que Christianna adorou. Era tudo o que tinha esperado e já amava as mulheres gentis de Senafe. Eram bonitas, exóticas e sempre sorriam.

Christianna dormiu no momento em que a cabeça pousou no travesseiro. Algumas mulheres liam sob a luz das luminárias que funcionavam com pilha. Outras dormiam. Tinham levado Christianna ao banheiro lá fora, e uma das mulheres lhe fez companhia porque ela ainda estava com medo das cobras, mas nada terrível aconteceu. Era um aparato externo rudimentar que em essência não era nada mais do que um buraco no chão com um assento por cima, uma pá e um grande saco de cal. Precisaria se acostumar com aquilo, pensou Christianna consigo mesma, com um pequeno tremor, mas faria o que fosse preciso. Suspeitava que logo se acostumaria. Estava dormindo profundamente antes de todas as outras mulheres, algumas das quais sussurravam e diziam ter gostado dela. Parecia ser uma moça amável e seria uma ótima adição à equipe. Tinham a impressão de que vinha de boa família, provavelmente com dinheiro. Era instruída, discreta, educada e falava vários idiomas fluentemente, mas também não possuía qualquer artifício ou pretensão e parecia extremamente franca e natural, e gostaram disso nela.

Laure deu de ombros ao escutar e não disse nada. Mary se perguntou se ela estaria com ciúmes, já que eram quase da mesma idade, mas ela também não era próxima das outras pessoas no acampamento. Laure era a única que destoava do grupo e parecia infeliz na maioria das vezes. Voltaria para casa em dois meses, de acordo com o planejamento. Era uma daquelas raras pessoas que não tinham se apaixonado pela África, nem pelo continente nem pelo povo, e tinha desfrutado pouco ou nada dali. Trouxera seus problemas e pesares consigo. Mary sabia por intermédio da tia de Laure, Marque, que ela fora rejeitada quase no altar, dois dias antes do casamento, e que o noivo havia fugido com sua melhor amiga e se casado com ela. Laure estava arrasada desde então, e nem a distração do trabalho ali lhe ajudara muito. Voltaria a trabalhar para a UNICEF em Genebra e parecia ter se beneficiado pouco da extraordinária experiência que teve ali. Era surpreendentemente cínica, amarga até, para alguém tão jovem.

Fiona chegou às 4 horas, e as outras já estavam dormindo àquela altura. Havia feito o parto de dois bebês naquela noite, e tudo correra bem. Deitou-se em sua cama e estava dormindo em questão de minutos. Às 6 horas, os despertadores tocaram e as mulheres começaram a despertar. Todas estavam de bom humor ao se levantar e seguiram para o chuveiro juntas, em seus roupões, com as toalhas nos braços. Fiona acordou e levantou junto com elas, de bom humor, depois de duas horas de sono. Estava acostumada a dormir pouco, e o fazia com frequência. Quase nunca dormia até mais tarde, a não ser que tivesse tido uma noite particularmente difícil. Mesmo assim, geralmente estava bem-humorada. Adorava cantar antigas canções gaélicas no chuveiro a plenos pulmões, só para perturbar as outras, que sempre gemiam e diziam o quanto sua voz era horrível. Fiona adorava isso. Era a comediante do acampamento.

Christianna estava vestida e dentro da tenda de refeições pontualmente às 6h30. Tomou um generoso café da manhã de mingau e ovos, com uma tigela de frutinhas cultivadas no acampamento. Bebeu um copo enorme de suco de laranja e sorriu para Max e Sam quando eles chegaram. O café da manhã foi rápido, uma vez que todos tinham muitos afazeres e às 7 horas já estariam cuidando de seus serviços e concentrados no trabalho. Christianna viu Max sair num carro velho logo em seguida, e Samuel contou baixinho que ele estava indo a Senafe, à agência postal, para ligar para o pai dela e fazer seu relatório. Ela assentiu e, como instruída, acompanhou Mary até a cabana principal, onde as mulheres e crianças com AIDS eram tratadas e abrigadas.

Mary explicou para Christianna, assim como Geoff tinha feito durante a viagem de ônibus, que davam às mulheres grávidas uma dose única da droga nevirapina, quatro horas antes do parto, e uma dose pequena ao bebê nos primeiros dias após o nascimento. Na maioria dos casos, aquilo reduzia o risco de AIDS em cinquenta por cento, de acordo com estudos. O verdadeiro problema vinha quando precisavam convencer as mães a alimentarem os bebês com a fórmula, e não no seio. Se amamentassem o bebê, quase inevitavelmente lhes transmitiam AIDS, mas a fórmula era um conceito estranho para elas, que desconfiavam. Mesmo que os voluntários lhes fornecessem a fórmula no centro para que levassem para casa, geralmente não a usavam, vendiam ou trocavam-na por outros artigos de maior necessidade. Era uma batalha penosa, disse Mary. E a aula de prevenção à AIDS era uma parte importante do que faziam. Estava achando que Christianna talvez fosse boa nisso. Ela tinha um jeito agradável e gentil que as mulheres com as quais parava para conversar pareciam gostar, enquanto Mary a observava e traduzia, conforme necessário, até que Christianna aprendesse os dialetos locais. Ela possuía um jeito quase profissional de ir calmamente de cama em cama, dizendo algumas palavras, oferecendo conforto e lidando com as mulheres africanas com acolhimento, carinho, compaixão e respeito.

— Alguma vez trabalhou num hospital? — perguntou Mary, com interesse. Não tinha como saber quantos hospitais Christianna visitara em sua vida sendo uma princesa. Aquilo era uma conduta padrão para ela. Sabia exatamente quanto tempo ficar e conversar, sem desgastar os pacientes, mas ainda dando-lhes a impressão de que estava interessada no que diziam e fazendo com que cada um sentisse que tinha sua completa atenção.

— Não exatamente — disse Christianna, vagamente. — Já fiz alguns trabalhos voluntários.

— Seus modos à cabeceira da cama são adoráveis — cumprimentou Mary. — Talvez devesse pensar em ser médica ou enfermeira.

— Bem que eu gostaria — disse Christianna, sorrindo, sabendo muito bem que não havia chance daquilo acontecer.

Mary também ficara impressionada por ela não hesitar ao ver as piores úlceras ou a mais feia das feridas. Fosse lá o que visse diante de si, permanecia graciosa, calorosa e aparentemente impassível. "Meu pai espera que eu entre para os negócios da família quando voltar para casa" foi tudo o que ela disse.

— Que pena. Algo me diz que você tem um dom para isso. — As duas mulheres sorriram uma para a outra, enquanto Mary continuava a apresentá-la às pacientes, depois a levou para outra cabana, onde Geoff estava fazendo check-ups e dando vacinas. A minúscula sala de espera estava cheia de pacientes e crianças brincando. Christianna mais uma vez parou para conversar brevemente com cada um, como fizera antes.

Fiona a levou para conhecer algumas das pacientes grávidas depois daquilo. Mary parou para falar com Geoff por alguns minutos depois que Christianna saiu com Fiona.

— Ela é muito boa nisso — comentou brevemente. — Tem um jeito adorável com as pessoas. É quase como se não fosse novata nisso. É maravilhosa com os pacientes. Acho que gostaria que ela desse aulas de prevenção à AIDS para mim. E ela pode ajudar Ushi com as crianças.

— O que você preferir — disse Geoff, falando mais alto que os uivos de uma criança berrando por acabar de receber uma injeção.

Não estava surpreso por Christianna ser boa com pacientes. Sabendo o que sabia sobre ela, presumiu corretamente que havia visitado hospitais a vida inteira. Ela não precisava usar o título de princesa, ele podia saber só por observação que Christianna era inteiramente da realeza e possuía maneiras agradáveis e gentis. Deixava todos ao seu redor à vontade e não tinha medo de se divertir, brincar, rir e fazer piadas, assim como todo mundo. Geoff estava muito contente com a vinda dela, embora antes tivesse algumas apreensões. Agora podia ver que ótima adição era ela à equipe, como se encaixava bem, e eles precisavam de mãos adicionais, não apenas as dela, mas as dos dois homens dela. E para grande surpresa de Geoff, Christianna não era difícil, exigente ou mimada. Era, na verdade, receptiva, interessada e humilde.

Christianna passou o resto da manhã com Fiona, conversando com as mulheres grávidas. Serviu-se de alguma comida na tenda de refeições à hora do almoço e não se preocupou em sentar para comer, simplesmente comeu às pressas. Depois, passou o resto do dia com Ushi, ensinando as crianças. Christianna adorou fazer aquilo, tendo lhes ensinado duas novas canções em francês antes que fossem embora. Ushi a fitou com um largo sorriso quando saíram para pegar um pouco de ar e a parabenizou generosamente, como os outros tinham feito.

— Você é uma dádiva, sabia? — comentou Ushi, acendendo um cigarro.

— Não — respondeu Christianna com tranquilidade —, estar aqui na África é que é uma dádiva. — Falou isso com uma gratidão tão óbvia por estar ali que Ushi se inclinou e lhe deu um abraço.

— Bem-vinda à África — disse, abraçando-a. — Acho que vai amar isso aqui, e que está exatamente onde deve estar.

— Também acho — falou Christianna, quase com tristeza. Tinha acabado de chegar e estava se apaixonando pelo lugar. Já se sentia triste, sabendo que um dia teria que partir. Havia descoberto a vida que queria e sabia com toda a certeza que um dia teria que devolver o presente. Pensando nisso, ficou quieta durante todo o trajeto de volta à tenda das mulheres.

— Por que parece tão deprimida? — perguntou Fiona quando a viu. Ela mesma tinha acabado de entrar, mas sairia para ver as pacientes novamente naquela noite.

— Não quero ir embora jamais — exclamou Christianna, parecendo desolada, enquanto Fiona sorria.

— Uh-oh, meninas, ela pegou — disse Fiona para o cômodo em geral, enquanto as outras mulheres olhavam. A maioria delas tinha acabado de encerrar o trabalho e estava aproveitando um descanso antes do jantar. — Ela pegou a febre africana! É o caso mais precoce que já vi. — Christianna riu com a descrição enquanto se sentava na cama. Tinha trabalhado por dez horas seguidas e amado cada minuto. — Espere só até encontrar uma cobra.

As outras riram, assim como Christianna. Ela jogou *Scrabble* em alemão com Ushi depois disso, enquanto Fiona fazia as unhas. Usava um esmalte vermelho vivo mesmo ali. Disse que era a única indulgência da qual não conseguia desistir. E ao olhar para as outras mulheres ao redor, Christianna soube que nunca se sentira mais feliz na vida.

Capítulo 8

Quando Christianna seguiu para a tenda de refeições na manhã seguinte às 6h30, Max estava esperando por ela discretamente do lado de fora. Ela ficou surpresa ao vê-lo.

— Alteza — sussurrou ele, e Christianna o deteve quase tão logo as palavras saíram de sua boca por hábito e reflexo. Ficou imediatamente aborrecida.

— Não me chame assim — sussurrou ela em resposta. — Só me chame de Cricky, como todo mundo faz. — Ela tinha contado seu apelido a todos no dia anterior.

— Não posso fazer isso, Alte... hã... Sinto muito... — Ele corou.

— Você precisa fazer — retrucou ela, sussurrando ainda mais baixo —, é uma ordem real. — Ele sorriu. — Por que está esperando por mim? — Parecia existir uma séria conspiração entre eles quando Maggie e Fiona passaram a caminho do café da manhã.

— Falei com seu pai ontem. Não tive chance de avisá-la na noite passada. — Eles não chegaram a ficar sozinhos.

— Ele está bem? — Ela ficou momentaneamente preocupada até Max assentir.

— Sim. Pediu que mandasse lembra ıças. Se quiser conversar com ele, posso levá-la à agência postal depois. Não é muito longe.

— Talvez em alguns dias. Não tenho tempo agora. Há muito que se fazer por aqui.

— Tenho certeza de que ele compreende. Eu lhe disse que você estava bem.

— Ótimo. Era só isso? — Ele assentiu. — Obrigada, Max. — Ela sorriu.

— De nada, Alte... — Ele se conteve antes de falar e Christianna riu.

— Vá praticando, Max. Cricky. Ou está despedido. — Os dois riram, depois Max a acompanhou até o café da manhã. Os outros já estavam na tenda quando eles chegaram.

— Atrasadinhos — brincou Fiona. — Nós comemos tudo. — Ela estava flertando com Max, o que Christianna achou divertido. Ele parecia estar gostando daquilo. Samuel também riu por causa disso. Ambos já estavam à vontade no grupo.

Christianna gostou de partilhar o café da manhã com os outros, e meia hora mais tarde se apresentou ao trabalho. Mary lhe deu uma pilha de livros para ler sobre AIDS e algumas instruções sobre o que ensinar. Queria que Christianna desenvolvesse seu próprio curso e aprimorasse o que eles já tinham. Christianna se sentiu lisonjeada com o pedido. Daria as aulas em tigrínia com uma intérprete local para traduzir. Leu o quanto pôde do material naquela manhã, visitou alguns dos pacientes com Mary, retomou a leitura e pulou completamente o almoço. Depois disso encontrou com Ushi na sala de aula. Estava se apaixonando pelas crianças. Eram bonitas, adoráveis, e amavam conversar com Christianna. Leu uma história para os mais novinhos após a aula, e depois saiu do complexo para fazer um pouco de exercício. Tinha ficado lá dentro o dia inteiro.

Viu Laure sentada quieta sozinha ao sair, enquanto Akuba passava por ela, levando uma criança pela mão. Christianna acenou e sorriu. Só estava ali há dois dias, mas já se sentia em casa. Tudo era novo e empolgante, mas ela se sentia tão à vontade e tão apaixonada pelo povo e pelo país que era quase como se tivesse vivido ali antes. Estava prestes a dar um passeio fora do complexo, mas resolveu voltar e conversar com Laure. Já tinha começado a fazer amizade com os outros e queria pelo menos tentar se aproximar da francesa emburrada. Ela parecia arrasada desde a chegada de Christianna. Era difícil não se perguntar o porquê. A única vez em que Christianna a viu sorrir foi quando estava conversando com uma criança. O serviço de Laure era fazer o trabalho administrativo no escritório, preenchendo e arquivando registros médicos. Era um trabalho tedioso, mas ela aparentemente era boa nisso. Geoff dissera que Laure era cuidadosa e precisa.

— Olá — cumprimentou com cautela. — Quer dar uma volta? Preciso de um pouco de ar. — O ar ali era delicioso, não importava o quão quente estivesse. Sempre havia o cheiro de flores ao redor deles. A alta morena francesa pareceu hesitar por um momento, por isso Christianna achou que ela recusaria. E ficou surpresa quando recebeu uma afirmativa. Laure se levantou e olhou para Christianna. E então as duas começaram a caminhada em silêncio.

Passaram por várias mulheres em suas belas vestimentas e desceram por uma trilha que Laure parecia conhecer e que conduzia a um pequeno riacho, o que de repente deixou Christianna nervosa.

— Devo me preocupar com as cobras? Morro de medo delas. — confessou Christianna.

— Acho que não — respondeu Laure, com um sorriso tímido. — Já estive por aqui antes e nunca vi nenhuma. — Laure parecia mais relaxada com ela do que antes.

Continuaram caminhando, e Christianna se surpreendeu ao ver um javali ao longe. Isso a lembrou de que estavam na África, não em alguma parada agradável que poderia ser na Europa. Ali tudo era empolgante e diferente. Era difícil acreditar que só estava lá havia dois dias. Depois de um tempo, as duas mulheres sentaram num tronco e observaram o fluxo de água passar. Aquilo parecia muito pacato e um tanto surreal. Christianna esperava apenas que uma cobra não aparecesse aos seus pés.

— Conheci sua tia Marque na Rússia — disse enfim, sem saber o que mais dizer. Laure parecia estar com a mente sobrecarregada ou com um espinho encravado em algum lugar. Christianna viu que algo a aborrecia, e talvez estivesse aborrecendo por um longo tempo.

— É incrível quantas pessoas a conhecem — murmurou Laure.

— Ela é uma mulher adorável — disse a princesa, emocionada, lembrando de quando se conheceram na Rússia.

— Ela é mais do que isso. É uma espécie de santa. Sabia que ela perdeu o marido e os dois filhos? Ficaram por tempo demais quando a guerra irrompeu no Sudão. E apesar disso, ela ainda ama isso aqui. Ela tem a África no sangue. E agora devota a vida a outras pessoas. Queria ser mais como ela, me doar aos outros como ela faz. Eu odeio isso aqui. — Christianna ficou surpresa com as palavras. Para Laure, era um longo discurso e uma admissão surpreendente.

— Poucas pessoas podem fazer o que ela faz — comentou Christianna com gentileza. Estava lisonjeada porque esta mulher que parecia tão fechada tinha se aberto com ela. — Acho que é um dom.

— Acho que você tem o mesmo dom — murmurou Laure, enquanto Christianna a encarava com descrença.

— Como pode dizer isso? Você nem me conhece. — Estava lisonjeada com as palavras. Era um grande cumprimento, principalmente partindo dela.

— Vi você saindo ontem da sala de aula com Ushi. Você conversava com todo mundo, as crianças estavam penduradas em você. E quando apanhei os registros no consultório de Mary, todos os pacientes aidéticos estavam falando sobre você. Isso é um dom.

— Você também é boa com crianças. Vejo você sorrir sempre que conversa com elas.

— Crianças são sempre honestas — disse Laure, com tristeza. — Os adultos é que não. Eles mentem, enganam, ferem. Acho que a maioria das pessoas é tremendamente má. — Entristecia

Christianna ouvi-la dizer isso. Era uma triste afirmação sobre a vida da jovem e as experiências que devia ter vivido.

Ao ouvi-la e ver seu olhar, Christianna decidiu assumir o risco.

— A traição é uma coisa terrível, particularmente quando vem das pessoas que amamos.

Houve um longo silêncio enquanto Laure a observava, como se decidindo se deveria ou não confiar em Christianna, o que enfim fez.

— Contaram para você por que vim para cá. Suponho que não seja segredo. Todos em Genebra sabem... em Paris... em todo canto... até aqui. Eu estava noiva de um homem que me fez de idiota, com a pessoa que supostamente era minha melhor amiga. — Ela soava amarga, mais do que isso, ferida e triste.

— Não dê a ele a satisfação de deixar que isso a destrua. Ele não merece isso, nem a sua suposta melhor amiga que fugiu com ele. Mais cedo ou mais tarde, eles vão pagar um preço por isso. Coisas assim voltam para nos assombrar no fim. Não se encontra a felicidade à custa de outra pessoa. — Havia algo reconfortante no que Christianna dizia. Ela estava rezando para encontrar as palavras certas a dizer para aquela garota magoada.

— Eles vão ter um bebê. Ela já estava grávida quando fugiram, ele a engravidou enquanto estava comprometido comigo. Só descobri isso bem depois. Para abrir mais a ferida.

Enquanto ouvia, Christianna de repente pensou nas palavras que escutava quase que diariamente em Berkeley, e não havia como traduzi-las para o francês. Teve o tato de perguntar a Laure se ela falava inglês. Ela assentiu com seriedade e disse que falava. Christianna a encarou e sorriu.

— Neste caso, tudo o que eu posso dizer então é que isso "é um saco". Foi uma coisa nojenta o que fizeram com você. — Laure também sorriu ao ouvir as palavras, de repente riu, e por fim começou a gargalhar.

— Essa é a coisa mais boba que já ouvi — disse Laure, rindo. Ela era ainda mais bonita quando ria. Era uma moça de beleza impressionante, e era difícil acreditar que havia sido largada. Ele devia ser um idiota por deixá-la, principalmente da maneira como deixou.

— É bobo, não é? — disse Christianna dando risadinhas. — Mas meio que diz tudo não é? Que *saco*! — repetiu com vigor, e de repente elas eram apenas duas menininhas sentadas à beira de um riacho, e a vida parecia mais simples. Eram como duas crianças que tinham acabado de sair da aula. — Ele devia ser um idiota. Quando desci do ônibus dois dias atrás, achei que você era a mulher mais bonita que eu já tinha visto. — Era verdade. Laure era uma garota de aparência espetacular.

— Não seja boba. — Laure parecia envergonhada. — Eu pareço uma árvore. Odiei ser alta a vida inteira, sempre quis ser pequena como você. Na verdade, a mulher com quem ele fugiu, minha suposta melhor amiga, se parece muito com você. Isso me incomodou no momento em que a vi. E então quando você me convidou para dar uma volta, eu disse a mim mesma que ela não é você. Sinto muito se fui grosseira. A princípio, sempre que eu olhava para você, eu a via e ficava zangada.

— Você não foi grosseira. — Christianna mentiu. — Só parecia triste.

— Não — insistiu Laure. — Eu fui grosseira. Mas você me lembra muito ela.

— Que saco! — repetiu Christianna. Era a sua expressão favorita na faculdade. As duas se apoiaram uma na outra, rindo.

— Não, *eu* que digo que é um saco — acrescentou Laure, no seu pesado sotaque francês.

As duas estavam com lágrimas correndo pelas bochechas quando Yaw passou por elas na trilha. Estava indo de bicicleta para algum lugar, ouviu as risadas, desacelerou, passou pelas duas, olhou para cima da árvore e então gritou para elas, que acenaram para ele. Achavam que ele só estava dando um olá.

— Saiam! — gritou ele. — Saiam daí! — Estava acenando com frenesi, e as duas se entreolharam, ainda rindo, e se levantaram. Yaw estava acenando para que fossem embora. Elas não tinham certeza do que ele queria ou do que estava dizendo, mas ele continuava gritando com elas. As duas ainda estavam dando risadinhas ao voltarem pela trilha, quando ele apontou para a árvore. Uma imensa mamba-verde estava logo acima delas, pegando sol num grosso galho da árvore. Quase que de propósito, caiu sobre o tronco onde elas estiveram sentadas e serpenteou na direção do riacho. Quando elas a viram, berraram e fugiram, acenando para Yaw, que riu e foi-se embora.

— *Merde*! — gritou Christianna, ainda berrando enquanto as duas percorriam quase todo o caminho de volta ao complexo até pararem e começarem a rir novamente. — Ah, meu Deus, você viu aquela coisa? — Elas tinham corrido tão rápido que o quadril de Christianna doía. — Você me disse que nunca tinha visto cobras por lá — acusou, ainda abalada.

— Talvez eu nunca tenha olhado para cima da árvore — disse Laure com um sorriso. — Aquela foi a maior cobra que já vi.

— Que saco! — exclamaram as duas em uníssono, e então riram novamente.

— Graças a Deus que vou para casa em breve — comentou Laure enquanto caminhavam vagarosamente, em deferência à pontada no quadril de Christianna por ter corrido tanto. Nunca correra tão rápido na vida como depois de terem visto a cobra. Era seu pior pesadelo transformado em realidade. Ou teria sido se não fosse por Yaw. E enquanto as duas caminhavam juntas, Laure de repente percebeu que ficaria triste por partir. Christianna era a primeira amiga que fazia ali. Os outros tinham sido legais com ela, companheiros agradáveis de se trabalhar, mas Christianna era a primeira pessoa que realmente se aproximara dela. E com certeza era a primeira pessoa que a fizera rir tanto. Mesmo que fosse chocante a semelhança com a mulher que a traíra, Christianna era uma boa moça. Estava escrito na testa dela. — Você tem namorado? — perguntou Laure com interesse, conforme entravam no acampamento.

— Não, tenho um irmão, um pai e um cachorro. Por enquanto é só isso. Tive um em Berkeley, mas não foi coisa séria. Ele me manda e-mails às vezes, ou pelo menos mandava antes de eu vir para cá.

— Seus dois amigos parecem legais, aqueles com quem você veio.

Christianna assentiu, sem saber o que dizer. Às vezes era difícil de explicar que eram apenas dois amigos que quiseram vir para a África também.

— Eles estavam na Rússia comigo e também conheceram Marque.

Laure assentiu, e conforme seguiam para a tenda das mulheres, parou e encarou Christianna por um longo momento.

— Obrigada por me chamar para dar uma volta com você. Foi divertido, Cricky. — Tinha ouvido os outros chamarem-na assim e sentia-se à vontade para fazer o mesmo agora.

— Também achei divertido. — Christianna sorriu calorosamente. Fazer amizade com Laure tinha sido uma espécie de vitória, um presente inesperado. Fora difícil de ser conquistado. — Exceto pela cobra — acrescentou, e as duas riam quando entraram na tenda que todos chamavam de Ritz. As outras estavam de volta do trabalho, em vários níveis de despojamento, relaxando depois de um longo dia.

— Onde vocês duas estavam? — perguntou Mary, surpresa por vê-las juntas. Todos tinham notado a frieza entre as duas, e o quanto Laure havia sido desagradável com Christianna até então.

— Fomos procurar cobras e encontramos uma grandona, pendurada numa árvore. — Christianna sorriu e Laure fez o mesmo.

— Não se senta debaixo de árvores na África — repreendeu Mary com um olhar severo, encarando Laure em seguida com o mesmo ar de reprovação. — Você sabe muito bem disso. Não podemos deixar vocês irem a lugar nenhum, podemos? Vou ter que mandá-las para os seus quartos. — As duas moças riram, e Laure anunciou que iria tomar um banho antes do jantar, o que todos sabiam não ser tão simples quanto parecia. Mas ela tinha certeza de que ainda poderia encontrar alguém para despejar água sobre ela. Vestiu o roupão e saiu da tenda enquanto Christianna deitava na cama tentando não pensar na cobra enorme que haviam visto. Nunca tinham gritado tão alto na vida ou corrido tão rápido. Graças a Deus por Yaw.

— Mas o que foi que você fez com ela? — perguntou Fiona com um ar de surpresa. Ela parecia cansada. Tinha feito três partos seguidos naquela tarde, e um bebê morrera. Sempre ficava deprimida quando coisas trágicas assim aconteciam. Havia feito tudo o que podia para salvar o bebê, e Geoff tinha ajudado, mas não havia nada que pudessem fazer. Isso acontecia às vezes, mas sempre a deixava muito infeliz.

— Só saímos para dar uma volta — disse Christianna tranquilamente. — Acho que ela precisava de alguém com quem conversar.

— Bom, ela nunca conversou com nenhuma de nós até você chegar. Você deve ter poderes especiais.

— Não, ela só estava pronta para conversar. — Christianna pressentira isso, embora não tivesse esperado que tudo corresse tão bem quanto correu. Só não queria um inimigo vivendo com ela na mesma tenda.

— Você tem jeito com as pessoas, Cricky — disse Fiona com um ar de admiração. Todos no acampamento haviam notado e falado sobre isso. Era óbvio para todos, mesmo no curto espaço de tempo desde a sua chegada. Christianna possuía um tipo especial de graça; como Laure tinha dito naquela tarde, um "dom".

Laure voltou do chuveiro pouco depois, parecia feliz e relaxada. Quando todas saíram para o jantar naquela noite, ela e Cricky estavam rindo por causa da cobra. E pela primeira vez em sua estadia lá, Laure participou da conversa geral no jantar daquela noite. Todos estavam surpresos por descobrir que ela possuía senso de humor. Provocou Cricky abertamente por ter berrado tão alto e corrido tão rápido.

— Não vi você calma tirando fotos — respondeu Christianna e então as duas riram novamente, ainda estremecendo por causa do que poderia ter acontecido se a cobra tivesse caído da árvore enquanto as duas ainda estivessem sentadas lá. Era insuportável pensar.

Voltaram juntas para a tenda naquela noite, e Christianna perguntou baixinho por que ela odiava a África. Tinha ficado chocada quando Laure disse aquilo à tarde.

— Talvez eu não odeie a África tanto assim — disse Laure, pensativa. — Tenho sido tão infeliz aqui. Creio que trouxe tudo isso comigo, toda a tristeza que aconteceu antes de eu vir. Não sei... talvez eu apenas me odiasse.

— Por que odiaria? — perguntou Christianna, com delicadeza.

— Não sei... Talvez porque ele não me amasse o bastante para ficar comigo e ser leal a mim. Talvez eu tenha achado que se ele não me amava, eu também não deveria... Fiquei procurando o que havia de errado comigo para que eles me fizessem uma coisa assim. É complicado, eu acho.

— São pessoas ruins por lhe terem feito isso — disse simplesmente. — Pessoas boas não fazem coisas assim. Você não acredita nisso agora, mas será feliz um dia, quando encontrar outra pessoa. Vai encontrar um bom homem da próxima vez. Acredito de verdade que vai. Esses raios não caem duas vezes. Uma vez na vida é o bastante.

— Não consigo me imaginar confiando em alguém outra vez — admitiu Laure quando entravam na tenda. As outras ainda não tinham voltado, então estavam sozinhas.

— Você vai. Verá.

— Quando? — perguntou Laure, parecendo triste outra vez. A dor da traição que tinha sofrido ainda estava em seus olhos, mas agora ela possuía uma amiga.

— Quando estiver pronta. Provavelmente foi bom para você vir pra cá, afastar-se de tudo aquilo.

— Foi o que pensei. Mas eu trouxe tudo para cá comigo. Não fui capaz de pensar em mais nada.

— Sabe o que tem que fazer da próxima vez que isso acontecer? — disse Christianna com tranquilidade.

— O quê? — Laure estava esperando pérolas de sabedoria da boca da nova amiga. Ela fora sábia e precisa até agora, por isso Laure estava impressionada.

— Apenas pense na cobra que quase caiu sobre nós hoje, e fique feliz por estar viva. São duas cobras das quais você escapou por pouco. Ele, e a de hoje.

Laure riu alto. Ainda estava rindo quando as outras entraram e mais uma vez as olharam com surpresa. Nenhuma delas conseguia nem de longe imaginar o que Christianna havia feito com a moça que nunca conversava. Mas fosse lá o que tivesse feito, tinha funcionado. Todas concordavam. Não restava dúvida quanto a isso. Christianna possuía um dom. Eram sortudos por ela estar ali com eles. E ela era mais sortuda ainda.

Capítulo 9

No dia que antecedia a chegada dos Médicos Sem Fronteiras, todos sempre ficavam ocupados. Geoff organizou casos que queria que vissem. Havia algumas cirurgias pequenas que suspeitava que fariam ali. Tinham dois casos sérios de tuberculose com os quais estava preocupado, e havia uma pequena epidemia de calazar que ainda não causava pânico, mas sempre ficava grato pela presença e consulta deles, particularmente na temporada da malária em setembro, que felizmente ainda estava bem longe. Quatro médicos e duas enfermeiras se juntariam a eles durante a semana, o que sempre aliviava um pouco o fardo dos ombros de Geoff e Mary. E sempre havia os pacientes aidéticos a serem consultados. Os Médicos Sem Fronteiras traziam medicamentos novos para eles. Era sempre bom ver os rostos familiares e os novos. Eles já tinham se comunicado por rádio com o acampamento várias semanas antes para dizer que estavam com um novo médico, interessado em passar um mês ou mais no acampamento. Era um jovem americano, que fazia pesquisa sobre AIDS em Harvard. Geoff respondera que ficaria agradecido por tê-lo por ali por um mês, caso gostasse. Isso aumentaria o número de residentes no acampamento para 18, e Geoff prometera colocar uma cama portátil adicional para ele no George V, uma vez que já estavam lotados.

Christianna tinha falado com o pai duas vezes até então, e ele disse que sentia muitíssima falta dela. Era apenas fevereiro, mas Hans Josef não conseguia imaginar mais cinco meses sem ela e ficar mais tempo sozinho. Disse que queria que ela voltasse para casa ao fim de seis meses, que não ficasse um ano inteiro, mas Christianna não fez comentários. Ainda não queria discutir o assunto com ele. Estava planejando fazer isso mais adiante durante o ano. Não tinha vontade nenhuma de deixar a África Oriental um instante antes do previsto. Hans Josef estava aliviado porque ela ao menos estava bem e feliz, embora ele mesmo soubesse que voltar para casa cedo não era bom presságio para a filha. Christianna se sentia culpada por deixá-lo sozinho em Liechtenstein, mas aquele momento era sagrado para ela. Sabia muito bem que nunca teria uma chance como aquela novamente.

Ela já havia completado seu planejamento para o programa de prevenção à AIDS e tinha começado a dar pequenas aulas para as mulheres locais, com a tradutora ao lado, uma moça adorável que falava inglês adequadamente, tendo aprendido com missionários. E geralmente as traduções faziam Christianna e as alunas rirem. Elas gargalhavam e davam risadinhas das coisas engraçadas que Christianna dizia, mas pareciam levá-la a sério quanto ao resto. Mary achou que estava fazendo um ótimo trabalho e falava isso com Geoff com frequência, e também com Christianna, embora ela achasse que Mary só estava sendo gentil.

Ainda lecionava com Ushi todas as tardes, e as crianças a adoravam. Levou Laure diversas vezes para ajudar, o que ela amava fazer. Com uma amiga na qual confiar e dar passeios à tarde, a francesa que antes era séria tinha começado a florescer. Quando os outros comentavam da transformação milagrosa que havia acontecido, Christianna insistia em dizer que tinha sido apenas uma questão de momento. Laure estava preparada para se abrir, e Christianna estava lá na hora certa, como numa amizade acidental. Os outros não acreditavam na explicação. Podiam enxergar o que tinha acontecido, talvez melhor do que ela, a gentileza com que Christianna a removera da casca. A moça zangada e taciturna que fora durante meses tinha desaparecido. Agora Laure conversava, ria e fazia piadas como os outros. Até jogava cartas com os homens à noite, e estava contente ao voltar uma noite para a tenda das mulheres com um punhado de nakfa, a moeda local.

E ainda mais do que Laure, a moça que todos chamavam de Cricky estava sendo bem-sucedida. Até Geoff tinha esquecido que ela era uma Princesa Sereníssima, o que tornava mais fácil manter o segredo. Christianna havia se tornado um deles em pouco mais de um mês. Não conseguiam mais imaginar a vida sem ela, e vice-versa. Ela sentia como se tivesse realmente se descoberto na África Oriental e desejava ficar para sempre. Não podia suportar pensar em partir, e queria se agarrar a cada instante e saborear suas delícias ao máximo.

Na manhã em que os Médicos Sem Fronteiras chegaram, Christianna estava fazendo rondas com Mary antes de seguir para a aula de prevenção à AIDS. Quando o chefe da equipe visitante entrou com Geoff, este o apresentou para Christianna e, como sempre acontecia agora, ele apenas a chamou de Cricky. O chefe da equipe visitante era holandês e falou com ela em alemão. Era um homem de aparência interessante que trabalhava para os Médicos Sem Fronteiras havia anos. Ficara uma vez no Sudão, depois em Serra Leoa, no Zaire, na Tanzânia e finalmente na Eritreia. Durante a guerra fronteiriça com a Etiópia, ele havia tratado um grande número de feridos de ambos os lados e, assim como os habitantes locais, estava aliviado por tudo ter acabado. Muitos daqueles que fugiram naquela época e migraram para outros lugares tinham voltado para a Eritreia agora.

Ele e Geoff eram velhos amigos e sempre ficavam felizes ao se reverem, sendo que o holandês era bem mais velho que Geoff. Sempre alegava estar velho demais para aquele trabalho, mas ninguém acreditava nele. Era um homem com vitalidade e aparência jovem, que gostava de pilotar aviões. Havia pilotado para os britânicos no finzinho da Segunda Guerra Mundial, depois de fugir da Holanda. Era um homem muito interessante, e Christianna ficou contente por conhecê-lo. Ouvia falar dele desde que chegara.

Tiveram um jantar animado na tenda de refeições naquela noite, unindo os dois grupos, enquanto o médico encarregado os divertiu com histórias engraçadas e os vários membros mais jovens do grupo se misturaram, divertindo-se ao conhecerem uns aos outros ou renovarem velhas amizades. Era sempre bom ter rostos novos no acampamento, assim como fora quando Cricky e seus dois homens chegaram. O jovem americano tinha se sentado perto de Mary no jantar, e estavam conversando seriamente sobre os novos protocolos de AIDS testados em Harvard. Ele era jovem e tinha muito conhecimento de seu campo, e Mary gostou muito de ouvir sobre os últimos desenvolvimentos e interrogá-lo a respeito de seus casos recentes. Ele examinara todos os pacientes dela naquela tarde e fizera algumas sugestões excelentes. Para Christianna, ouvi-los ao seu redor era como estar numa convenção médica, mas ela achava aquilo fascinante. E tiveram muitas ocasiões durante o jantar em que todos conversaram sobre outras coisas. Pareciam existir risadas infinitas temperando os tópicos mais sérios.

Christianna também ficou satisfeita por ver que Laure estava gostando de conversar com um dos médicos franceses. Pareceram ficar numa conversa séria durante grande parte do jantar e, depois da sobremesa, Laure deu início ao animado jogo de pôquer. Tinha se tornado a jogadora mais sortuda e bem-sucedida do acampamento, e aquela noite não foi exceção. Laure olhou para Christianna várias vezes, e quando ninguém estava olhando, a princesa ergueu os polegares por causa do jovem médico francês, fazendo Laure rir. Parecia muito mais feliz do que antes, e Christianna estava contente.

Era fim de noite e o jogo de pôquer ainda estava a todo vapor quando Christianna foi apresentada ao médico americano que ficaria com eles. Seu nome era Parker Williams, e Christianna o ouvira dizer a alguém que era de São Francisco. Enquanto conversavam durante o café, contou-lhe que tinha frequentado a Berkeley. Parker foi muito educado ao dizer que era uma ótima faculdade, embora ela soubesse que ele tinha ido para Harvard.

— Como veio parar aqui? — perguntou-lhe Parker com interesse.

Contou-lhe sobre o cerco na escola russa, o encontro com Marque e a descoberta de que queria passar um ano da vida fazendo algo como aquilo antes de se estabelecer nos negócios da família. E em resposta às perguntas dela, Parker disse que não fazia realmente parte dos Médicos Sem Fronteiras, só estava acompanhando-os como parte de seu projeto de pesquisa sobre AIDS para Harvard, mas ele disse que gostava bastante e que estava animado pelo tempo que passaria em Senafe.

— Amo isso aqui — afirmou Christianna, e pelo jeito do olhar dela, Parker soube que era verdade.

Laure já tinha comentado antes o quanto ele era atraente e o quanto era parecido com Christianna. Também era loiro e possuía os mesmos profundos olhos azuis, embora fosse alto e ela, pequena. Mas não havia nada de pequeno no espírito dela, como seus colegas de trabalho ali já haviam descoberto.

Ela e Parker conversaram por um tempinho, sobre o acampamento, as pessoas em Senafe, o trabalho que estavam fazendo ali. Christianna contou sobre o programa de prevenção à AIDS que desenvolvera com a ajuda de Mary. E depois de ouvi-la descrever a área que estava cobrindo, Parker disse ter gostado e ficado impressionado com o óbvio progresso que ela tinha conseguido em tão pouco tempo.

Ele entrou no jogo de pôquer de Laure depois disso, e a maioria dos homens ficou na tenda de refeições, enquanto Christianna e as outras mulheres voltavam para a tenda.

— Ele é uma graça — tagarelou Fiona com Christianna enquanto voltavam para o Ritz.

— Quem? — perguntou Christianna inocentemente, distraída por alguns instantes. Estava pensando que não ligava para o pai havia vários dias e que provavelmente deveria ir a Senafe para fazê-lo no dia seguinte. Ele ficava chateado quando ela não ligava.

— Não venha com essa — bufou Fiona. — Eu vi você conversando com ele. Sabe de quem estou falando. O médico de Harvard. Caramba, se você não o quiser, eu mesma arrisco uma chance com ele. — Fiona sempre ficava de olho nos homens novos, embora fosse mais de conversa do que de ação. Nenhum deles tinha muitas oportunidades para tais casos amorosos. E fora Maggie e Geoff, a maioria se mantinha longe de romances no acampamento. Ficava muito complicado depois, então eles viviam juntos como irmãs e irmãos. Mas a chegada dos Médicos Sem Fronteiras sempre atraía a atenção de todos.

— Pode ficar com ele — disse Christianna, rindo dela, embora Fiona já estivesse flertando com Max, mas até então aquilo não tinha dado em nada. Era apenas conversa, algo com que os dois brincavam.

— Não gosta dele? — perguntou Fiona, referindo-se novamente a Parker Williams.

— Ele parece legal. Só que não ando pensando em coisas assim aqui. Há muito trabalho a ser feito para me preocupar com isso.

Christianna estava comprometida com outras ocupações, e encontrar um homem era a última coisa na mente dela. Estava bem ciente de que só complicaria sua vida. Tinha sido diferente em Berkeley, quando era estudante. Mas não ali, nos confins do mundo, particularmente devido aos fardos de sua vida de verdade. Caso se envolvesse com alguém ali, tudo teria de terminar quando voltasse. E, dessa vez, talvez houvesse sofrimento. Não houve da última vez.

Todas as mulheres se despiram e foram para a cama e, uma hora mais tarde, Laure apareceu. Tinha se divertido, e todos a provocaram pela manhã sobre o tanto de dinheiro que ganhara. Limpara todos eles.

— Vai ser a única pessoa a deixar Senafe rica — disse Geoff, enquanto Laure ria. Tinha se divertido, e o médico francês era legal.

Como sempre, todos estavam empenhados na execução dos diversos serviços às 7 horas. Parker Williams estava fazendo rondas com Mary, a chefe da equipe, vendo pacientes com Geoff, e os outros médicos que vieram no avião estavam ajudando a ver os doentes e reabastecer os suprimentos. Christianna estava no diminuto consultório que usava para as aulas de prevenção à AIDS quando Mary veio perguntar se gostaria de acompanhá-los, o que a deixou surpresa. Afinal não fazia parte da equipe médica, portanto era uma honra ser incluída nas discussões, mesmo que estivessem além de seu entendimento. Sempre aprendia algo com elas e, no pouco tempo em que estava ali, já havia aprendido muito.

Agora já conhecia bastante seus pacientes aidéticos, especialmente as crianças. Visitava cada um na enfermaria todos os dias e levava pequenos presentinhos, frutas para as mulheres, jogos para as crianças. Colocava flores frescas na enfermaria, sempre em belos arranjos. Tinha um jeito de tornar a vida de todos melhor, como Mary observava com frequência. Mas ficou quieta quando se juntou a eles. Não queria interferir na conversa de Parker com Mary. E só fez a ele uma pergunta, sobre certo tratamento do qual ouvira falar, mas que não compreendia. Ele o explicou meticulosamente e depois conversou com os pacientes. Christianna lhe serviu de intérprete por duas vezes, quando as pacientes só falavam francês.

— Obrigado pela ajuda — agradeceu Parker, casualmente, quando ela saiu para dar aula.

— Quando quiser.

Christianna sorriu e foi fazer seu próprio trabalho. Pulou o almoço naquele dia, foi direto para a sala de aula ajudar Ushi e, quando terminou, parou para ver Laure no escritório. O médico francês estava por lá, conversando com ela. Cricky sorriu para a amiga e logo desapareceu. Então foi dar um passeio sozinha. Fiona ficou fora o dia inteiro, então não havia ninguém com quem conversar ou andar. Os outros já haviam voltado para as tendas para relaxar.

— Obrigado novamente pela ajuda esta manhã. — Ela ouviu a voz chamá-la e se virou para ver quem era. Era Parker. Tinha trabalhado o dia inteiro, e os dois ficaram livres ao mesmo tempo.

— Não foi grande coisa.

Ela sorriu com gentileza e, para ser educada, pois não queria ficar à toa, perguntou se ele gostaria de dar uma volta, ao que ele respondeu que sim. Parker achava a região bonita e era totalmente desconhecida para ele. Disse que só estava há um mês na África.

— Eu também, ou apenas um pouco mais — comentou ela, gentilmente, enquanto rumavam na mesma direção que ela costumava tomar com Laure.

— De onde você é? — perguntou ele, interessado. Achava que fosse francesa, mas Mary dissera que não.

— De um minúsculo país na Europa. — Ela sorriu. — Liechtenstein.

— Onde fica exatamente? Sempre ouvi falar, mas, para ser honesto, não saberia localizá-lo num mapa. — Parker tinha um jeito bem sociável e um sorriso caloroso.

— A maioria das pessoas não saberia. Está cravado entre a Áustria e a Suíça. Só tem 160 quilômetros quadrados. Bem minúsculo, por isso você não sabe onde fica. — Christianna retribuiu o sorriso. Não estavam flertando, longe disso, só estavam num bate-papo enquanto caminhavam. Achava que ele se parecia um pouquinho com seu irmão Freddy, mas parecia seguro presumir que era muito mais bem-comportado. A maioria das pessoas era.

— O que se fala por lá? — Ele parecia absorver informações como uma esponja. — Alemão?

— Em grande parte, e um dialeto que deriva do alemão, mas que é muito difícil de entender.

— E francês? — O dela lhe pareceu perfeito pela manhã, o que agora o deixava impressionado, já que não era sua língua materna, embora tivesse soado como se fosse.

— Algumas pessoas falam. Embora a maioria fale alemão. Eu sempre falava francês em casa. Minha mãe era francesa.

— Era? — perguntou Parker, parecendo solidário.

— Ela morreu quando eu tinha 5 anos.

— A minha morreu quando eu tinha 15.

Era algo que possuíam em comum, mas ela não prolongou o assunto. Não queria ser rude ou intrusiva e fazer perguntas dolorosas.

— Meu irmão e eu crescemos sozinhos com meu pai — disse Parker.

— Meu irmão e eu também. — Ela sorriu.

— O que seu irmão faz agora, presumindo que seja velho o bastante para fazer alguma coisa? — Ele riu, pois Christianna lhe parecia muito jovem, principalmente por ser tão pequena. Era pouco mais alta que uma criança, mas, se estava trabalhando para a Cruz Vermelha, sabia que devia ter uma idade razoável, pelo menos teria mais de 21.

— Ele é velho o bastante — respondeu Cricky, com melancolia. — Ele tem 33. Na verdade, na maior parte do tempo, ele viaja, persegue mulheres e anda em carros velozes.

— Um ótimo trabalho de se ter — brincou ele. — O meu é médico, assim como papai. Meu pai é cirurgião em São Francisco, e meu irmão é pediatra em Nova York. E eu moro em Boston. — Parker forneceu todas as informações relevantes, como alguns americanos faziam, muito mais do que os europeus, que não davam tantas informações pessoais. Mas Christianna não se importava. Gostava dos modos francos e amigáveis dos americanos. Sentia falta daquilo desde que deixara Berkeley em junho.

— Sei que mora em Boston. — Christianna sorriu delicadamente; ele parecia ser legal. — Você faz pesquisa em Harvard. — Parker parecia contente por ela saber.

— O que você faz em Liechtenstein... A propósito, qual o nome da sua cidade natal?

— Moro na capital, Vaduz. Vou trabalhar para o meu pai quando voltar para casa. Mas antes espero ficar aqui um ano inteiro. Se ele permitir. Ele fica um pouco nervoso quando estou longe. Mas meu irmão volta da China em breve... Isso vai distraí-lo, espero. Ou deixá-lo insano, dependendo do que meu irmão fizer. — Os dois riram.

— Ele é piloto de corrida? Você falou de carros velozes.

— Não. — Christianna riu ainda mais desta vez, conforme desciam por uma trilha delimitada por arbustos, flores e árvores. O cheiro das flores era forte e doce, algo que sempre associaria à África. — Só é um tremendo bad boy.

— Ele não trabalha? — Parker parecia surpreso. Tal conceito era novo para ele, embora não fosse para ela. A maioria dos príncipes não trabalhava, especialmente príncipes herdeiros como seu irmão, embora a maioria fosse bem mais respeitável e encontrasse maneiras mais cordatas com que se ocupar.

— Na verdade, ele às vezes trabalha para o meu pai também, mas não gosta muito. Prefere viajar. Anda viajando pela Ásia há meses. Esteve no Japão, agora está na China. Está planejando parar em Mianmar a caminho de casa.

A família soava interessante para ele.

— E seu pai?

— Ele trabalha com política e relações públicas. — A resposta já estava decorada, e ela já a repetira bastante. Tinha quase convencido a si mesma. — Vou trabalhar com ele na área de relações públicas quando eu voltar para casa.

— Parece divertido — disse Parker, com gentileza, e ela suspirou.

— Não consigo pensar em nada pior. Preferiria ficar aqui.

— E o que ele acha disso? — perguntou ele, fitando-a com atenção. Christianna estava começando a intrigá-lo. Era uma garota muito perspicaz.

— Não está nada satisfeito. Mas me deixou vir. Concordou com seis meses, mas vou insistir em um ano. — Parker percebeu que ela ainda era jovem o bastante para ser governada pelo pai, e um tanto dependente dele. Não sabia até que ponto ela estava atrelada às regras do pai e aos deveres que lhe eram impostos como princesa. Teria ficado espantado se soubesse.

— Preciso estar de volta a Harvard em junho, mas amo isso aqui também. É o lugar mais interessante no qual já estive. Quero dizer, a África. Fiz pesquisas na América Central alguns anos atrás. A minha especialidade é AIDS nos países em desenvolvimento. Esta é uma oportunidade incrível para mim.

— O Médicos Sem Fronteiras é um grupo maravilhoso. Todos os respeitam muito.

— Senafe também vai ser interessante pra mim, e vai ser bom ficar por um tempo. O que andei fazendo no último mês foi pouco mais que visitas relâmpago, embora eu seja muito agradecido por me permitirem ir junto. — Christianna assentiu conforme retrocediam lentamente. Tinha sido muito agradável dar uma volta com ele. Parker então perguntou sobre Berkeley e se ela tinha gostado de lá, e Christianna respondeu que sim, muito.

— Lamentei muito ter que voltar para casa em junho.

— Parece que você e seu irmão não gostam muito de ficar em casa — disse ele, com um sorriso travesso.

— Tem razão. Liechtenstein é um lugar muito pequeno. Não há muito para se fazer, ao contrário daqui. — Christianna estava gostando de seu trabalho com AIDS, e das crianças para as quais lecionava à tarde. Sentia-se útil ali, o que lhe significava muito.

— Tenho que lhe fazer uma visita um dia desses — disse Parker educadamente. — Estive em Viena, Lausanne e Zurique, mas nunca em Liechtenstein.

— É muito bonito — comentou ela, sendo leal, sem soar convincente para si mesma.

— E muito maçante — acrescentou Parker por ela.

— Sim, muito maçante — admitiu com um sorriso.

— Então por que voltar?

Parker parecia intrigado. Nos Estados Unidos, se as pessoas não gostavam de onde moravam, elas se mudavam, assim como ele e seu irmão tinham feito. Ele gostava de São Francisco, mas também lhe parecia calmo demais.

— Não tenho escolha — respondeu ela, com tristeza, mas não havia como explicar. Parker presumia pelo que Christianna lhe dissera que estava sendo pressionada para entrar nos negócios da família, particularmente porque tinha um irmão irresponsável. Não lhe soava justo. E a verdade sobre a situação dela era algo remoto para sua mente. Não teria conseguido imaginar nem em um milhão de anos. — É assim que é. Agora tenho este ano livre, mas depois tenho de voltar por vontade própria.

— Talvez possa reconsiderar enquanto está aqui.

Christianna riu alto ao ouvir isso e balançou a cabeça.

— Creio que não há como eu fazer isso. Às vezes devemos aceitar nossas responsabilidades e fazer o que esperam de nós, não importa o quão tedioso seja.

— Você pode fazer o que quiser na vida — insistiu ele —, ou não fazer o que não quiser. Nunca acreditei que devemos viver sob as regras dos outros. Meu pai me ensinou isso quando eu era muito jovem.

— Queria poder dizer que meu pai pensa assim, mas ele acredita no dever acima de qualquer coisa. E na tradição.

Ele parecia obstinado, talvez até irracional, pensou Parker, mas não falou nada. Christianna parecia muito feliz por estar ali.

Agora já estavam de volta ao acampamento, então Parker disse que tomaria um banho antes do jantar, como se estivesse voltando para um quarto de hotel.

— Melhor correr antes de os meninos da água irem para casa — avisou ela, explicando o sistema que usavam para tomar banho.

Parker tinha experimentado pela manhã, mas não sabia que não poderia mais se lavar depois de certa hora, uma vez que os meninos tivessem partido. Agradeceu-a pela informação e pelo passeio agradável, depois correu para a tenda. E enquanto vagava de volta para a própria tenda, Christianna pensava no quanto ele fora tranquilo e amigável. Não tinha certeza, mas achava que Parker tinha a idade de Freddy. Ainda estava pensando nele quando entrou na tenda e se recolheu por alguns minutos antes do jantar.

Estava deitada na cama, encarando o espaço, com Parker nos pensamentos, e antes que percebesse, Christianna se sentiu tão em paz que dormiu.

Capítulo 10

A equipe dos Médicos Sem Fronteiras ficou com eles por uma semana. Trabalharam com afinco junto à equipe da Cruz Vermelha em Senafe, e os esforços combinados beneficiaram os pacientes que estavam tratando, particularmente na unidade de AIDS, com a ajuda de Parker. E, todas as noites, a combinação dos dois grupos na tenda de refeições criava uma atmosfera festiva. Divertiram-se muito juntos. Particularmente Laure e o médico francês. Quando a equipe médica partiu, estava óbvio que havia uma centelha entre ela e seu novo amigo, e ao falar com Christianna sobre isso, estava com um sorriso radiante.

— E então? — perguntou Cricky, ansiosa, conforme tomavam a costumeira trilha em direção ao riacho. Contudo não se sentavam mais debaixo das árvores. Nenhuma delas tinha esquecido a cobra da qual Yaw as poupara.

— Gosto dele — admitiu Laure com um sorriso tímido, logo parecendo nervosa e temerosa. — Mas o que eu sei? Ele provavelmente é um mentiroso e um enganador como todos os outros homens.

Christianna ficou triste por ouvi-la dizer isso, particularmente ao ver o ar sofrido que surgira nos olhos dela. O noivo lhe deixara um trauma terrível – desconfiar de qualquer homem que se aproximasse dela.

— Nem todos os homens são mentirosos e enganadores — Christianna teve o cuidado de dizer. As duas haviam se tornado boas amigas naquele curto espaço de tempo e trocavam muitas confidências, em grande parte sobre as esperanças, sonhos e temores quanto ao futuro. Christianna teria gostado de compartilhar mais com ela, especialmente sobre sua própria situação, mas não ousou. Seu segredo era muito grande, e não podia revelá-lo para ninguém ali, nem mesmo Laure, não importava o quanto gostasse dela. Temia que isso fosse mudar tudo entre elas, então continuava a guardar consigo aquilo que considerava seu segredo sombrio, o fato de ser uma princesa. — Alguns homens são de fato honrados e decentes, Laure. Veja a vida que ele leva e o que está fazendo pela humanidade. Isso tem a dizer a respeito dele, não acha?

— Não sei — respondeu Laure, triste, logo com lágrimas nos olhos. — Tenho medo de confiar nele. Não quero sofrer daquele jeito de novo.

— E o que vai acontecer? — perguntou Christianna, em seu tom gentil e moderado. — Vai entrar para um convento? Nunca vai ter um encontro novamente? Vai desistir da vida? Vai permanecer no celibato para sempre, com medo de sair com alguém ou confiar em qualquer homem? Seria uma vida solitária, Laure. Nem todos são tão podres quanto o homem que te deixou. — Ou a melhor amiga que tinha fugido com ele. — Este pode não ser o homem certo, ou talvez seja cedo demais para que confie novamente, mas eu odiaria ver você fechar a porta para sempre. Você simplesmente não pode. É uma pessoa maravilhosa e bonita demais para deixar que isso aconteça.

— É o que ele diz — revelou Laure, secando os olhos. — Contei a ele o que aconteceu. Ele achou horrível.

— Foi horrível. Foi uma coisa bastante nojenta de se fazer com você. Ele foi um verdadeiro babaca — disse Christianna com veemência, fazendo Laure sorrir. Ela amava a nova amiga.

— Ele tinha o direito de mudar de ideia quanto a se casar comigo — disse Laure, tentando ser justa. — E até de se apaixonar por outra pessoa.

— Sim, mas não da maneira que fez e não com sua melhor amiga. Ele devia ter sérias dúvidas bem antes de faltarem dois dias para o casamento e é óbvio que estava envolvido com ela havia algum tempo. De qualquer forma, foi uma coisa nojenta de se fazer. Mas isso não significa que outra pessoa fará a mesma coisa outra vez. — Christianna estava tentando separar as duas questões para que Laure pudesse enxergar com mais clareza.

— A mesma coisa aconteceu com Antoine — murmurou Laure. Ele era o médico em questão. — Não estavam noivos, mas ele saía com uma amiga havia cinco anos, ao longo e depois da faculdade de Medicina. Ela também o trocou pelo melhor amigo, e depois se casou com o irmão dele, então Antoine a vê o tempo inteiro. Foi por isso que veio para a África e se juntou aos Médicos Sem Fronteiras, para que não precisasse vê-los. Ele não fala com o irmão desde que se casaram, o que deve ser triste para ele.

— Ela deve ser difícil de encarar. Parece que vocês dois foram sortudos, livrando-se desse tipo de gente, mesmo que não pareça ser assim agora. Eu realmente acho que você deveria dar uma chance a esse cara. Quando poderá vê-lo novamente depois que ele partir?

Christianna não sabia ao certo quando a equipe iria para aqueles lados novamente, embora geralmente fossem ao acampamento uma vez por mês, mas Laure estaria de partida em breve, em cerca de um mês, então talvez o perdesse de vista, caso os Médicos Sem Fronteiras não voltassem antes de sua partida. Para Christianna parecia uma pena que perdessem a oportunidade de se conhecer. Era óbvio que havia algo ali, senão Laure não estaria tão preocupada. Estava claro que sentia atração por aquele homem, mas ao mesmo tempo se sentia vulnerável e temerosa.

— Ele quer me ver em Genebra. Vai deixar a África em poucos meses. Aceitou um trabalho num hospital de Bruxelas, especializado em medicina tropical. Disse que me visitaria quando voltasse. Vou embora dois meses antes dele.

— Isso lhe dá tempo para se acostumar com a ideia. Por que não vê como se sente a respeito quando for embora? Talvez vocês possam se corresponder, ou algo assim, neste meio-tempo. — Laure riu em resposta, e Christianna precisou admitir que não seria fácil se corresponderem na África, dada as localizações e a natureza dos trabalhos deles. Mas três meses não era uma espera longa, e Laure precisava de tempo para se curar. — Acho que devia dar uma chance, ou pelo menos deixar a porta aberta, e ver o que acontece. Não tem muito a perder neste sentido, não investiu nada no relacionamento. Deixe que ele lhe mostre que é um cara bom. Seja cautelosa, mas ao menos dê ao pobre homem uma oportunidade, ele também sofreu muito.

— Não quero ficar de coração partido outra vez — disse Laure, ainda parecendo preocupada. Mas não havia dúvida, ela se sentia tentada, e tudo o que Christianna lhe dissera fazia sentido.

— Nada pode ser inteiro se antes já não foi rompido — disse Christianna. — Citei mal, mas creio que seja Yeats. Todo coração fica partido alguma vez, no fim isso nos torna mais fortes.

— E o seu? — Laure sorriu para a amiga.

— Meu coração ainda é virgem — respondeu Christianna. — Gostei de algumas pessoas, muito até, mas acho que nunca estive apaixonada. Na verdade, sei que não.

Tivera tão poucas oportunidades, exceto pelos anos em Berkeley, mas, fora isso, o espaço de seu mundo era muito pequeno, as oportunidades eram quase inexistentes de tão estreitas. Para satisfazer o pai, teria que ser um príncipe, ou pelo menos alguém com título, de seu próprio mundo. Caso contrário, isso causaria uma imensa explosão. Embora outros jovens da realeza tivessem se casado com plebeus nos últimos anos, seu pai sempre insistia em dizer que ela se casaria com outro nobre. Era uma promessa que fizera à mãe de Christianna antes de morrer, uma tradição que significava muito para ele, que sempre apontava que poucos casamentos reais com plebeus tinham dado certo. Não tinha apenas a ver com descendência, ele tinha a crença profunda de que era essencial não se casar com alguém muito diferente. E sempre lhe deixara claro que nunca daria sua aprovação se ela não se casasse com outro nobre. Christianna acreditava nele. E não conseguia conceber casar-se sem a bênção do pai. Não poderia revelar tais coisas para Laure.

— Não recomendo. Quero dizer, que se apaixone. Nunca fui tão infeliz na vida como depois que ele cancelou o casamento e fugiu. Pensei que fosse morrer.

— Mas não morreu. É uma boa coisa a ser lembrada. E se esse homem, ou qualquer outro, for um homem melhor, então você foi abençoada.

— Creio que você tem razão — disse Laure, parecendo mais filosófica e um pouco mais corajosa. Christianna tinha feito algumas considerações excelentes, que não caíram em ouvidos surdos. Laure estava pronta para ouvir, embora estivesse assustada. Gostava mesmo do homem que acabara de conhecer, e muito. Houve atração instantânea e compreensão quando se conheceram, quase como se fossem almas gêmeas, embora ela não estivesse inteiramente certa de ainda acreditar nisso. Também esteve convencida de que o noivo era sua alma gêmea, mas ele acabou se tornando nada menos que a alma gêmea de outra. Mas este homem era diferente, também parecia vulnerável e cauteloso, com boa razão. Eles combinavam perfeitamente sob vários aspectos e respeitavam um ao outro. — Talvez eu o veja quando voltar — disse, com um sorriso tímido.

— Boa menina — disse Christianna, abraçando-a conforme voltavam para o acampamento.

Passaram por várias das mulheres locais, andando com suas crianças. As duas comentaram o quanto o povo da Eritreia era amigável, mesmo entre si. Falavam nove línguas diferentes no país, mas não importava o que falassem, sempre carregavam um sorriso e eram solícitos. Queriam que todos se sentissem calorosamente bem-vindos e à vontade. Isso tornava cada encontro uma alegria.

A única coisa que afligia Christianna eram as crianças com desnutrição, geralmente vindas de áreas rurais remotas, mas às vezes até ali em Senafe. Tinham passado por muitos anos de fome e seca, e as barrigas distendidas das crianças famintas levadas até eles para tratamento médico nunca deixavam de fazê-la chorar. Havia tão pouco a se fazer para solucionar todas as enfermidades, aflições e a pobreza que tinham suportado e enfrentado com tanta coragem. A Cruz Vermelha, assim como outros grupos, estava fazendo tudo o que podia por eles, mas o país precisava de mais que um punhado de pessoas compassivas cuidando deles. Precisava de soluções políticas e econômicas que estavam além do controle de qualquer um. Havia uma sensação de impotência por estar ali, e, ao mesmo tempo, de gratidão e alegria simplesmente por estar entre eles. Christianna pretendia falar com a fundação da família a respeito de uma enorme doação em benefício deles quando ela voltasse para casa. Por enquanto, estava oferecendo-lhes seu tempo, seu coração, sua alma. Apenas estar ali já era um presente enorme para ela, que sempre lhes seria grata por recebê-la com tamanha generosidade, grata à Cruz Vermelha por permitir essa experiência, e ao pai por deixá-la vir. Às vezes, só de pensar nisso, seu coração transbordava.

Alcançaram o acampamento a tempo para tomar banho antes do jantar. As meninas da água tinham ido embora, mas as duas despejaram água uma na outra. Fiona se aproximou quando as ouviu rindo fora da tenda, no chuveiro improvisado.

— Certo, o que está acontecendo, meninas? — perguntou Fiona com seu olhar padrão de travessura. Atualmente estava com dificuldades para decidir se perseguia Max ou um dos médicos visitantes que lhe pareceu bonito. Mas ele partiria no dia seguinte, o que não lhe dava muito tempo. Max era um bom investimento a longo prazo, já que ficaria por ali por um bom período. Christianna e os dois homens não planejavam voltar para casa nos próximos meses, com sorte, não antes do fim do ano, então ele era uma aposta melhor que um caso de uma noite só, mesmo que o outro fosse um gato. Ela discutiu o assunto com as duas mulheres, que riram de seu dilema.

Fiona estava transformando sozinha o modo de se ver a obstetrícia na área de Debub, particularmente em Senafe. Antes de sua chegada, as mulheres tinham que viajar três dias num burro para dar à luz num hospital longe de casa e geralmente tinham seus bebês à beira da estrada. Com a ajuda de Fiona, muito menos crianças estavam morrendo nos dias imediatamente anteriores e posteriores ao nascimento. E quando ela percebia um problema que exigiria um médico de prontidão no parto, insistia para que dessem à luz no centro. Os habitantes locais estavam vastamente impressionados com sua gentileza e competência, sua energia, e com o quanto seus filhos estavam mais saudáveis ao nascer. Tanto mães quanto bebês ficavam bem sob o cuidado de Fiona. Ela se tornava uma lenda, além de ser muito amada.

— O que vocês duas estavam fazendo? — perguntou Fiona com interesse enquanto se secava, depois de ter tomado banho junto com Cricky e Laure.

— Só conversando — murmurou Laure, que estava mais amigável com todos agora. Desde que sua amizade com Christianna florescera, estava mais receptiva. Para Fiona, era uma mudança miraculosa, o que não mais a surpreendia. Christianna parecia ter este dom com todos. — A respeito de Antoine — confessou com vergonha. — Ele é bem legal.

Fiona riu.

— Ele é muito melhor do que isso. É um homem muito bonito, e acho que está completamente apaixonado por você. — E Laure, por ele.

— Talvez eu o veja quando voltar — murmurou Laure, dando uma olhada na outra amiga. Christianna a convencera naquela tarde. Ao menos deixaria a porta aberta e veria o que aconteceria depois. Era um grande passo para ela.

O jantar na tenda de refeições naquela noite foi uma ocasião festiva. Os residentes do acampamento nos arredores de Senafe lamentavam ver os outros partirem. Era tão mais animado quando eles estavam lá. Houve muita conversa e risada, a comida estava excepcionalmente boa, e Geoff contribuiu com várias garrafas de um ótimo vinho sul-africano. Todos se divertiram e, depois, Laure e Antoine ficaram conversando fora da tenda. Após a conversa com Christianna, Laure parecia ter se aberto consideravelmente. Quando Christianna e Fiona foram dormir, viram de relance Antoine e Laure se beijando ao longe. Não disseram nada, esperando não perturbar o jovem casal, e voltaram para o Ritz em silêncio, emocionadas com o que tinham visto. Era bom saber que após meses de sofrimento por um noivado rompido, Laure estava enfim se recuperando. As duas esperavam que ela e Antoine se vissem novamente assim que estivessem de volta à Europa. Pareciam loucos um pelo outro.

— Fico feliz por alguém andar beijando por aqui — disse Fiona com um sorriso malicioso, fazendo Christianna rir quando entraram na tenda. — Eu com certeza não ganho beijo nenhum — reclamou com bom humor. Viviam tão aquartelados e se conheciam tão bem que eram mais como irmãs e irmãos, romances não floresciam ou sequer aconteciam. Era mais simples assim. Fiona estava até perdendo o interesse de perseguir Max e se tornando amiga dele. Ele e Samuel estavam à vontade com todos e se entrosaram muito bem. Trabalhavam tão duro quanto os outros, em grande parte manuseando e desempacotando suprimentos, fazendo reparos, preenchendo notas de requisição para repor o que quer que estivesse acabando e indo ao mercado em busca de suprimentos de emergência. Todos apreciavam a ajuda e os esforços incansáveis. Davam uma olhada em Christianna várias vezes por dia e nunca ficavam longe de onde ela estava, mas não pairavam ao seu redor nem se intrometiam no que estivesse fazendo. Tinham conseguido alcançar o equilíbrio perfeito. Não houve deslizes quanto à sua identidade, nem por parte deles nem de Geoff.

— E que me diz de você e o médico americano? — perguntou Fiona, quando elas deitavam nas camas. — Acho que ele gosta de você — avaliou. Ela adorava imaginar sexo e romance ao seu redor, embora houvesse pouco ou nada disso no acampamento. Todos tinham outras coisas em mente e deixavam o romance de lado durante suas estadias, para grande decepção de Fiona.

— Ele gosta de todo mundo. — Christianna sorriu com um bocejo. Também lamentava ver a equipe médica visitante partir. Foram boa companhia enquanto estavam ali e tinham realizado um trabalho imenso e esplêndido. — É como os americanos são. Adorei fazer faculdade nos Estados Unidos. Foi um período maravilhoso.

— Nunca estive lá — comentou Fiona. — Adoraria visitar um dia, se conseguir arcar com as despesas. — Ela ganhava uma bagatela como parteira na Irlanda, e ainda menos ali, mas era por uma boa causa. Possuía um verdadeiro objetivo que estava sendo realizado com as mulheres locais, e já tinha salvado muitas vidas. — Provavelmente serei pobre para sempre.

Não sabia o porquê, mas sempre pressentiu que este não era o caso com Christianna. Ela usava roupas simples e nenhuma joia, mas era obviamente bem-educada e possuía modos delicados, além de ser gentil com todos ao redor. Tudo nela sugeria uma origem refinada. Fiona há muito observara que ela possuía a generosidade de alguém muito confortável com seu próprio mundo e consigo mesma. Não havia nela nada de inveja ou ressentimento. Parecia se importar com todos e nunca falava de dinheiro ou das vantagens que possuía ou não em casa. De fato, Christianna quase nunca falava de sua casa, exceto às vezes quando falava do pai com grande admiração. Fiona suspeitava, mas não tinha como saber, que ela vinha de uma vida muito boa. Era essa a palavra que Mary usara para falar dela e que todos concordaram que a descrevia melhor. Christianna possuía graça, algo que se irradiava ao seu redor, como o sorriso em seu rosto.

— Talvez possamos ir juntas para os Estados Unidos um dia, se eu conseguir deixar a África, o que estou começando a duvidar. Às vezes acho que ficarei aqui para sempre, e talvez até morra aqui — comentou Fiona com um ar sonhador, enquanto Christianna sorria, a cabeça no travesseiro, os braços por trás da cabeça.

— Queria poder ficar também. Amo isso aqui. Tudo faz sentido aqui. Sempre sinto que é onde devo estar. Por enquanto, pelo menos.

— É uma sensação boa — disse Fiona, desligando a luz. As outras ainda não tinham voltado. Mary ficara lá fora desfrutando da última noite de conversa com os médicos. Laure ainda estava em algum lugar com Antoine, talvez aos beijos, ou conhecendo-o melhor antes que partisse. As duas mulheres conseguiam ouvir as risadas lá fora. E as duas dormiam profundamente quando as outras chegaram.

Todos estavam prontos para se despedir da equipe dos Médicos Sem Fronteiras na manhã seguinte. Era um daqueles espetaculares dias dourados típicos da África, que mantinha-os apaixonados pelo lugar. Todos odiavam ver os médicos visitantes partirem. O acampamento era muito mais divertido quando eles estavam por lá. E Christianna notou ao se despedir que Antoine estava segurando a mão de Laure, que sorria para ele. Fosse lá o que tivesse acontecido entre os dois na noite anterior, parecia ter sido boa coisa. Laure parecia prestes a chorar quando ele se foi.

— Vai vê-lo em breve — disse Christianna com confiança quando as duas seguiram para o trabalho, depois de se despedirem da equipe. Laure ia para seu escritório, e Christianna tomaria o rumo da cabana, onde visitava os pacientes aidéticos todas as manhãs.

— Foi o que ele disse — sussurrou Laure, e Christianna abriu um sorriso.

Encontrou Mary fazendo rondas com Parker quando entrou. Ele acabava de examinar uma jovem mãe cujo bebê contraíra AIDS. Conversando com ela, descobriu-se que não tinha usado a fórmula que recebera e que, em vez disso, tinha amamentado o bebê no seio. Ela disse que o marido ficou desconfiado da fórmula, achou que o bebê ficaria doente, por isso a jogou fora. Era uma tragédia que Mary via todos os dias. A AIDS e a desnutrição eram as maldições que ela enfrentava ali constantemente.

Christianna passou calada por eles para visitar as mulheres e crianças que conhecia. Não queria perturbar Parker nem Mary, então foi cuidar de seus assuntos em silêncio, sussurrando gentilmente no pouquinho de tigrínia e tigre que já tinha aprendido. As duas línguas somavam noventa por cento do que era falado na Eritreia. Falava-se um pouco de árabe também, embora Christianna ainda não tivesse aprendido. Esforçava-se bastante nas outras duas, e Fiona a ajudava por ser fluente em ambas, dado seu abrangente trabalho auxiliando no parto das mulheres locais. As mulheres com quem Christianna falou na enfermaria de AIDS possuíam nomes como Mwanaiuma, que significava "sexta-feira", Wekesa, que lhe disseram significar "tempo de colheita", Nsonowa (sétima criança), Abeni, Monifa, Chiumbo, Dada e Ife, que significava "amor". Christianna adorava o som dos nomes delas. As mulheres riam das tentativas dela em tigre, que ainda não falava muito bem, e assentiram em aprovação quando ela tentava ao menos dominar os rudimentos do tigrínia. Certamente não seriam línguas que falaria novamente quando partisse. Mas eram úteis ali, para seu trabalho com as mulheres e crianças locais, e sempre que andava por Senafe. E as mulheres a adoravam pelo esforço que fazia, mesmo quando cometia enganos embaraçosos. Quando isso ocorria, todas davam risadinhas na enfermaria. Depois que terminou de entregar cestas de frutas para cada uma e arrumar dois vasos de flores que ela mesma colhera, foi para o escritório para encontrar-se com uma dúzia de mulheres, a fim de aplicar o curso de prevenção à AIDS que desenvolvera.

Estava terminando com as mulheres quando Parker entrou, bem a tempo de vê-la entregando a cada uma delas uma caneta esferográfica e vários lápis conforme saíam.

— O que foi isso? As canetas, quero dizer. — Ele a encarava com admiração. Tinha ficado emocionado com a gentileza e a atenção dela com todos na enfermaria pela manhã. E achava que o curso de prevenção à AIDS que ela desenvolvera era bem interessante.

Christianna sorriu antes de responder. Parker estava vestindo bermuda folgada e jaleco branco por cima da camiseta. Tudo ali era informal.

— Não sei o porquê, mas todos aqui adoram canetas e lápis. Compro várias caixas na cidade. — Na verdade, Samuel e Max compravam e lhe entregavam quando voltavam, para que ela pudesse distribuí-los em praticamente cada visita à enfermaria e a todos após cada aula. — Preferem uma caneta a quase qualquer outra coisa, exceto comida. — O país inteiro estava enfrentando uma batalha contra a desnutrição. A comida era o maior presente, e o centro a distribuía em grandes quantidades. Era seu suprimento mais importante.

— Vou ter que me lembrar disso — disse Parker, observando-a. Christianna parecia ter aprendido muito em seu pouco tempo ali. O médico ficara particularmente impressionado com seu esforço para falar com eles nas línguas nativas. As linguagens lhe soavam quase impossíveis de aprender. Não conseguia se imaginar se virando tão bem quanto ela estando ali por pouco mais de um mês. Christianna trabalhava bastante com a tradutora para aprender palavras e frases essenciais nos dialetos locais mais comuns. — Está indo para a tenda almoçar? — perguntou, com um sorriso amigável. Christianna se perguntou se ele não estaria solitário agora que a equipe médica visitante havia ido embora.

— Vou dar aula em poucos minutos — explicou —, com Ushi, na sala de aula. As crianças são verdadeiras gracinhas.

— Você fala nos dialetos locais com eles também? — perguntou Parker, interessado.

— Eu tento, mas eles geralmente riem de mim, muito mais que as mulheres. — Christianna sorriu ao pensar nisso. As crianças sempre caíam na gargalhada quando ela dizia a coisa errada, o que fazia com frequência. Mas estava determinada a aprender a língua para poder falar com eles diretamente.

— Você dá canetas para eles também? — Ele estava começando a achá-la intrigante. Christianna tinha uma postura calma e graciosa que o atraía, mais do que ele desejaria. A última coisa que queria era se envolver com alguém ali. Seria muito mais fácil serem apenas amigos, e tinha a impressão de que ela seria boa nisso também. Era boa ouvinte e parecia interessada nas pessoas.

— Sim, dou — disse ela em resposta. — Max e Sam as compram para mim em caixas. Canetas coloridas são sempre um grande sucesso.

— Vou ter que comprar algumas também, para dar aos pacientes. É de se pensar que desejariam algo mais útil.

— Canetas são um grande símbolo de status aqui. Sugerem educação, e que você tem coisas importantes para escrever. Maggie me contou isso quando cheguei.

— E o almoço? — Fazia seis horas desde que tinham comido pela última vez, e ele estava faminto. Participaria de uma clínica de nutrição com Geoff naquela tarde, onde distribuiriam comida.

— Não tenho tempo — disse com honestidade. — Vou pegar alguma coisa a caminho da aula. Geralmente só como frutas no almoço. Mas servem sanduíches todos os dias, não só quando a equipe visitante está aqui. — Ele ainda conhecia pouco o acampamento e seus hábitos.

— Estava esperando que servissem. Fico com tanta fome aqui, deve ser o ar.

Ou o quanto trabalhavam, pois todos o faziam com afinco, assim como Parker. Ela também gostou do jeito dele com as pessoas. Parecia gentil, competente e profundamente interessado em cada caso. Parecia corresponder facilmente ao afeto das pessoas de que tratava. Era fácil ver que era bom no que fazia. Parker exalava confiança e tinha modos que garantiam às pessoas que sabia o que estava fazendo.

Caminharam até a tenda de refeições lado a lado, e, uma vez lá dentro, Christianna pegou um punhado de frutas de uma cesta enorme. Lá também havia vários iogurtes, que o cozinheiro do acampamento comprava em Senafe, mas ela nunca tocava neles. Ficava longe de laticínios na África. Muitas pessoas adoeciam, não só por causa das principais enfermidades que infestavam a área, mas também devido a uma simples disenteria. Não tinha sofrido disso ainda e esperava permanecer assim. Parker se serviu de dois sanduíches, enrolou-os num guardanapo e apanhou uma banana.

— Já que não vai almoçar comigo, Cricky — sorriu ele —, acho que vou levar o meu para o trabalho também. — Os outros já tinham passado por lá. Nenhum dos funcionários se demorava na hora do almoço. Parker a acompanhou até a sala onde ela e Ushi davam aula antes de ir para a outra cabana discutir uma série de casos com Mary. — Vejo você mais tarde — disse com satisfação, depois se afastou, parecendo casual e feliz. Era óbvio para Christianna que ele estava tentando fazer amigos, mas Ushi não pensava assim. Achava que ele tinha algo mais pessoal em mente.

— Um encontro na hora do almoço? — brincou Ushi.

— Não. Não tive tempo. Acho que ele está se sentindo solitário sem os amigos.

— Acho que talvez seja mais do que isso. — Ushi andava observando-o havia dias, pois ela mesma o achava muito atraente, mas como Christianna e a maioria dos outros, não queria as complicações de um romance no acampamento. E ele parecia muito mais interessado em Cricky do que nela, percebeu. Parker tornara isso bem claro com as conversas amigáveis com Christianna, mas mal trocara uma palavra com Ushi.

— Não tenho tempo para nada mais do que isso, nem interesse — disse Christianna com firmeza. — Além disso, os americanos são assim, amigáveis. Aposto que apesar das maquinações do acampamento, ele não está nem remotamente interessado em romance. Assim como o restante de nós, Parker está aqui para trabalhar.

— Isso não significa que não se possa se divertir um pouquinho também — retrucou Ushi com um sorriso.

Ushi gostava de sair com rapazes, mas não encontrara nenhum adequado para si ali. Parker era o primeiro candidato realmente atraente que surgia, fora a equipe visitante que vinha uma vez por mês, embora acreditasse que ele fosse jovem demais para ela. Ele tinha a mesma idade de Max e Sam, que foram romanticamente ignorados pela mesma razão. Sabia, por ter visto os registros de Parker no escritório, que ele tinha 32 anos. Ushi tinha 42. A idade não importava ali, e a maioria saía em grupo. Mas ela estava com a sensação de que ele estava interessado em Christianna, embora ainda não houvesse nenhuma evidência séria, apesar do esforço aparentemente casual de fazer amizade. Tinha notado Parker observando Christianna atentamente no jantar, embora ela parecesse alheia ao fato. Não estava com romance em mente e possuía um estilo educado, um tanto reservado, conservador, particularmente no tocante aos homens, quase como se estivesse constantemente ciente de não se expor de maneira nenhuma. Era bem mais relaxada e aberta com as mulheres.

— Acho que ele tem uma queda por você — disse Ushi, finalmente, com franqueza, e Christianna balançou a cabeça firmemente.

— Não seja boba. — Ela ignorou a sugestão e, um momento depois, as duas retomaram o trabalho, mas Ushi estava convencida de que sua avaliação estava correta.

Ushi e Fiona conversaram vagamente sobre aquilo dias depois, pois Parker continuava a falar com Christianna a cada oportunidade e começara a pegar livros emprestados, consultando-a sobre vários dos pacientes portadores de HIV, que ela parecia conhecer muito bem. Parker sempre parecia ter algo para lhe perguntar, falar, emprestar ou pedir emprestado. E por sugestão de Christianna, tinha começado a distribuir canetas para cada um que via. Os pacientes adoravam, e Parker se tornou muito amado por todos em poucas semanas após sua chegada devido às suas maneiras gentis. Ficava acordado até tarde da noite na tenda dos homens, meditando sobre as anotações que fazia para o projeto de pesquisa. Fiona frequentemente via sua porção da tenda iluminada quando voltava tarde dos partos nas proximidades. Geralmente, quando a ouvia, ele saía para dar um alô, então conversavam por alguns minutos, mesmo que às 3h ou 4h da manhã. E, o que era interessante, sempre estava renovado e de bom humor no dia seguinte.

Geralmente convidava Christianna para dar uma volta ao fim da jornada de trabalho dos dois. Ela não via mal algum naquilo, gostava da companhia dele, e juntos descobriram trilhas e terrenos novos. Ambos concordavam que amavam a África, seu povo, a atmosfera, a empolgação de ser capaz de melhorar as condições para pessoas que invariavelmente eram tão gentis e calorosas, e tão desesperadas pela ajuda deles.

— Sinto como se minha vida finalmente tivesse algum sentido — disse Christianna um dia, quando se sentaram num tronco antes de voltar. Não havia nenhuma árvore acima deles, pois ela havia contado a experiência vivida com Laure quando a cobra caiu da árvore, alguns meses antes. Já era quase abril, e Laure estava se preparando para partir a qualquer dia. Sua correspondência com Antoine florescera, e ela estava ansiosa para vê-lo em Genebra em junho. Já tinham feito planos de se reencontrarem. — Nunca me senti assim antes — prosseguiu Christianna. — Sempre senti que estava desperdiçando o meu tempo, sem nunca fazer nada útil para ninguém... até aquela noite na Rússia... e quando cheguei aqui.

— Não seja tão dura consigo mesma — disse Parker com generosidade. — Acabou de terminar a faculdade, Cricky. Ninguém na sua idade fez algo surpreendente pelo mundo, ou curou todos os seus males. Sou praticamente dez anos mais velho que você e ainda estou só começando. Ajudar as pessoas é o trabalho de uma vida, e me parece que você teve um baita começo aqui. Existe algo assim que possa fazer quando voltar para Liechtenstein? — Embora ambos soubessem que na vida havia poucas oportunidades como a que estavam vivendo ali.

Christianna riu ironicamente da pergunta, esquecendo-se por um instante que ele não sabia quem ela era. Conversar com Parker era como conversar com um irmão, embora não necessariamente o dela.

— Está brincando? Tudo o que faço em casa é cortar fitas e participar de jantares com meu pai. Eu estava levando uma vida completamente estúpida antes de vir para cá. Isso estava me deixando louca — exclamou, soando frustrada novamente só por pensar nisso.

— Que tipo de fitas? — perguntou ele, parecendo intrigado. "Cortar fitas" não lhe significava nada. O conceito de uma princesa cortando fitas para inaugurar um hospital ou um orfanato lhe era inconcebível e a coisa mais distante de sua mente. — Seu pai está no ramo de fitas? Pensei que estivesse envolvido com política e relações públicas. — E mesmo aquela explicação tinha sido vaga.

Christianna riu alto, apesar de tudo.

— Lamento... Isso não fez sentido. Não importa. Só faço os serviços que ele me manda fazer... Você sabe, como a cerimônia de inauguração de um shopping. Às vezes me manda no lugar dele quando está muito ocupado. Esta é a parte das relações públicas. O lado político é mais complicado de explicar. — Christianna estava momentaneamente horrorizada por quase ter dado com a língua nos dentes.

— Não me parece divertido — comentou ele, com simpatia. Sentira-se do mesmo jeito quanto a entrar para a carreira do pai em São Francisco. Preferia o projeto de pesquisa no qual estava trabalhando em Harvard e, agora, o tempo que estava passando ali. Christianna lhe explicara muitas coisas e fora muito gentil ao apresentá-lo à vida em Senafe, e os outros também tinham sido igualmente solícitos e hospitaleiros.

— Não é divertido — respondeu ela com honestidade, parecendo pensativa por um instante, enquanto pensava no pai e na vida zelosa que levava em Vaduz.

Havia conversado com ele no dia anterior. Freddy enfim voltara da China há poucas semanas, em março, como planejado, e, de acordo com o pai, já estava ficando inquieto. Estava no Palácio Liechtenstein em Viena e dava festas por lá. Disse que ficaria louco se tivesse que permanecer em Vaduz. Christianna, assim como o pai, suspeitava que assim que herdasse o trono, Freddy transferiria a corte para Viena, onde costumava ser por gerações antes deles. Era muito mais acessível e sofisticada, e ele se divertia bem mais por lá. Embora quando se tornasse príncipe soberano ele tivesse de ser muito mais sério do que jamais fora. Christianna estava pensando nisso tudo com uma leve ruga na testa, enquanto Parker a observava.

— No que está pensando? — perguntou, baixinho. Ela estava calada há vários minutos.

— Só estava pensando no meu irmão. Ele às vezes é tão impossível, e sempre aborrece meu pai. Eu o amo, mas ele não é uma pessoa responsável. Voltou da China há poucas semanas e já está em Viena, jogando e dando festas. Todos na família se preocupam com ele. Mas ele se nega a crescer e, por enquanto, não precisa. Mas um dia terá, e se não crescer, será simplesmente terrível. — Ela estava para acrescentar "para nosso país", mas controlou-se e calou-se.

— Presumo que seja por isso que esperem tanto de você, e por isso sinta que precisa voltar para casa e ajudar seu pai com os negócios. E se você não voltar para casa e parar de favorecer seu irmão? Talvez então ele tivesse que crescer e tirasse um pouco da responsabilidade de você. — Era uma solução sensata e um assunto estranho para Parker. Seu próprio irmão tinha sido um aluno notável e era um médico altamente respeitável com esposa e três filhos. Era difícil para ele compreender as histórias que ela contava sobre Freddy.

— Você não conhece meu irmão — disse ela, sorrindo com tristeza. — Não sei se ele vai crescer um dia. Eu só tinha 5 anos quando minha mãe morreu, ele tinha 15, e acho que isso o angustiou muito. Acho que foge de tudo o que sente. Nega-se a ser sério ou responsável com qualquer coisa.

— Eu tinha 15 quando minha mãe morreu. Foi terrível para nós três, e talvez você esteja certa. Meu irmão ficou um pouco doido por um tempo, mas se aquietou na faculdade. Só que algumas pessoas demoram muito para crescer, seu irmão pode ser uma delas. Mas não vejo por que você precise sacrificar sua vida por ele.

— Devo isso ao meu pai — disse apenas, e Parker pôde ver que era uma ligação e um dever aos quais ela prezava muito. Ele a admirava por isso e também ficou surpreso por Christianna ter sido capaz de ir até lá. Perguntou-lhe a respeito disso, e ela explicou que o pai enfim tinha cedido, após atormentá-lo sem cessar, e lhe dera de seis meses a um ano com a Cruz Vermelha, antes de assumir suas responsabilidades em Vaduz.

— Você é jovem demais para colocarem tantas expectativas sobre você — disse Parker, parecendo preocupado quando seus olhares se encontraram.

Havia algo no fundo deles que falava de algo que ele não conhecia, um ar de tristeza que o tocou profundamente. Sem pensar, segurou a mão dela. De repente queria protegê-la de todos os intoleráveis fardos impostos e defendê-la daqueles que pudessem feri-la. Os olhos dele não piscavam e os dela não deixaram os dele, e quase como se fosse para ser assim desde o princípio dos tempos, Parker se inclinou e a beijou. Christianna sentiu quase como se outra pessoa tivesse tomado a decisão por ela. Não houve decisão alguma, escolha alguma, não houve medo algum. Ela apenas se derreteu nos braços dele, e os dois se beijaram até ficarem sem fôlego. Era conforto, desejo e paixão transformados em algo estonteante que os embriagou. Depois disso ficaram sentados olhando um para o outro sob o forte sol africano, como se vissem pela primeira vez.

— Eu não esperava por isso — murmurou Christianna, segurando a mão de Parker, que a fitava com delicadeza ainda maior.

Havia algo nela que tocava o fundo do coração dele, e tinha sido assim quase desde o dia em que se conheceram.

— Nem eu — respondeu ele com honestidade. — Eu te admiro muito desde que a conheci. Adoro a maneira como fala com as pessoas e brinca com as crianças. Adoro a maneira com que parece se importar com os outros e respeitar quem são. — Christianna era tanto a graça quanto a gentileza em pessoa.

Era uma coisa adorável de se dizer sobre ela, que ficou comovida, mas mesmo que começassem algo que pudesse se tornar belo, Christianna estava bem ciente de que se houvesse um começo, também haveria um final. Qualquer coisa que decidissem compartilhar só poderia existir ali na África. As vidas deles eram muito diferentes, e certamente continuariam a ser quando tivessem retornado para casa. Não havia como permitirem que ela mantivesse um relacionamento com ele. Christianna agora era velha o suficiente para estar sob escrutínio constante, em casa e na imprensa. E um jovem médico americano, por mais inteligente ou respeitável, nunca se encaixaria nos rígidos critérios impostos pelo príncipe soberano. O pai queria que ela se casasse com nada menos do que um príncipe. Quando chegasse a hora para tal, caso quisesse seguir os desejos dos pais e a tradição da família que perdurava até então, seria obrigada a se unir a alguém de berço nobre. Dadas as ideias antiquadas e rígidas, seu pai nunca toleraria um plebeu como marido aceitável para ela. Então o que quer que começassem agora só poderia existir enquanto os dois estivessem em Senafe. Levar aquilo adiante seria começar uma guerra com o pai, e isso era a última coisa que ela desejava. A aprovação dele significava muito para Christianna, que não queria aborrecê-lo.

Freddy já fazia isso com frequência, e o pai não merecia isso depois de tudo que renunciara por eles. A filha havia anos estava convencida de que o pai nunca casou novamente por causa dela e de Freddy, o que fora um sacrifício, talvez um sacrifício muito grande. Visto como o pai se sentia, assim que estivesse em casa, seu relacionamento com Parker se tornaria fruto proibido. Não era apenas seguir as orientações rígidas que o pai lhe impusera. Para Christianna também tinha a ver com o respeito a centenas de anos de tradição, mesmo que antiquada, e ao país que amava tanto, e também tinha a ver com o respeito à promessa do pai à sua mãe falecida.

Olhou para Parker, sem saber como lhe contar isso, ou sequer se deveria. Mas, como uma mulher comprometida, sentiu que devia explicar as circunstâncias da melhor maneira possível. De uma maneira ou outra, Christianna estava comprometida com o trono de Liechtenstein, e mesmo que não estivesse qualificada para ocupá-lo, ainda assim estava presa a ele e a tudo o que seu pai e seus compatriotas esperavam dela. Christianna sentia que precisava ser um exemplo de como a realeza se comportava. Apesar dos próprios conflitos com esse assunto, era uma princesa até os ossos.

— Você parece tão triste. Eu te aborreci? — perguntou Parker, parecendo preocupado. Também não queria fazer nada que não a agradasse. Estava encantado por ela havia semanas, mas se Christianna não estivesse disposta àquilo, mesmo que desapontado, ele compreenderia. Gostava demais dela para fazer qualquer coisa que talvez a deixasse infeliz ou desconfortável.

— Não, claro que não — afirmou ela, sorrindo, a mão ainda repousando na dele. — Você me deixou muito feliz — respondeu apenas, e era verdade. O resto não era tão simples. — É difícil explicar. Tudo o que posso dizer é que o que quer que aconteça entre nós vai terminar aqui. — Foi a única coisa que conseguiu pensar para explicar. — Quero ser justa, dizendo isso para você agora. A pessoa que sou aqui terá que desaparecer quando eu partir. Não haverá espaço para ela quando eu voltar para casa. Uma vez em Liechtenstein, isso não será possível para nós.

Parker pareceu preocupado enquanto a ouvia. Era cedo demais para se preocuparem com o futuro depois de um beijo, mas podia pressentir que o que Christianna estava dizendo tinha um significado muito profundo para ela.

— Parece que você vai voltar para a prisão ou para o convento — observou ele com um ar preocupado, ao que ela assentiu, aproximando-se dele no tronco, como se quisesse se esconder em seus braços. Parker a envolveu e olhou fundo nos olhos dela para ver o que podia encontrar ali. Eram dois poços profundos, tão azuis quanto os dele.

— Vou voltar para a prisão — declarou ela com amargura, pois era exatamente como se sentia. — E quando eu voltar, tenho de ir sozinha. Ninguém pode ir comigo.

— Isso é ridículo — disse ele, irritado com o que ela contou. — Ninguém pode aprisioná-la, Cricky. A menos que você permita. Não deixe que isso aconteça com você.

— Já deixei. — No dia em que nasceu. E cinco anos depois, no dia em que sua mãe agonizante arrancou do marido a promessa de que nunca permitiria que Christianna se casasse com alguém que não fosse da realeza.

— Não vamos nos preocupar com isso agora, vamos? Teremos muito tempo para falar disso depois.

Parker estava determinado a não deixá-la escapar caso se apaixonasse por ela, o que já estava começando a acontecer. Christianna era uma pessoa adorável e incomum demais para que só buscasse nela uma diversão. Não estava pedindo a mão dela em casamento, mas tinha certeza absoluta de que não a deixaria fugir, não importava o que ela pensasse sobre as obrigações com o pai e os negócios da família. Aquilo não fazia sentido para ele. E em vez de discutir sobre o assunto, ele a apertou entre os braços novamente e a beijou, enquanto Christianna se sentia entrando num sonho. Disse a si mesma que tinha avisado, que tentara ser justa com ele, até afugentá-lo. Mas tendo feito isso, abandonou-se ao beijo e não teve desejo de resistir.

Capítulo 11

O romance que começou entre Parker e Christianna a princípio era invisível, mas depois cresceu, conforme ficavam próximos e mais íntimos, apaixonados e discretos. Não era apenas uma aventura sexual. Estavam se apaixonando. De fato, em maio, os dois estavam apaixonados. Muito. Passavam todas as horas de folga juntos, visitavam um ao outro várias vezes por dia, sentavam juntos a cada refeição. Vivendo tão próximos como viviam naquele acampamento nos arredores de Senafe, era inevitável que a mudança no relacionamento deles chamasse a atenção de todos em poucas semanas, senão dias.

Como sempre, Fiona foi a primeira a perceber. Agora conhecia bem Christianna, ou assim pensava, e tinha um olho aguçado para relacionamentos humanos. Achava que Christianna andava mais quieta ultimamente, menos comunicativa. A princípio, temeu que ela estivesse ficando doente. Às vezes começava assim. Ela a observava de perto há vários dias, por preocupação, e há várias semanas, por causa do romance, quando viu os dois pombinhos voltando para o acampamento depois de uma de suas caminhadas vespertinas. Os dois estavam com carinhas felizes e sorrisos culpados. Fiona riu consigo mesma e não conseguiu deixar de perturbar Christianna naquela noite.

— Eu aqui pensando que você estivesse com malária ou calazar, a febre negra, preocupada com você... E tudo não passa de uma pitada de romance. Ora, ora, minha pequena Cricky, excelente! Que bom! — Christianna corou a princípio e estava prestes a negar, mas, depois de uma olhada na expressão sabida dos olhos de Fiona, tudo o que pôde fazer foi sorrir.

— Tudo bem, tudo bem... Não é grande coisa. É apenas uma coisa legal por enquanto.

— Do jeito que vocês dois andam? Pouco provável, minha querida. Vi gente sair de lua de mel menos apaixonada que isso. Se um leão tivesse vindo atrás de vocês dois hoje, acho que nenhum dos dois teria notado... Nem mesmo uma cobra! — brincou ela, que não estava longe de estar certa.

Christianna nunca se sentiu tão feliz na vida, mas se lembrava todos os dias que o romance um dia teria fim. Além disso, ele voltaria para Harvard em junho. Os dois tinham dois meses para desfrutar da felicidade idílica no cenário mágico onde tudo começara, e então estaria acabado. Era algo que Christianna se permitia esquecer quando estava com ele.

— Ele é tão maravilhoso — confessou, parecendo uma menininha. Fiona ficou contente. Era bom ver as pessoas felizes e sentia-se animada pela amiga.

— Se as aparências dizem qualquer coisa, e eu confio nos meus instintos neste quesito, ele também está doidinho por você. Quando começou?

— Algumas semanas atrás. — Divertiram-se bastante na noite anterior à partida de Laure. O acampamento ofereceu uma festa para ela, que partiu parecendo uma mulher diferente da que havia chegado. Chorou ao abraçar todos na despedida, prometendo manter contato com todo mundo, particularmente com Cricky, a quem creditava inteiramente a coragem de abrir o coração para Antoine. — Não sei. Apenas aconteceu. — Tentou explicar. Não sabia nem mesmo se conseguia explicar para si mesma. Estava realmente apaixonada pela primeira vez.

E Parker dizia o mesmo. Disse que teve um relacionamento sério na faculdade de Medicina e que viveu com ela por um tempo.

Ela era residente quando ele era um estagiário, mas depois de poucos meses os dois perceberam que era um engano e se separaram como amigos. De acordo com ele, e Christianna acreditava, nunca houve ninguém sério em sua vida, nem antes nem depois. Com o trabalho que assumiu em Harvard, Parker não tinha tempo. E agora em Senafe estava descobrindo o amor pela primeira vez, assim como ela. Estava escrito na testa de Christianna.

— Ah, meu Deus! — exclamou Fiona, parecendo subitamente chocada. — Isso é sério? — O ar nos olhos de Christianna e nos de Parker, quando os viu juntos naquela tarde, dizia que podia ser.

— Não — disse Christianna com firmeza, parecendo triste. — Não pode ser. Eu disse a ele quando começamos, antes de começarmos, que eu preciso assumir minhas responsabilidades quando voltar para casa. Nunca poderia viver em Boston, e ele não pode vir para casa comigo. Meu pai nunca aprovaria. — Não havia nenhuma dúvida no rosto de Christianna.

— Um médico? — Fiona parecia chocada. Seus pais teriam ficado empolgados. — Me parece que seu pai tem padrões excessivamente altos.

— Talvez tenha — murmurou Christianna, assim como dissera a Parker nos mesmos termos velados. — Mas é assim que ele é. Ele tem muitas razões para se sentir assim. É complicado — disse Christianna, triste.

— Não pode viver sua vida por seu pai — repreendeu Fiona, aborrecida com o que ela dissera e sua disposição em aceitar tudo incondicionalmente. — Pelo amor de Deus, não estamos na idade das trevas! Ele é um homem maravilhoso, tem um emprego excelente. Está tentando salvar a raça humana do flagelo da AIDS, num dos mais respeitados institutos acadêmicos do mundo. O que pode ser melhor que isso?

— É melhor do que isso. — Christianna sorriu, as nuvens negras de repente afastadas do rosto. — Ele também é uma pessoa incrivelmente decente, maravilhosa, e eu o amo... e ele me ama. — Ela parecia completamente louca por Parker.

— Então que besteira é essa de falar sobre colocar um fim aqui?

— Isso é uma história diferente — respondeu com um suspiro, sentando na cama e tirando as botas. Às vezes realmente sentia falta de usar sapatos bonitos. Teria gostado de colocar salto alto para Parker, mas não havia chance de isso acontecer ali. — É complicado demais para explicar — repetiu Christianna, que continuou falando dele com entusiasmo enquanto Fiona parecia impressionada.

— Me parece que é melhor você fugir quando voltar pra casa. Ouvi dizer que Boston é um bom lugar. Tenho parentes por lá. — O que não era surpresa para Christianna já que todos no mundo sabiam que grande parte de Boston era irlandesa. — Se eu fosse você, fugiria.

— Ele não me convidou — disse ela, recatada, mas tinham conversado sobre uma ampla variedade de assuntos, inclusive seus respectivos planos quando voltassem. Parker odiava ouvir sobre os dela. Continuava a lhe soar como uma sentença de prisão.

— Ele vai — disse Fiona com confiança. — Parecia completamente apaixonado quando o vi com você hoje. E pensando melhor, ele anda assim faz tempo. Pensei que só estivesse transtornado com o ambiente desconhecido e o trabalho. Agora percebo que foi você. — As duas riram da ideia. — Então o que vai fazer a respeito, Cricky? — Ela lhe deu um olhar analítico.

— É cedo demais para me preocupar com isso.

As duas sabiam que, qualquer que fosse a razão, Christianna estava erguendo uma espécie de muro, não entre ela e o médico americano, mas entre eles e qualquer futuro que pudessem ter. Fiona não fazia ideia do porquê, mas parecia claro que Christianna estava convencida de que o caso de amor deles não duraria além do tempo que compartilhassem em Senafe. E pensar nisso deixava Fiona triste. Gostava muito dos dois.

O romance entre Parker e Christianna floresceu. Os dois passavam horas juntos à noite depois de jantarem com os outros. Caminhavam, conversavam, contavam um ao outro histórias sobre a infância e o passado. Christianna sempre tinha que modificar as dela, por motivos óbvios, mas acima de tudo compartilhava a essência do que sentia e de cada pensamento. Encontravam-se logo pela manhã para o café, iam juntos pegar o almoço para comer às pressas. O romance estava em plena floração em maio, quando a primavera africana terminou e se transformou no verão, contudo, não importava o quanto estivessem apaixonados, nenhum deles deixou que aquilo interferisse no trabalho, o faziam com mais afinco, mais felizes do que já haviam se sentido na vida. Juntos eram uma força maior que a soma de suas partes, uma força que não podia ser negada nem ignorada. Estar com um deles ou com ambos deixava qualquer um feliz, e todos concordavam que os dois eram indivíduos excepcionais que levaram algo especial para o acampamento. O que Christianna possuía de carinho, graça, compaixão e uma maneira notável com as pessoas, Parker tinha de gentileza, inteligência e de conhecimento extraordinário em seu campo. Os dois eram brilhantes e divertidos, acrescentavam tempero e bálsamo a cada grupo ao qual se juntavam. Como Fiona disse, eram um casal perfeito, mas sempre que dizia isso para Cricky, um ar triste surgia em seus olhos, algo a impedia de pensar ou falar no futuro. Tudo o que era capaz ou desejava fazer com Parker era viver o aqui e o agora. Ele tinha aprendido a evitar o assunto de qualquer futuro com ela, ou o que fariam para se ver quando fossem embora. Simplesmente viviam um dia de cada vez, mais apaixonados um pelo outro a cada hora, compartilhando felizes seus trabalhos e suas vidas naquele lugar incrível, com pessoas que amavam tanto.

O relacionamento permaneceu casto no primeiro mês, e então Parker e Christianna perguntaram se podiam tirar um fim de semana de folga juntos. As pessoas raramente deixavam o acampamento no tempo livre, embora houvesse lugares maravilhosos para se visitar na área. Mas aquelas que trabalhavam no acampamento geralmente terminavam empregando esse tempo livre no auxílio aos habitantes locais de qualquer maneira que podiam.

Geoff disse que não havia problema em lhes dar alguns dias de folga, já que nenhum deles era imprescindível ao acampamento. Christianna representava um par disponível de mãos dispostas, devotadas, carinhosas e trabalhadoras. E embora Parker visse pacientes com Mary e Geoff e frequentemente fizesse diagnósticos, grande parte de seu trabalho era direcionada à sua pesquisa. Seria muito mais difícil dispensar Fiona por ser a única parteira. Ou Mary e Geoff, os dois médicos do acampamento, ou Maggie, a única enfermeira.

Depois de conversar com as pessoas e fazer uma pequena pesquisa local, decidiram visitar Metera e Qohaito, os dois a cerca de 30 quilômetros do acampamento. Metera era conhecida por suas ruínas notáveis, que possuíam dois mil anos, e Qohaito possuía outras igualmente bonitas do reino aksumita. Além disso, em Qohaito, queriam ver Saphira Dam, barragem que também tinha mais de mil anos. A Eritreia estava assentada nos resquícios de várias civilizações antigas, muitas das quais tinham sido parcialmente escavadas e algumas só minimamente reveladas. Parecia ser uma viagem empolgante para os dois e uma maravilhosa primeira aventura, quase uma lua de mel. Receberam indicações de alguns hoteizinhos onde poderiam ficar, o que soou muito romântico. Klaus e Ernst tinham feito várias viagens similares quando chegaram e deram ótimas recomendações para Parker e Christianna. As outras duas viagens que queriam fazer depois eram para Keren, ao norte da capital, e a cidade portuária de Massawa, onde poderiam fazer esqui aquático no Mar Vermelho.

O único obstáculo com que Christianna teve que lidar antes da viagem foi uma secreta conferência com Samuel e Max. Sabia que teria um sério problema para sair com Parker sem eles. Discutiram sobre isso por duas horas, mas nenhum dos guarda-costas quis ceder.

— Por que apenas não diz a ele que gostaríamos de ir na viagem? — disse Samuel com um olhar determinado.

Tinham sido como buldogues até agora, e Christianna sabia que precisavam se reportar ao príncipe. E não era justo pedir que guardassem seu segredo, mas ela estava fazendo aquilo mesmo assim. Eles sabiam muito bem que se algo desagradável acontecesse com ela, mesmo que por acidente, receberiam toda a culpa e talvez fossem aprisionados. Christianna estava pedindo muito deles, embora ainda não tivessem contado ao seu pai sobre o romance. Tinham concordado entre si de não contar nada sobre Parker ao príncipe. Era um presente deles para ela.

— Não! — Christianna continuou a discutir com eles. — Não quero ninguém conosco, e nem ele. Estragaria tudo.

E Metera e Qohaito só ficavam a alguns quilômetros do acampamento. Ela praticamente estava em lágrimas, o que já tinha acontecido duas vezes, mas eles foram inflexíveis mesmo assim. O pescoço deles estava em risco.

— Veja, Alteza. — Max enfim se dirigiu a ela, percebendo que era hora de ser duro. Nada mais tinha funcionado até agora. — Não nos importa com quem vá, o que faça, quais sejam as suas razões para a viagem, isso é assunto seu e de Parker, não nosso. — Felizmente eles gostavam muito dele, mas Christianna estava pedindo que arriscassem seus trabalhos, e pior, talvez a vida dela. — Não vamos dar ao seu pai qualquer detalhe sobre a viagem. É só um fim de semana turístico, ele não precisa saber mais do que isso. Mas se não formos junto e algo acontecer com você... — Ele não completou a frase, mas ela entendeu a questão. O que ele estava dizendo era inteiramente razoável. Conviver com isso sendo uma mulher de 23 anos apaixonada por um homem não era.

— Por que você tem que contar ao meu pai que vou viajar, ou até mesmo que vou deixar o acampamento? E não me chame de Alteza novamente. — Lembrou a ele, que assentiu. — Não há nenhum problema político na Eritreia há anos, a trégua com os etíopes pode ser inquieta, mas ninguém fez nada censurável ou sequer assustador desde muito antes de chegarmos aqui. Não vai acontecer nada, eu prometo. Parker e eu ficaremos bem. Eu ligo se eu puder, e se eu me sentir inquieta, então vocês podem ficar conosco. Mas, por favor, estou implorando, deixem que eu tenha esses poucos dias, uma vez na minha vida. Max... Sam... Esta é realmente minha última chance. Assim que eu voltar para casa, nunca terei nada como isso outra vez... Estou implorando... Por favor... — Enquanto olhava para eles em súplica, lágrimas corriam por suas bochechas, deixando os homens aflitos. Queriam ajudá-la, mas tinham medo.

— Vamos pensar — disse enfim Samuel, incapaz de raciocinar com clareza diante da agonia dela.

Os dois gostavam muito de Christianna, e a respeitavam, mas ela estava pedindo que violassem todas as condições de trabalho e a principal razão de estarem ali em Senafe. Christianna se afastou em silêncio, profundamente perturbada. Fiona a viu quando voltava para a tenda, visivelmente em lágrimas.

— Qual o problema? — Foi instantaneamente simpática ao colocar um braço ao redor dos ombros de Cricky. — Você e Parker brigaram? Cancelaram a viagem?

Christianna não podia contar o que tinha acontecido, apenas balançou a cabeça em resposta às perguntas bem-intencionadas de Fiona. Também não contou nada para Parker, mas era óbvio que estava desanimada durante o jantar, o que o deixou preocupado.

— Está tudo bem? — perguntou ele com carinho, e Christianna teve que conter as lágrimas novamente. Mas não podia contar-lhe o que estava acontecendo. Nem queria revelar a possibilidade de que Max e Sam os acompanhariam na viagem e, em essência, arruiná-la. Não teria coragem de contar até ter certeza, mas estava quase certa de que nenhum dos guardas cederia. Havia muita coisa em jogo para eles, e potencialmente para ela.

— Estou bem... Lamento... Só fiquei com dor de cabeça durante o jantar.

Era uma desculpa fraca e Parker não acreditou. Ele a conhecia muito bem. Imaginou se não estaria com alguma doença tropical, mas Christianna lhe parecia bem. Geralmente estava de tão bom humor que ele imediatamente suspeitou daquele ar melancólico.

— Está preocupada com nossa viagem? — perguntou, baixinho, imaginando que de repente a ideia de viajar com ele não a atraísse. Não tinha perguntado, mas subitamente se indagou se ela não seria virgem e estaria nervosa com a ideia de dormir com ele. Parker a beijou e depois a abraçou antes que ela respondesse.

— Seja lá o que esteja te aborrecendo, Cricky, garanto que é algo que podemos solucionar juntos. Por que não tentamos? — Ele a fitava com o amor e a ternura de um pai por sua filha, o que fez o coração dela doer ainda mais. Tudo o que mais queria era fazer aquela viagem sozinha com ele.

Estava para dizer que ele não entenderia quando Max fez um sinal às costas de Parker. Havia uma clara urgência no gesto. Christianna ficou ali nos braços de Parker e assentiu para Max, tentando sugerir que se encontraria com ele em alguns minutos. Libertou-se devagar dos braços do amado e, para consternação dele, disse que voltaria num minuto, pois se esquecera de falar algo com Max, algo que era urgente. Algo a respeito dos remédios que estavam tentando conseguir para ele na cidade. Parker não questionou, mas foi se sentar numa cadeira enquanto esperava.

Ushi chegou logo em seguida com Ernst, e os três entraram numa conversa agradável, enquanto Cricky desaparecia na deserta tenda de refeições com Max e Sam.

— O que foi?

Ela parecia ansiosa, e os dois guardas pareciam nervosos. Max falou por ambos.

— Provavelmente deveríamos ser condenados por isso, mas vamos deixar que vá sozinha. — O que os levara a tomar a decisão foi o fato de que ela iria para áreas pacíficas, e ambos sabiam que aquela seria uma chance única na vida. Assim que voltasse para Liechtenstein, nunca estaria sozinha novamente. Jamais. Deixá-la viajar com Parker seria um presente que davam para ela. E visto as circunstâncias e o local para onde pretendiam viajar, ambos sentiam que estaria segura, que Parker cuidaria dela. Era um homem muito responsável, e os dois sabiam que Christianna estaria em boas mãos. — Só há uma condição, duas, na verdade. — Max e Samuel sorriram. — Uma é que deve levar um rádio e uma arma. — O rádio podia ser falível na área, incapaz de alcançá-los. Mas sabiam que uma arma era infalível, e que Christianna podia usá-la muito bem caso precisasse. Ela era excelente no tiro e sabia muito sobre armas.

— A segunda condição é que queremos que saiba que se algo lhe acontecer durante esta viagem, vamos nos matar em vez de voltar para encarar seu pai. Então você tem duas vidas nas mãos além da sua.

Os dois sabiam que era uma coisa completamente insana de ser feita, que derrotava todo o propósito de estarem ali, mas decidiram assumir o risco e lhe dar aquela oportunidade de ficar a sós com Parker. Christianna sabia muito bem o que eles estavam fazendo e primeiro atirou os braços no pescoço de Max, depois no de Sam, com lágrimas correndo pelas bochechas novamente. Desta vez, lágrimas de alegria.

— Obrigada, obrigada... Obrigada... — Eles a deixaram sem fôlego de tanta empolgação e contentamento, então ela saiu correndo da tenda de refeições e voltou para onde Parker estava sentado com os outros. Ele notou imediatamente a alegria em seus olhos.

— Você parece feliz, Cricky — comentou, parecendo satisfeito. Toda a ansiedade dela parecia ter se dissipado, embora ele não fizesse ideia do porquê. — O que Max disse para deixá-la assim?

— Nada. Consegui a medicação que ele queria, então ele me pagou o que me devia do pôquer. Agora sou uma mulher rica!

— Não sei se a taxa de câmbio do nakfa anda boa ultimamente para justificar que se sinta assim, mas longe de mim espantar seu entusiasmo se isso a deixa feliz.

Fosse lá o que fosse, Parker estava satisfeito por vê-la animada novamente. Christianna ficou flutuando nas nuvens até partirem.

E rumaram para Qohaito dois dias depois. Como Fiona tinha previsto, foi como uma lua de mel para os dois.

Pegaram emprestado um dos velhos carros caindo aos pedaços do acampamento e atravessaram lentamente a zona rural, sentindo-se como crianças numa aventura. Foi a viagem mais romântica da vida de Christianna, fazendo com que conhecesse Parker melhor e o amasse ainda mais a cada dia. Fizeram amor na primeira noite num hotelzinho, com total abandono e todo o amor que crescera entre eles desde que aquele rápido romance começara.

Era quase como uma lua de mel. Vagavam entre localidades maravilhosas e colecionavam memórias como se apanhassem flores. Foram momentos perfeitos. Planejaram passar três dias juntos antes de voltarem para Senafe. E foi na segunda noite da viagem que Parker encontrou a arma, num pequeno estojo em sua mala. Christianna tinha pedido que ele pegasse sua camisola. Tinha esquecido de que escondera a arma ali, e ele ficou um pouco espantado enquanto a segurava na mão.

— Você sempre anda com uma arma? — perguntou, recolocando-a com cuidado na mala. Não sabia se estava carregada ou não, nem tinha como saber. Armas definitivamente não eram sua praia. Parker consertava pessoas, não as destruía. Mas Christianna também não parecia ser afeita a armas. Estava realmente surpreso.

— Não. — Ela riu dele, pegando a camisola que lhe oferecia ao sair do banheiro do hotel. Não sabia por que estava se preocupando com a camisola, que ficaria em algum lugar do chão pelo resto da noite, cinco minutos depois que fossem para a cama. — Claro que não. Max me deu para o caso de termos algum problema.

— Não sei se me sentiria confortável atirando em alguém — disse ele, parecendo um pouco nervoso. — E você? — Christianna não disse que era excelente no tiro, embora também não fosse a maior fã de armas. Mas o pai a obrigara a aprender.

— Não exatamente. Mas ele só queria nosso bem. Simplesmente a joguei na mala e me esqueci dela — disse alegremente, pondo os braços no pescoço dele e beijando-o.

— Está carregada? — Ele ainda estava incomodado, e a explicação dela lhe pareceu um tanto negligente e improvisada.

— Provavelmente. — Christianna sabia que estava, mas não queria apavorá-lo.

Parker a puxou para perto, abraçou-a e a olhou nos olhos. Sabia que havia algo escondido por trás do que ela estava contando. Já a conhecia muito bem.

— Cricky, está escondendo algo de mim, não é? — perguntou com calma.

Os olhos dela não abandonaram os dele. Christianna hesitou por um longo tempo, depois assentiu.

— Quer me contar o que é? — Parker não afrouxou a pressão sobre seu corpo, seu coração, nem mesmo no olhar.

— Agora não — disse ela num sussurro, agarrando-se nele. Não queria arruinar tudo, e seu segredo arruinaria. Já tinha arruinado. Um dia teria que lhe contar que voltaria à sua vida de princesa, para servir ao país e ao pai, o príncipe soberano, e não haveria espaço para ele. Não conseguia juntar coragem para dizer as palavras. — Ainda não.

— Quando vai me contar?

— Antes de partimos de Senafe, seja lá qual de nós parta primeiro.

Presumivelmente seria ele. Parker assentiu. Tinha decidido não apressá-la. Pressentia que era algo profundo e triste que a atormentava muitíssimo. Era a tristeza que às vezes via nos olhos dela. Um ar de perda, lamento e resignação. Não queria arrancar o segredo dela, queria que ela o revelasse por vontade própria, quando estivesse pronta. E Christianna se sentia profundamente grata por sua compreensão. Era um homem realmente incrível, e ela o amava mais do que nunca, agradecida pela maneira gentil que ele tinha de amá-la.

O resto da viagem foi ainda mais belo do que imaginavam ou esperavam. Retornaram com relutância, tiraram um milhão de fotos no caminho e entraram devagarinho no acampamento no fim da tarde de segunda-feira, com a sensação de que tinham se ausentado por meses. Era realmente como se estivessem voltando da lua de mel. Christianna sentia-se casada com ele em sua alma. Parker a beijou quando saíram do carro e carregou sua mala para a tenda das mulheres. Ela odiava a ideia de não poder dormir com ele naquela noite e despertar ao seu lado pela manhã. Isso agora lhe parecia um castigo.

Fiona foi a primeira a vê-los quando retornaram e sorriu para ambos. Acabava de voltar de um parto difícil que tomara o dia inteiro, mas que no fim acabou bem. Parecia cansada, mas alegre por vê-los, como sempre ficava.

— Como foi a viagem? — perguntou com um sorriso cansado. Estava quase com inveja, mas gostava demais dos dois para sentir ciúmes de verdade. E era bom vê-los felizes, o que obviamente estavam. Os dois estavam radiantes ao chegar.

— Foi perfeita — disse Christianna, olhando por cima do ombro na espera de uma confirmação de Parker.

— Foi sim — concordou ele, sorrindo com orgulho.

— Seus cães sortudos! — reclamou Fiona, com bom humor.

Contaram-lhe todos os detalhes da viagem, mas óbvio que não o resto.

Todos provocaram o casal no jantar daquela noite. Max e Sam pareciam particularmente aliviados. Christianna os agradecera profusamente logo após o retorno e devolveu a arma de Max. Ambos a abraçaram com fervor, imensamente felizes por vê-la inteira. Tiveram um final de semana torturante, preocupados com ela, que lhes disse novamente que tinha sido um presente incrível deixá-la sozinha com Parker.

— Não vamos fazer isso todo fim de semana — avisou Max, cansado, devolvendo a arma ao bolso.

— Eu prometo — respondeu, embora ela e Parker tivessem dito no caminho de volta que queriam sair novamente. Iriam para Massawa na vez seguinte, para aproveitar os esportes aquáticos. Era o porto que os etíopes ambicionavam havia anos.

O jantar foi festivo naquela noite e todos estavam de bom humor. Parker e Christianna pareciam particularmente próximos. Os três dias sozinhos, juntos em hotéis, tinham cimentado o elo do amor deles. Christianna teve praticamente que se desgrudar de Parker naquela noite para voltar para a própria tenda, e dormiu pouco sem ele. Encontraram-se na tenda de refeições às 6 na manhã seguinte, e foram os primeiros a chegar. Caíram nos braços um do outro como se fossem amantes perdidos, e Parker disse que já nem conseguia pensar numa vida sem ela. Pior ainda, Christianna também não, mas era perigoso sentir-se assim. Ao longo do tempo, ficar tão apegada assim só serviria para partir seu coração. Mas era tarde demais para tais preocupações.

No fim de maio, Parker foi à agência postal com Max e Sam, que estavam indo ligar para o pai dela. Ligou para seu orientador em Harvard e conseguiu uma extensão para ficar até o fim de julho. Disse que sentia que o trabalho que estava fazendo e os dados recolhidos eram importantes, que seria um erro partir prematuramente em junho, como planejado. O médico orientador de seu projeto acreditou em suas palavras e concedeu uma extensão até o fim de julho, talvez agosto, caso necessário. Parker deu um grito de alegria ao desligar o telefone. Tudo o que queria era ficar em Senafe com Christianna. Sam o levou para fora, pois não queria que Parker ouvisse Max ligando para o palácio e pedindo para falar com Sua Alteza Sereníssima. Parker acompanhou Sam com satisfação, e Max fez a ligação para dar ao pai de Christianna seu relato costumeiro, de que tudo estava bem e de que ela estava ótima. Ela mesma ia à cidade cerca de uma vez por semana para falar com o pai, que sempre dizia o quanto sentia sua falta e que mal podia esperar por sua volta. Ouvir a voz dele sempre a fazia se sentir culpada, mas não culpada o bastante para desejar partir. Longe disso. E ela estava feliz demais com Parker para ir a qualquer lugar sem ele. Estava fazendo tudo o que podia para permanecer naquele mundinho deles pelo máximo de tempo possível. Um dia o fim chegaria, inevitavelmente, mas ainda não estava preparada para isso, nem conseguia imaginar-se chegando lá. Mas teriam que encará-lo em algum momento, e ela teria que contar a verdade. Só rezava para que aquele momento não chegasse logo.

Parker estava animado quando voltaram para o acampamento nos arredores de Senafe. Correu imediatamente até Christianna para lhe contar a boa notícia. Ela ficou tão contente quanto ele. Enlaçou os braços no pescoço de Parker, que a ergueu com facilidade do chão e a girou. As correspondências tinham chegado naquele dia, portanto, todos estavam de bom humor. Christianna deu um passeio com Parker quando terminou o trabalho, e conversaram sobre os planos de irem para Massawa, o que ainda não fora possível, mas que ainda pretendiam fazer.

Quando voltaram do passeio, Parker foi para a própria tenda, e Christianna para a dela, um arranjo que ainda consideravam irritante. Ela estava morrendo de vontade de passar a noite com ele outra vez, partir em outra viagem. Também falavam sobre conseguir uma tenda própria. Mas ela estava empolgada com a boa notícia e a extensão concedida por Harvard. Quando estava prestes a contar para Fiona, que lia uma revista deitada na cama, notou que a pequena irlandesa da qual tanto gostava estava muito pálida. Preocupou-se por um momento, temendo que estivesse doente, até Fiona erguer os olhos. E por um longo instante, ela não disse palavra nenhuma. A pele leitosa ficava translúcida com facilidade, sempre que não se sentia bem, estava triste ou com raiva. Tinha temperamento esquentado, e o acampamento inteiro a perturbava por causa disso. Uma vez, em completa fúria, tinha até batido os pés e, depois, rido de si mesma. Agora estava parecendo tão pálida quanto naquele dia.

— Tudo bem? — perguntou Christianna, parecendo preocupada. Era óbvio que algo estava muito errado quando Fiona baixou a revista e a encarou. — O que foi?

— Me diga você — respondeu com frieza, entregando a revista para que Christianna visse por si mesma.

Christianna não conseguia imaginar o que poderia ter deixado Fiona tão aborrecida e deu uma olhada na página. E ali ela viu. Uma fotografia de si mesma, cinco meses atrás, com o pai, no casamento ao qual compareceram em Paris antes que ela partisse para a África em janeiro. Estava usando o vestido de veludo azul, com as safiras da mãe. E a legenda debaixo da fotografia simplesmente dizia: "Sua Alteza Sereníssima, princesa Christianna de Liechtenstein, com o pai, o príncipe soberano Hans Josef." Não havia muito a dizer. Estava tudo ali. O rosto de Christianna imediatamente ficou tão branco quanto o de Fiona. Não havia mais ninguém na tenda naquele momento, o que parecia ser bom para Cricky. Aquela não era uma notícia que quisesse dividir com alguém, nem mesmo com Fiona. Ela estava lendo a revista *Majesty*, que listava todos os passos da realeza por toda a Europa. Christianna aparecia nela com frequência e estava visivelmente abalada por um exemplar ter caído nas mãos de Fiona. A mãe dela sempre a enviava de casa. Christianna só não esperava estar na edição atual, senão teria se preocupado. Mas a fotografia era de cinco meses atrás. Não havia contado com isso.

— Gostaria de explicar isso? — perguntou Fiona, parecendo furiosa. — Pensei que fôssemos amigas. Mas descobri que nem sei quem você é. Seu pai trabalha com relações públicas, droga nenhuma. — Para Fiona, amigos não guardavam segredos uns dos outros. Estava lívida e sentia-se obviamente traída. E se Fiona se sentia assim, Christianna ficou ainda mais aterrorizada com a reação que Parker teria quando descobrisse.

— Bom, é como se fosse relações públicas — disse Christianna debilmente, ainda muito pálida. — E somos amigas, Fiona... Tudo muda quando as pessoas descobrem. Não queria que isso acontecesse aqui. Pelo menos uma vez na vida, queria ser como todo o mundo.

— Você mentiu para mim — exclamou Fiona, atirando a revista no chão.

— Não menti para você. Só não contei. É diferente.

— Porra nenhuma! — Ela se sentia completamente idiota e traída ao olhar para Christianna, com fogo nos olhos e fúria no coração. — Parker sabe? — perguntou, ainda mais furiosa. Talvez estivessem rindo dela por não saber, o que não era o caso.

— Não, ele não sabe — disse Christianna, com lágrimas nos olhos. — Veja, eu te adoro, Fiona. Você é minha amiga, mas não seria a mesma coisa se você ou qualquer um aqui soubesse. Olhe você agora. Está provando o meu temor.

— Droga nenhuma que estou! — esbravejou ela. — Estou puta porque você mentiu.

— Não tive escolha, ou talvez nem tivesse vindo. Acha que quero todos me paparicando, fazendo tudo por mim, me chamando de Vossa Alteza Sereníssima, me impedindo de fazer qualquer trabalho digno ou colocando um guardanapo debaixo do meu sanduíche na hora do almoço? Esta é a única chance em minha vida inteira de ser normal e verdadeira. Tive que implorar ao meu pai para estar aqui. E quando eu me for, vai ser o fim de tudo para mim. Vou ter que ser aquela pessoa pelo resto da minha vida, quer eu queira ou não. E eu não quero. Mas este é o meu dever. Este é o único momento de "vida real" que terei. Não pode pelo menos tentar entender? Você não sabe como é. É como estar na prisão. Para sempre. Uma sentença perpétua, até a minha morte.

Era como ela realmente via a situação, o que era triste. Lágrimas caíam por suas bochechas ao falar, e um longo silêncio se estendeu enquanto Fiona a fitava, com a cor voltando devagar ao rosto. Tinha ouvido o que Christianna dissera, mas nada falou quando a princesa sufocou um soluço sem se dirigir à irlandesa novamente, ficando apenas lá em lágrimas, sentindo todo o peso da coroa que usava, fosse visível ou não, esmagando-lhe novamente a cabeça, mesmo ali.

— E exatamente quem são Max e Sam? — perguntou Fiona com um ar suspeito, ainda zangada, mas um pouco menos. Era difícil compreender a tristeza da amiga. Aquela vida lhe parecia divertida, mas, vendo a angústia nos olhos de Christianna, estava começando a compreender que talvez não fosse tão divertido quanto parecia numa revista. Até hoje, sempre invejara as pessoas que via lá.

— São os meus guarda-costas — murmurou Christianna, como se confessasse um crime terrível.

— Merda. E eu tentando levar Max para cama há meses. Sem sucesso, devo acrescentar — disse, o senso de humor retornando aos poucos, mas não ainda por inteiro. — Ele provavelmente teria atirado em mim se eu tivesse ousado passar uma cantada nele.

— Não atiraria, não. — E então Cricky teve que sorrir consigo mesma ao se lembrar de Parker encontrando a arma em sua mala durante a viagem. Contou a Fiona, e as duas riram desta vez.

— Sua merdinha — disse Fiona com irreverência, nem um pouco impressionada com o título ou a alegada posição elevada. — Como pôde não me contar?

— Não podia. Pense nisso. O que viria depois? Se eu contasse, cedo ou tarde, todos saberiam.

— Eu manteria segredo se tivesse me pedido. Posso guardar segredos, sabia? — disse Fiona, parecendo insultada, mas depois parecendo pensar em algo. — O que vai fazer a respeito de Parker? Vai contar pra ele?

Christianna assentiu com desolação.

— Preciso contar. Antes que se vá, ou que eu me vá. Ele tem o direito de saber. Só não quero contar ainda. Tudo vai ficar arruinado quando ele souber.

— Por quê? — Fiona a encarava sem entender. Aquilo ainda lhe parecia empolgante. Christianna agia como se fosse uma doença fatal que tivesse contraído ao nascer, geneticamente. E para ela, era isso mesmo. — Talvez ele goste da ideia de estar apaixonado por uma Princesa Sereníssima. Isso me parece muito legal, talvez ele pense assim também. A princesa encantada e o belo médico de Boston.

— Este é o problema — disse Christianna com tristeza. — Tudo vai acabar quando partirmos daqui. Precisa acabar. Meu pai nunca me deixaria casar com ele. Jamais. Tenho que casar com um príncipe, alguém de berço real. Um duque, ou um conde, pelo menos, mas ele não ficará satisfeito com nada menos que um príncipe. Nunca me daria permissão para continuar vendo Parker. Jamais. — E ela não queria se arriscar a um rompimento permanente com o pai.

— E você precisa da permissão dele? — Fiona parecia espantada.

— Para tudo. E dos membros do Parlamento também, para qualquer coisa, mesmo que ligeiramente incomum. São 25 deles. E uma centena de membros do Conselho de Família, todos aparentados comigo de algum modo. Tenho que fazer o que me ordenam. Não tenho direito nenhum de fazer só o que quero, a respeito de nada. A palavra do meu pai é lei, literalmente. — Ela parecia arrasada ao dizer isso. — E se eu o desobedecesse e causasse um escândalo enorme, ele ficaria de coração partido. Já sofreu bastante com meu irmão. Ele conta comigo.

— Só que em vez disso, ele vai terminar partindo seu coração. — Fiona estava lentamente compreendendo com o que Christianna tinha de lidar, algo que seria para sempre. Cento e vinte e seis pessoas decidiam seu destino, caso ela seguisse as regras. — Talvez não seja tão divertido quanto parece — comentou, ao que Christianna assentiu.

— Eu garanto, não é. — E então ela estendeu a mão para tocar o braço de Fiona. — Lamento ter mentido. Achei que não houvesse escolha. Só Geoff sabe, e tem sido muito bom em esconder o assunto. E, claro, o diretor em Genebra.

— Uau! Isso tudo parece coisa de serviço secreto. — Então ela se aproximou e a abraçou. — Sinto muito se fiquei zangada. Só fiquei magoada por não ter me contado. Você está com um baita problema nas mãos com Parker. Tem certeza de que não é possível deixarem-na vê-lo quando voltar?

— Nunca. Talvez uma vez, para o chá, se eu disser que éramos colegas de trabalho, mas nada mais do que isso. Meu pai me trancaria num minuto.

— Verdade? Como numa masmorra? — Fiona parecia horrorizada pela amiga, mas Christianna riu.

— Não exatamente. Mas bem que poderia. Ele me diria para parar de vê-lo imediatamente, e eu não teria escolha senão acatar suas ordens. Do contrário, isso causaria um escândalo na imprensa, partiria o coração do meu pai e quebraria a promessa que ele fez a minha mãe. Meu pai não acredita nessas monarquias modernas, em que os filhos casam com plebeus. Ele acredita em manter a santidade e pureza da linhagem real. É ridículo, mas nosso país é retrógrado. As mulheres de lá só adquiriram o direito ao voto há 23 anos. Seria preciso uma vida inteira para que meu pai visse as coisas de maneira diferente. — Ela parecia devastada ao pensar. Estava desesperadamente apaixonada por Parker, e ele, por ela. O caso de amor deles estava condenado desde o começo, mas ele nem sabia. Soava trágico para Fiona, como numa ópera muito ruim.

— E todos aqueles príncipes e princesas malcomportados sobre quem lemos na imprensa, que saem por aí dormindo com as pessoas e fazendo coisas estúpidas?

— Este seria o meu irmão. Ele deixa o meu pai louco, e ele nunca toleraria o mesmo de mim. Além disso, Freddy não se casa com elas, só dorme com elas. Acho que se realmente se casasse com uma delas, meu pai o renegaria.

— Não acredito que nunca suspeitei — disse Fiona outra vez com um ar de descrença enquanto Christianna lhe perguntava se podia arrancar a página para que pudessem destruí-la, antes que mais alguém a visse, especialmente Parker. Fiona concordou e elas a picaram em pedaços. — Ele vai ficar arrasado quando você contar — disse, sentindo-se subitamente triste pelos dois.

— Eu sei — disse Christianna, soando trágica. — Eu já sei. Provavelmente nunca deveria ter começado. Não foi justo com ele. Mas não consegui evitar. Nos apaixonamos.

— É como se você tivesse este direito, como qualquer um. — Agora que pensava nisso, Fiona achava aquilo tudo muito injusto e podia ver a dor nos olhos de Christianna. Lamentava também por Parker, quando descobrisse que o caso de amor deles não daria em nada e terminaria em Senafe.

— Não tenho este direito — disse Christianna, sendo abraçada por Fiona.

— Lamento ter ficado zangada. Talvez você possa falar com o seu pai quando voltar.

— Não vai fazer diferença. Ele nunca vai permitir que eu me envolva com um plebeu, especialmente um americano. Ele é extremamente antiquado com essas coisas, e muito orgulhoso de nossa linhagem, e tem sido assim há cerca de mil anos. Um médico americano não é o que ele tem em mente para mim. — Soava estúpido até para ela ao explicar, algo saído da idade das trevas, mas era a realidade.

— Bem, me perdoe — disse Fiona, recuperando o senso de humor.

Tinha sido um grande choque para as duas. Christianna ainda se sentia abalada por ter sido exposta, mesmo que só por Fiona, em quem confiava. E se mais alguém pusesse as mãos numa cópia da revista — sempre havia esse risco – e a mostrasse para Parker? A ideia fazia Christianna estremecer, embora admitisse que ele precisaria saber mais cedo ou mais tarde. De preferência através dela, no momento certo, caso houvesse um. E se reagisse como Fiona a princípio? Talvez se afastasse e nunca mais falasse com ela novamente. Talvez isso no fim fosse bom, uma maneira melhor de se separarem, loucos de sofrimento.

— Isso me lembra uma coisa — comentou Fiona, fitando-a com uma ruga intrigada na testa. — Como devo chamá-la, agora que sei? — Estava provocando Christianna, que riu da pergunta.

— Achei "Sua Merdinha" ótimo. Que me diz?

— Sua Merdinha Sereníssima, talvez? Porcaria Sereníssima? Grande Merda Real? — Apesar da seriedade com que discutiam, tombaram nas camas às gargalhadas como duas crianças travessas. Riram até que lágrimas de alegria, desta vez não de lamento, rolassem pelo rosto. Ainda estavam rindo quando Mary Walker e Ushi entraram e perguntaram o que era tão engraçado. As duas mulheres mais jovens foram incoerentes com suas risadinhas.

— Ah, só estava dizendo pra Cricky como ela é uma perturbação. Estava lendo a minha revista e rasgou uma página. Ela é uma verdadeira princesa às vezes — disse Fiona, revirando os olhos, enquanto Christianna a encarava com horror.

— Sua merdinha! — disse-lhe Christianna desta vez, e as duas caíram na gargalhada novamente, enquanto as outras duas mulheres as fitavam, reviravam os olhos e saíam para tomar banho.

— Deve ser o calor que as está afetando — comentou Ushi com Mary sorrindo, ao deixarem a tenda, enquanto Christianna e Fiona trocavam um longo olhar. No fim, a descoberta de Fiona fortalecera a ligação entre as duas. Agora a preocupação de Fiona era Parker. Assim como a de Cricky. Aquilo seria devastador para ele.

Capítulo 12

Christianna e Parker foram para Massawa passar o fim de semana, como esperavam, em junho. Samuel e Max a deixaram ir sozinha outra vez. Divertiram-se ainda mais na segunda vez em que viajaram. Cada momento que passaram juntos foi idílico e, desta vez, ao voltarem do fim de semana mágico, Parker começou a falar vagamente sobre casamento. Era tudo o que Christianna teria desejado em outras circunstâncias. Mas não havia chance entre eles. Tentou evitar o assunto e por fim disse que não havia como abandonar o pai. Hans Josef esperava que ela retornasse para casa e ficasse lá, trabalhando com ele nos negócios da família. Dissera tudo isso a Parker antes, mas desta vez ele ficou obviamente aborrecido e incomodado. Não fazia sentido para ele, nem para ela mesma. Mas Christianna se sentia presa aos desejos do pai tanto quanto à história e à tradição. Aprendera desde o nascimento a se sacrificar pelo país, pelos súditos, a obedecer aos desejos do pai em todas as decisões. Sabia que desafiá-lo parecia para ele, e mesmo para ela, a traição máxima. Não fora criada para ser um dos jovens membros reais que se casavam com um treinador, uma garçonete ou mesmo um médico respeitável como Parker. Se fosse prosseguir com isso, precisaria, e desejaria, a aprovação do pai, mas sabia que jamais a conseguiria. Aquilo simplesmente não aconteceria.

— Pelo amor de Deus, Cricky, isso é ridículo! O que ele espera que faça: que fique em casa e se torne uma solteirona, trabalhando pra ele?

Ela sorriu com tristeza pela pergunta. Na verdade, o pai esperava que se casasse, mas tinha que ser com alguém que aprovasse, ou mesmo escolhesse. Alguém de uma família comparável à deles. Parker vinha de uma família ótima, era bem-educado. O irmão e o pai eram médicos. A mãe fora uma debutante, contara Parker, rindo, pois achava tudo isso muito bobo. Christianna era uma Princesa Sereníssima, o que era ainda mais bobo. Mas o resultado daquilo não pareceria bobo assim que ele soubesse. Também lhe pareceria trágico.

— É o que ele espera de mim — disse com firmeza. — E estarei impossibilitada de casar por um longo tempo. Além disso, sou muito jovem — disse, tentando encontrar desculpas plausíveis para desencorajá-lo. Faria 24 anos em poucas semanas, o que não era jovem demais para casar. E o pai estava começando a fazer estardalhaço com seu retorno. Ela estava fora havia seis meses, o que ele achava ser tempo longo o bastante. Parker ainda estava planejando partir em julho. E se possível, Christianna queria terminar o ano em Senafe. Tinha lutado muito por isso na última vez em que ela e o pai discutiram, e as coisas agora estavam num impasse. Por parte dele, pelo menos. Mas Parker estava começando a pressioná-la bastante.

— Cricky, você me ama? — perguntou enfim, direto, com um quê de angústia nos olhos. Nunca amara tanto ninguém na vida, nem ela.

— Sim, eu amo — disse solenemente. — Eu te amo muito.

— Não estou sugerindo que nos casemos aqui, ou na próxima semana. Mas partirei em breve e antes de ir quero que saiba o quanto estou sendo sério. Você disse que talvez volte a estudar. Por que não vem estudar em Boston? Há muitas faculdades para se escolher. Harvard, Boston University, Tufts, Boston College.

Seu pai deixou que fizesse faculdade nos Estados Unidos. Por que não deixaria fazer pós-graduação também?

— Acho que usei meus últimos bilhetes de liberdade aqui. Ele agora quer que eu estude em Paris, pois é bem mais perto de casa, ou que me estabeleça em Vaduz.

— Boston fica a seis horas da Europa. — Parker já tinha compreendido que dinheiro não era problema para eles. Ela nunca se vangloriou a respeito, mas podia-se notar. A situação de seu próprio pai também era confortável. Parker não era estranho à boa vida, nem ao mundo endinheirado. O pai, assim como o irmão, era muito bem-sucedido, e a mãe lhe deixara um fundo fiduciário ao morrer. Ele possuía ótima condição. Pagar pelos estudos nunca fora problema. Até possuía uma pequena casa em Cambridge e, caso se casassem, poderia lhe oferecer uma vida boa e sólida. Mas não se ela insistisse em bancar a subordinada ao pai e deixasse que ele lhe controlasse a vida. Ouvii sobre isso realmente o aborrecia.

— Você tem o direito à própria vida — insistiu.

— Não tenho, não — afirmou ela. — Você não entende.

— Não, não entendo, droga! Talvez se nos conhecêssemos, ele compreenderia que sou uma pessoa respeitável. Cricky, eu te amo... Quando deixar a África, quero saber que um dia será minha esposa. — Os olhos dele se encheram de lágrimas ao falar. Isso era horrível. Christianna percebeu que nunca deveria ter deixado aquilo começar. O inevitável final triste estava escrito desde o princípio. Ela quase se engasgou com a resposta.

— Não posso.

— Por quê? O que é isso que você nunca me conta? Há um segredo horrível, sombrio, que anda escondendo de mim. Não me importa o que seja. Não pode ser tão horrível. Eu te amo, Cricky. Seja o que for, vamos dar um jeito. — Tudo o que ela pôde fazer foi olhar para ele e balançar a cabeça. — Quero que me conte agora.

— Não importa o que seja. Acredite, Parker, tudo o que quero é o que você está me oferecendo. Mas meu pai nunca vai permitir. — Ela soou absolutamente segura, enquanto Parker parecia ainda mais triste a cada minuto.

— Ele odeia americanos? Ou médicos? Por que você tem tanta certeza de que não podemos dar um jeito?

Houve um interminável silêncio enquanto Christianna o encarava sem esperanças. Era a hora. Sabia que não tinha escolha senão contar-lhe agora. Demorou para abrir a boca e formar as palavras, mas finalmente conseguiu.

— Ele não odeia ninguém. E não odiaria você. Garanto que gostaria muito de você. Mas não para mim. — As palavras soaram cruéis, mas a realidade da situação era cruel. Para ambos. — Meu pai é o príncipe soberano de Liechtenstein.

O silêncio foi interminável enquanto Parker a fitava, tentando absorver o que ela havia acabado de dizer.

— Diga isso novamente — pediu, ao que Christianna balançou a cabeça.

— Você me ouviu da primeira vez. Mas acho que não sabe o que significa. Sou governada por ele, por nossa Constituição e pela tradição. E quando chegar o momento, ele não me deixará casar com ninguém que não seja de berço real. Em alguns países pensam diferente a respeito dessas coisas. Meu pai não, ele é muito antiquado, e nem ele nem o Conselho de Família, que toma tais decisões, permitiriam que eu me casasse com você, não importa o quanto te ame, e eu amo. — A voz dela era pouco mais que um sussurro ao terminar, enquanto Parker a encarava com descrença.

— O Conselho de Família toma essa decisão? Não é você?

Ela balançou a cabeça.

— Não tomo nenhuma decisão por conta própria. Meu pai toma. E o Conselho — disse ela, parecendo trágica. Toda a magnitude daquilo começou a atingir Parker enquanto a encarava. — De acordo com a nossa Constituição, todos os membros da casa principesca devem aprovar um casamento, e este não pode ser prejudicial à reputação, à prosperidade ou ao apreço do Principado de Liechtenstein. O Conselho de Família e meu pai considerariam, estou certa, nosso casamento prejudicial ao país. — Isso soava absurdo mesmo para ela, ainda mais por citar a ele sua Constituição.

— Cricky, você é uma princesa? — A voz dele soava entrecortada, parecia absolutamente pasmo. Quase perdera a fala. E ela estava tomada por uma sensação de perda e lamento. — Sua Alteza Real? — Ele a encarava com assombro, esperando que dissesse não, mas ela não disse.

Christianna sorriu com tristeza para o homem que tanto amava e balançou a cabeça.

— Princesa Sereníssima. Somos um país pequeno. Minha mãe era uma Princesa Real, era francesa, uma Bourbon. Suponho que eu poderia escolher. Sempre preferi Sereníssima. E meu pai e meu irmão são Sereníssimos também. — Ela se sentia qualquer coisa menos serena naquele momento e desejava do fundo do coração não ser da realeza, mas isso não tinha serventia.

— Pelo amor de Deus, por que não me contou?

Era a mesma coisa que Fiona dissera ao descobrir. E no caso de Parker, ele estava certo. Devia isso a ele. Escondeu-lhe a absoluta certeza de que o romance deles não daria em nada e que, no fim, os faria sofrer. Percebeu, olhando para Parker, o quanto fora egoísta, as lágrimas descendo pelo rosto.

— Lamento... Não queria que soubesse... Só queria ser eu mesma com você. E agora percebo o que fiz. Não tinha o direito de fazer isso com você.

Parker se levantou e começou a andar de um lado para o outro, às vezes olhando para Christianna, que o observava com agonia, e depois voltou a se sentar ao lado dela, tomando-lhe as mãos.

— Não sei como essas coisas funcionam. Mas as pessoas podem se livrar de tudo isso. O duque de Windsor o fez quando abdicou para se casar com Wallis Simpson. — E de repente Parker pareceu mais preocupado. — Você não vai ser rainha um dia, assumir o trono, vai? É por isso que seu pai é tão duro com você?

Christianna sorriu e balançou a cabeça.

— Não, as mulheres não podem reinar em meu país. São extremamente antiquados, as mulheres só adquiriram o direito de votar há 23 anos. Meu irmão vai governar o país um dia, quer decida crescer ou não. Mas por ser tão irresponsável, meu pai conta muito comigo. Não posso desapontá-lo, Parker. Não posso simplesmente fugir. Não é como um trabalho que se abandona. Diz respeito à família e tradição, linhagem e honra, um milênio de história. Não é algo que se descarta, como um chapéu, ou mesmo uma coroa. É quem você é, para o que se nasce, alguém para servir de exemplo a um país e seu povo. Diz respeito ao dever, não ao amor. O amor sempre vem depois de todo o resto. Diz respeito a dever, honra e coragem. Não ao amor.

— Meu Deus, isso é doentio — disse ele, parecendo ultrajado. — E seu pai espera que você viva assim, que desista de quem é e de quem ama?

— Não tenho escolha — respondeu Christianna, como se declarasse a própria sentença de morte. Era o que representava para eles. — Para piorar as coisas, ele prometeu à minha mãe que eu me casaria com alguém de berço real. Os dois eram tremendamente antiquados, e ele ainda é. Acredita no dever acima do amor. Mesmo com ele próprio. E ele conta ainda mais comigo agora para sustentar a tradição e fazer a coisa certa porque meu irmão dificilmente será assim. Não posso desapontá-lo, Parker. Ele vai esperar, vai exigir que eu faça este sacrifício por meu país, por minha mãe e por ele.

— Nunca mais vai me ver, depois que partirmos? — perguntou ele, parecendo desesperado.

Parker se sentia em pânico com o que ela estava contando. Christianna fazia tudo soar perdido porque, em sua mente, era assim que tudo estava. Percebeu de repente o que estavam enfrentando, o que isso significava para eles, e tudo por causa de quem ela era. Christianna estava inteiramente preparada para sacrificar a si mesma, e a ele, por seu país e pelos desejos do príncipe soberano. Parker não dava a mínima ao fato de Christianna ser uma princesa. Tudo o que lhe importava era estar com a mulher que amava. Tinha lhe entregado o coração, e agora ela calmamente o devolvia devido a quem era por nascimento, ao que lhe era exigido por ser princesa. Para Christianna, aquilo tinha a ver com honra, dever, sacrifício e coragem.

— Não sei — respondeu ela, sendo totalmente honesta desta vez. — Não sei se poderei revê-lo, ou com que frequência. — Suspeitava que Max e Sam a ajudariam a vê-lo, ao menos uma vez, mas mais do que isso seria difícil. Se o fizessem, com certeza criariam um escândalo. E uma ovelha negra bastava à família. Freddy já possuía aquele papel. Se ela também se tornasse uma, seu pai ficaria magoado. Não podia fazer isso com ele. — Talvez possamos nos encontrar uma vez em algum lugar. Não sei se meu pai me permitiria ir aos Estados Unidos. Voltei no ano passado, e agora estou há meses na África. Depois disso, ele vai querer que eu fique em casa, ou que não vá mais longe que Paris ou Londres.

— Eu poderia encontrá-la em Paris? — Ele parecia tão triste quanto Christianna se sentia. Era como se ela tivesse cravado uma faca no coração dele, e no dela mesma.

— Não posso prometer, mas vou tentar. — Christianna soava preocupada e incerta. Tinha a sensação de que o pai desejaria que ficasse perto de casa quando retornasse. Um fim de semana em Paris talvez não fosse tão difícil. Ou talvez pudesse ficar com Victoria em Londres e vê-lo lá. Mas a imprensa sempre rondava sua prima como se fossem abutres, o que seria desastroso para os dois. Paris seria infinitamente melhor. — Farei tudo o que puder.

— E depois disso? — Agora havia lágrimas nos olhos dele. Nada daquilo tinha sido uma boa notícia para Parker, assim como não fora para ela.

— Depois disso, meu amor, você volta para a sua vida e eu para a minha. E sempre recordaremos o que compartilhamos aqui, uma memória que cultivamos... Você sempre terá uma parte do meu coração, uma parte muito, muito grande. — Ela nem conseguia se imaginar casada com outro. Só com ele.

— Essa é a pior coisa que já ouvi. — Ele nem estava zangado com ela. De que serviria isso? Só estava infeliz até o íntimo. — Cricky, eu te amo. Vai pelo menos pedir a ele?

Christianna pensou por longo tempo, depois assentiu. Poderia tentar. Mas uma vez que tentasse, o pai exigiria que parasse de ver Parker. Enquanto não soubesse, havia uma chance de que pudessem se ver. E ela não queria desistir ainda. O segredo era o único caminho possível por enquanto, e foi o que lhe disse. Desta vez, Parker não discordou dela. Só podia imaginar que ela sabia melhor das coisas. Aquilo estava totalmente fora do âmbito dele. Esta última reviravolta do destino parecia um filme muito ruim.

Depois daquilo, Parker apenas ficou com os braços ao redor dela, pensando em tudo o que ouvira, tentando compreender, absorver e perceber o que representava. Era um destino terrível para ambos. Christianna estava destinada a ser uma princesa solitária para sempre. E ele, o jovem médico de coração partido. Não gostava nada do jeito que aquela história terminaria. Estava claro que não haveria um "felizes para sempre".

Voltaram ao acampamento em seguida, ambos parecendo tristes. Falaram muito pouco. Parker apenas a manteve perto, com o braço ao redor dela, e Fiona por acaso os viu entrando no acampamento. Era como se alguém tivesse morrido, foi o que ela pensou. Parker nem mesmo lhe deu um alô, o que era raro. Beijou Cricky sem dizer uma palavra e foi para a tenda.

— O que aconteceu? — perguntou Fiona, parecendo preocupada.

— Eu contei — disse Christianna, desolada.

— Sobre você? — murmurou Fiona, e Cricky assentiu. — Ah, merda! Como ele reagiu?

— Ele foi maravilhoso, porque ele é maravilhoso. Mas a situação é um saco! — Fiona sorriu da escolha de palavras.

— É, sim. Ele ficou zangado? — Não parecia. Parker parecia destruído, o que era pior.

— Não. Só triste. Eu também.

— Talvez vocês dois consigam pensar em alguma coisa.

— Vamos tentar nos encontrar em Paris quando voltarmos. Mas isso não vai mudar nada, só vai prolongar as coisas. No fim, ele vai ter de voltar para Boston e seguir sua vida, e eu estarei em Vaduz, com meu pai, fazendo o que devo fazer pelo resto da vida.

— Tem que haver um jeito — insistiu Fiona.

— Não há. Você não conhece meu pai.

— Ele deixou que você viesse pra cá.

— Isso é diferente. Ele sabia que eu iria voltar. E que não me casaria com ninguém aqui. Era para ser algo sabático. Meu acordo com ele é que assumirei meus deveres quando retornar. Não vai me deixar casar com um médico americano, um plebeu, e viver em Boston. Isso simplesmente não vai acontecer — disse, com lástima.

Fiona teve que admitir que a situação não soava esperançosa, nem mesmo para ela.

— Converse com seu pai. Talvez ele compreenda. Amor verdadeiro, essas coisas. — Nunca tinha visto duas pessoas se amarem tanto ou se sentirem mais felizes juntas do que Cricky e Parker. Era difícil ignorar, e seria trágico que terminasse assim tão sem sentido.

— Vou conversar com ele em algum momento. Mas acho que não vai dar em nada.

Fiona assentiu e a acompanhou em silêncio até a tenda. Não havia muito que pudesse dizer e se sentia chateada pelos dois. Era uma história triste.

Naquela noite, Parker e Cricky se sentaram juntinhos e ficaram mais próximos do que nunca nas semanas seguintes. De fato, o que Christianna lhe revelara, e suas trágicas implicações, só fez com que se amassem mais. Ficaram praticamente inseparáveis até o fim de julho. E então os primeiros obstáculos torturantes tiveram de ser enfrentados. Parker tinha de voltar. Não havia mais como prorrogar. O orientador do programa de pesquisa pediu que voltasse no começo de agosto. Os últimos dias deles foram inacreditavelmente amargos, a última noite parecia irreal. Christianna achava que aquela era a pior noite de sua vida. Ficaram sentados do lado de fora da tenda dela a noite inteira, Parker com Christianna em seus braços. Tinham oferecido um jantar de despedida naquela noite, mas Parker e Cricky pareciam que irromperiam em lágrimas a qualquer momento. Os outros no acampamento não sabiam por que a partida dele parecia tão trágica, mas logo pressentiram que algo difícil tinha acontecido e que era um momento particularmente sofrido para os dois.

Muitas pessoas tratadas por Parker foram levar presentes antes da partida; esculturas e estátuas, tigelas e contas, belos objetos feitos com amor para ele. Parker agradeceu a todos, ficando com lágrimas nos olhos a cada presente. Os pacientes aidéticos que conhecera e tratara ali haviam lhe tocado o coração.

Ele e Cricky ficaram sentados a noite inteira e observaram o sol nascer. Deram um passeio sob a gentil luz da manhã, sob o esplendor do céu africano. Ao caminhar ao lado dele, Christianna sabia que nunca se esqueceria daquele momento, daquele período de sua vida. Queria parar o tempo e ficar ali com ele para sempre.

— Tem ideia do quanto te amo? — perguntou Parker, antes de retornarem.

— Talvez metade do quanto te amo — brincou ela, mas não havia nada de divertido ou fácil nisso.

Quando voltaram, os outros estavam de pé e andavam pelo acampamento. Akuba e Yaw estavam ocupados. Os outros tomavam café da manhã. Cricky e Parker se juntaram a eles, mas não comeram nada. Beberam café e ficaram sentados em silêncio, de mãos dadas. Até Max e Sam pareciam tristes. Sabiam melhor do que ninguém o que estava reservado para ela, uma vida sem aquele bom homem que amava. E ele era realmente um bom homem, embora isso de nada lhes servisse. Não era o marido que o pai queria para ela, nem tinha esperanças de sê-lo um dia. Quando partisse de Senafe, a sentença de morte para o amor deles teria começado. E ninguém sabia melhor disso do que os dois.

Geoff levaria Parker para Asmara num dos carros do acampamento e convidou Cricky para ir junto. O romance deles não era segredo, e todos o aprovavam do fundo do coração. Não tinham certeza do motivo, mas todos pareciam saber que Christianna não poderia mantê-lo quando retornasse. Presumiam pelo que ela dizia que possuía um pai tirânico, que não aprovaria o relacionamento e esperaria que ela o servisse com bajulação. Não consideravam isso insuperável, mas certamente difícil. Só Fiona, Geoff, Max, Sam e os dois amantes sabiam a verdade. Os outros presumiam que ainda havia esperanças para eles. Aqueles que sabiam quem ela era sabiam muito bem que, na verdade, não havia esperança alguma, a menos que Christianna estivesse preparada para desafiar o pai e abandonar quem era, o que parecia improvável para aqueles que a conheciam bem.

Todos abraçaram Parker calorosamente quando partiu. Mary o agradeceu muito pela inestimável ajuda, e ele à dela com a pesquisa. Tinha dado uma última volta pela enfermaria e se despedido dos pacientes. Seu coração estava doendo ao partir. Ele e Cricky entraram no carro com Geoff, então começaram a longa viagem até Asmara. Cricky sabia que a viagem pareceria mais longa na volta, sem ele. Agora ao menos podia tocar nele, conversar com ele, vê-lo, senti-lo perto dela. Nunca se sentiu mais triste na vida. E enfim, depois de um tempo, não disseram nada e ficaram apenas de mãos dadas enquanto Geoff dirigia. Este pressentia pelos fragmentos da conversa deles que Parker sabia quem Christianna era, mas não perguntou. Tinha prometido manter segredo durante sua permanência e mantivera a promessa. Se a princesa tinha escolhido contar para alguém, era decisão dela. Até o momento, ele permanecera discreto.

Chegaram a Asmara uma hora antes do voo de Parker. O timing foi perfeito e, assim como ela, Max e Sam tinham feito ao chegar, todos ficaram esperando, desta vez pela aterrissagem do avião. O coração dela doeu ainda mais quando o avião chegou. Tinha esperanças de que se atrasasse. Cada minuto era precioso, cada grama dela desejava ir com ele, desaparecer para sempre na vida dele. Nunca esteve tão perto de fugir, mesmo que isso significasse partir o coração do pai. Estava dividida entre dois homens que amava, o que cada um necessitava dela, e o que ela mesma queria.

Tiveram mais meia hora antes de o avião decolar, enquanto as pessoas se enfileiravam, carregando caixas e malas. Ela e Parker ficaram em silêncio num canto, de mãos dadas, enquanto Geoff esperava ao longe, sentido por eles. Sabendo a verdade sobre Christianna, compreendia muito bem o que aquele momento significava.

E então chegou. O momento final, o toque final, o beijo final, a sensação final dos braços de um ao redor do outro.

— Eu te amo muito — sussurrou ela, enquanto ambos lutavam contra as lágrimas.

— Vai ficar tudo bem — disse ele, desejando que fosse verdade. Ela sabia melhor das coisas e não disse nada. — Te vejo em Paris assim que você voltar. Cuide-se. — Parker sorriu. Naquele último instante, ela era dele, e talvez nunca mais fosse. Era quase insuportável, para ambos. — E cuidado com as cobras! — brincou ele.

Um último beijo, e Parker caminhou pela pista de decolagem até o avião. Christianna ficou olhando para ele, sem se mexer, os olhos grudados no amado, que subiu a escada do avião, parou e olhou para ela por um momento interminável. Os olhos dela estavam cravados nele. Ela mandou-lhe um beijo e acenou. Ele tocou o coração e apontou para ela com um sorriso triste, então se foi. Geoff continuou parado a uma distância discreta, querendo deixá-la sozinha com sua dor particular, com a realidade do que os dois tinham de enfrentar.

Observaram o avião decolar e circular alto no céu, a caminho do Cairo, de Roma e depois de Boston. Christianna acompanhou Geoff em silêncio até o carro. Nenhum dos dois falou por um longo tempo.

— Você está bem? — murmurou ele, e Christianna assentiu.

Era como se alguém tivesse lhe arrancado o coração com as próprias mãos. Falou pouco e não dormiu durante a volta. Apenas ficou sentada, olhando a paisagem africana passar pela janela. Agora a visão parecia tão diferente sem ele. Tudo seria diferente pelo resto da vida. Parker tinha sumido de seu céu. Nunca teriam novamente o que compartilharam nos últimos seis meses. Havia sido um presente incrível, algo que apreciaria para sempre. Os dias deles juntos em Senafe lhe eram mais preciosos que diamantes.

Fiona estava esperando por ela quando voltou. Viu o ar confuso no rosto de Christianna e não disse nada. Passou um braço ao redor dela, levou-a para a tenda e a colocou na cama. Christianna a encarou com os olhos de uma criança de coração partido. Os olhares das duas mulheres se encontraram, então Fiona lhe acariciou o cabelo sobre o travesseiro, mandou que fechasse os olhos e fosse dormir. Christianna obedeceu, e Fiona ficou sentada observando-a por um tempo, para ter certeza de que ela estava bem. Mais tarde, Mary entrou e falou com Fiona num sussurro.

— Ela está bem?

— Não — disse Fiona com honestidade —, e vai ficar assim por um tempo.

Mary assentiu e foi para a cama. Ninguém entendia inteiramente, mas todos sabiam que algo triste tinha acontecido, algo além da partida de Parker. Tão certo quanto se tivesse voltado para Liechtenstein, sua sentença perpétua de uma vida sem ele tinha começado.

Capítulo 13

Christianna passou as duas semanas seguintes atordoada. Recebeu uma carta de Parker depois de dez dias. Tudo o que ele falava era sobre encontrá-la em Paris. Disse que nunca na vida odiou tanto Boston. Estava com saudades, assim como ela. Christianna lhe escreveu duas cartas, mas não queria tornar as coisas mais difíceis do que já estavam para ele. Era muito injusto, e já lhe causara muito sofrimento com aquela situação impossível. Disse o quanto o amava, mas não guardava esperanças.

Na terceira semana após a partida de Parker, havia uma sensação de inquietação pela manhã quando ela foi trabalhar. Não tinha certeza do que seria. Estava quase palpável no ar. Todos pareciam sérios no café da manhã, depois Christianna notou que Akuba e Yaw não estavam lá fora quando saiu da tenda de refeições. Olhou para Fiona, que parecia tão perplexa quanto ela. Geoff explicou a situação antes que fossem para o trabalho. Houvera um ataque na fronteira etíope na noite anterior. Uma emboscada. Era a primeira violação flagrante à trégua em muitos anos. Geoff disse que esperava ser apenas uma ocorrência isolada, mas que todos deveriam ficar atentos. Se a guerra começasse novamente entre Eritreia e Etiópia, seria perigoso até para eles. Mas aquilo ainda estava longe de acontecer. Não era uma guerra, era um conflito e, com sorte, nada mais do que um infeliz incidente. Geoff disse que as tropas da ONU, além das tropas da

União Africana, estavam a postos na fronteira para manter a paz. Mas todos pareciam preocupados ao seguir para o trabalho, não tanto por si mesmos quanto por aquelas pessoas que amavam. Tinham sofrido terrivelmente durante a última guerra, todos os funcionários do acampamento esperavam que a quebra da trégua não acendesse as fogueiras da guerra novamente. Aquela era a maior esperança de todos.

Os pacientes estavam angustiados naquela manhã, havia muito falatório e uma sensação de pânico. Todos haviam passado por aquilo antes. Fora isso, os funcionários do acampamento estavam preocupados com a temporada de malária, que começaria no mês seguinte. Só isso já era preocupação suficiente.

O consenso das opiniões era que deviam ficar de olho na situação, atentos. Por enquanto, aquilo não era ameaça para ninguém do acampamento. Mas estavam bem próximos à fronteira para que certa preocupação se justificasse. Depois do café, Max e Sam foram falar com Christianna.

— Seu pai não vai gostar disso, Alteza. Temos que reportar a ele. — Fora uma das principais condições ao acompanhá-la, e até um acordo que ela mesma fizera com o pai: caso a situação política ficasse arriscada, Christianna deveria partir imediatamente.

— Foi só um conflito — afirmou. — Não estamos em guerra. — Ela não tinha intenção de partir, particularmente com a temporada de malária chegando, agora que precisariam dela mais do que nunca. E havia relatos de uma nova epidemia de calazar.

— Poderia piorar a qualquer momento — disseram, parecendo muito preocupados —, e se isso acontecer, poderia sair de controle bem rápido. — Nenhum dos dois queria estar numa situação em que não pudessem tirá-la de lá.

— Não vamos entrar em pânico ainda. — Christianna foi lacônica, e saiu para trabalhar.

Nada mais aconteceu nas duas semanas seguintes. Já era começo de setembro e os primeiros casos de malária começavam a chegar. Era um período cansativo para todos, agravado por chuvas fortes. Tornara-se horrível no acampamento, mesmo nas tendas, ter de caminhar pela lama pesada. Christianna estava na África havia oito meses, o lugar já estava entranhado em sua alma. Com a carga de trabalho mais pesada e o tempo horrível, todos iam exaustos para a cama à noite. E seu pai andava esbravejando com Max e Sam há semanas para que a levassem para casa, desde o conflito fronteiriço, do qual ele não havia gostado nem um pouco. Mas Christianna se recusava a ir embora. Precisavam dela, então ficaria. Mandou um recado ao pai por intermédio dos dois. Não tinha mais tempo de ir à agência postal falar com ele pessoalmente, o que era bom. Não queria discutir com o pai. Ainda estava muito angustiada por causa de Parker, e andava com muitas coisas na cabeça.

— Nossa, você não odeia esse tempo maldito? — disse Fiona certa noite, quando voltavam para a tenda. Ficara fora o dia inteiro, fazendo partos. Christianna esteve ajudando com os pacientes com AIDS e malária. Mais dois casos de calazar tinham chegado, e Geoff estava bastante preocupado. Não precisavam de uma enorme epidemia nas mãos.

Fiona tinha retornado há menos de uma hora quando a chamaram outra vez. Uma mulher estava tendo gêmeos, não muito longe do acampamento. Ainda encharcada até os ossos, ela saiu, rezando para que o carro não atolasse na lama, o que já havia acontecido várias vezes. Certa vez teve que voltar para casa debaixo de chuva, caminhando por mais de 3 quilômetros. Estava tossindo desde então.

Christianna a viu saindo e acenou com um sorriso cansado.

— Divirta-se!

— Cale a boca! — exclamou Fiona, corajosa. — Você pelo menos vai ficar seca aqui. — Em certos momentos, era uma vida dura, e aquele era um deles. Fiona trabalhava tanto quanto os outros, geralmente mais. Nunca reclamava, pois amava o que fazia e sabia o quanto precisavam dela.

Christianna ouviu o pequeno carro partir e finalmente foi dormir. Todos estavam exaustos devido ao tempo e à carga de trabalho elevada. E não ficou surpresa quando não viu Fiona na cama de manhã. Ela geralmente ficava fora durante a noite, especialmente se o parto fosse complicado ou o bebê, fraco. E com gêmeos, era provável que fosse difícil.

Christianna foi tomar o café da manhã com os outros. Olhando ao redor, Geoff de repente ficou preocupado.

— Onde está Fiona? Dormindo ou ainda fora?

— Fora — respondeu Christianna, servindo-se de uma xícara de café.

— Espero que o carro não tenha ficado atolado na lama.

Falou alguma coisa com Maggie, depois decidiu sair ele mesmo para verificar. A chuva não cessara durante a noite, e ainda persistia. Max se voluntariou para acompanhá-lo. Se o carro estivesse atolado, poderia ajudar a empurrá-lo da lama. Poucos minutos depois, os dois homens saíram. Christianna e Maggie foram para a clínica de AIDS, Ushi para a sala de aula, e todos para seus respectivos serviços. Era uma manhã como qualquer outra na estação chuvosa, só que mais úmida e escura.

Mais tarde naquela manhã, Christianna estava em seu escritório cuidando de uma papelada quando Max e Geoff voltaram. Tinham encontrado o carro, mas Fiona não estava nele. Foram à casa onde os gêmeos nasceram, mas souberam que a irlandesa tinha partido horas antes.

Era a primeira vez que uma coisa assim acontecia. Max foi contar para Christianna, que imaginou se ela não teria sido assaltada tentando voltar caminhando para casa, ou se não teria pedido abrigo na casa de alguém. Todos a conheciam na área, já que fazia partos havia vários anos.

Parecendo carrancudo, Geoff organizou um grupo de busca e designou motoristas para todos os carros. Max dirigia um, Sam outro. Ernst, Klaus e Geoff pularam no ônibus escolar. Didier conseguiu dar partida naquele que era o pior e menos confiável dos veículos. Duas mulheres foram com ele e, no último minuto, Christianna pulou no banco do passageiro ao lado de Max. Decidiram se espalhar e varrer a área, parando em cada casa para ver se ela estava lá. Conhecendo Fiona, Christianna tinha quase certeza de que teria feito algo assim. Era uma mulher prática e independente, que não passaria a noite num carro atolado na lama. Teria procurado uma casa e batido à porta. Tinha certeza de que a encontrariam logo. Todos na área eram muito amigáveis. Era provável que estivesse confortavelmente sentada junto ao fogo numa casa, esperando a chuva passar ou arranjar uma carona para o acampamento.

Max não disse nada enquanto mudavam de uma estrada para outra. Viram o ônibus escolar depois de certo tempo, então foram conferir com os outros. Ninguém tinha visto nada. Nem mesmo as pessoas nas casas onde eles pararam a viram, embora todos soubessem quem ela era.

Já estavam circulando há duas horas, e Max ainda dirigia diligentemente, com Christianna vigiando atentamente a lateral da estrada. E de repente ele parou. Algo havia atraído seu olhar. Não disse nada para Christianna, para não preocupá-la sem necessidade. Saiu, correu na chuva e se deteve. Lá estava ela, caída à beira da estrada, como uma boneca de trapo, nua, o cabelo emaranhado, metade do rosto na lama, olhos arregalados. Christianna veio correndo atrás dele e a viu, ficando horrorizada com a cena. Era óbvio que Fiona fora violentada e morta, esfaqueada dúzias de vezes. Era a coisa mais horrorosa que Christianna já havia visto. Max a afastou com delicadeza, mandando-a voltar para o carro.

— Não! — berrou ela. — Não! — Agachou-se na lama ao lado da amiga, retirou a própria capa e a cobriu, tirando-lhe o rosto com cuidado da lama e aconchegando a cabeça, enquanto ela mesma ficava ensopada na chuva. Christianna estava quase deitando na lama, abraçando-a, soluçando e gritando, enquanto Max tentava puxá-la para longe sem sucesso.

Poucos minutos depois, o ônibus escolar passou e Max acenou para que parassem. Todos correram e viram o que tinha acontecido. Klaus e Ernst ajudaram delicadamente Max a puxar Christianna. Enviaram mensagem por rádio para os outros, e alguém trouxe uma lona. Christianna foi afastada, aos soluços, então embrulharam Fiona cuidadosamente, colocaram-na no ônibus e seguiram para o acampamento.

O resto do dia passou num borrão para todos. As autoridades ficaram no acampamento o dia inteiro. Vasculharam a área, mas nada nem ninguém foi visto. Ninguém sabia de nada, e as autoridades locais insistiam em dizer que tinha sido um feito de vagabundos etíopes, o que parecia improvável para o pessoal do acampamento. Era óbvio que foi algum louco das cercanias que não fora detectado. Era a primeira violência que vivenciavam no acampamento. Geoff foi à agência postal em Senafe para notificar a família pessoalmente por telefone. Ficaram arrasados, o que era previsível. E embora tivesse implorado para que não o fizessem, Max e Sam foram à agência postal com Geoff para ligar para o pai dela.

A reação dele foi exatamente o que esperavam.

— Tragam-na de volta. Agora. Amanhã. Hoje. Tirem-na daí.

Voltaram e avisaram Christianna, mas ela não estava em condições de partir, arrasada com a morte da amiga, com a maneira cruel com que morrera. Considerando as condições na África, a família de Fiona concordou relutante com que fosse enterrada lá. Ainda estavam em choque, mas teria sido complicado e caro levá-la para casa. E ela havia amado muito a África. Parecia certo e cabível enterrá-la ali.

Christianna queria falar com Parker, mas estava perturbada demais para ir à agência postal com Sam e Max. Não queria falar com o pai. Não se importava com o que ele dizia. Não iria para casa, ao menos não até enterrarem Fiona. O cenário ao redor de repente era uma confusão e um borrão. Tudo tinha dado tão errado, e agora todos estavam com medo.

Enterraram Fiona no dia seguinte, com o acampamento inteiro ainda em choque. A notícia se espalhou nos arredores. Havia uma sensação de ultraje e horror entre os habitantes locais e também entre os funcionários do acampamento. Depois do breve funeral e do sepultamento, os residentes do acampamento se reuniram na tenda de refeições, chorando e parecendo taciturnos. Não havia sentido para um velório irlandês, o que Fiona teria gostado. Em vez disso, houve choro, raiva, pessoas assustadas, incapazes de acreditar que tinham perdido a amiga tão amada. Christianna e Mary se abraçaram, soluçando. Ushi estava inconsolável. Geoff e Maggie estavam indescritivelmente abalados. Foi um momento difícil para o acampamento. E de repente o teto desmoronou.

Dois dias após enterrarem Fiona, houve outro conflito fronteiriço e, em três dias, Etiópia e Eritreia estavam em guerra novamente. Desta vez não houve conversa. Sam e Max não foram à agência postal ligar para seu pai nem discutiram com Christianna. Sam fez a mala dela, Max esperou do lado de fora enquanto ela se vestia. Não havia escolha. Eles a arrastariam dali se fosse preciso, se insistisse em não abandonar os amigos. Aprendera a amar o lugar e as pessoas dali. Todos se juntaram ao redor dela, todos choraram quando ela partiu. Geoff estava de pleno acordo com Sam e Max. Todos os outros teriam que tomar suas próprias decisões quanto a ficar ou partir. Mas Geoff disse a Christianna que ela tinha de partir. Ela os servira bem, havia se doado plenamente, e todos a amavam por isso. Mas tanto quanto Sam, Max e seu pai, a queria fora dali. Aquele não era o trabalho dela, era um pedaço de coração e alma que ela tinha entregado, mas Geoff não queria que isso lhe custasse a vida. Os outros funcionários aceitaram o risco como parte da missão. A missão de Christianna era diferente. O tempo que passou na África foi um presente para eles e para ela própria.

Todos se despediram com lágrimas. Christianna fez uma última visita aos pacientes na clínica de AIDS para dar adeus, e Geoff os levou para Asmara. Uma vez lá, ficaram parados sob a chuva, e Christianna se agarrou a Geoff como uma criança chorona. Tanta coisa acontecera, ela se sentia preocupada com todos eles. Sentia-se uma traidora por deixá-los agora. Tropas da ONU e da União Africana chegavam à área havia dias.

— Você tem de partir, Alteza — disse Geoff, como se para lembrá-la de quem era. — Seu pai nunca nos perdoaria se algo acontecesse. — Ela estava lá havia nove meses e ainda não estava pronta para ir para casa, sabia que nunca estaria. Seu coração estava ali, era uma parte de sua vida que nunca seria esquecida.

— E o restante de vocês? — perguntou, quando o avião aterrissou.

— Vamos ver o que acontece nos próximos dias. É cedo demais para dizer. Vamos ver o que decidem em Genebra, o que os outros querem fazer. Mas definitivamente é hora de você ir embora.

No fim, aquela era a casa deles, não a dela. Christianna o abraçou forte antes de ir e agradeceu pelos meses mais felizes de sua vida. E ele a agradeceu por tudo que tinha feito e oferecido. Disse que era uma jovem extraordinária e lhe desejou tudo de bom. Geoff sabia que ninguém a esqueceria, nem de sua graça adorável e abnegada.

E então ela, Max e Sam entraram no avião. Christianna viu Geoff observando-os quando olhou pela janela. Ele acenou, depois correu de volta para o ônibus. Momentos depois, o avião decolou para o interminável voo até Frankfurt, o curto pulo até Zurique, e enfim, casa.

Ficou sentada olhando para o espaço por um longo tempo no voo, pensando em Fiona, em Parker, também em Laure, Ushi e todas as crianças para as quais dera aulas, Mary e todas as mulheres e crianças na enfermaria de aidéticos. Tinha deixado para trás tantas pessoas que aprendera a amar. E a pobre Fiona ficaria consigo, sempre em seu coração. Para variar, não falou absolutamente nada com Sam e Max. Sentou-se num lado do corredor, eles se sentaram no outro. Tinham feito seu trabalho desta vez. Eles a teriam arrastado, se necessário. Com uma guerra começando, não havia dúvida na mente deles, ou na do pai, de qual era o lugar dela. Nem Christianna relutou desta vez, sabia que não tinha escolha.

Dormiu em grande parte do caminho para Frankfurt, depois olhou pela janela em silêncio. Estava pensando em Fiona... em Parker... Ligou para ele em Boston no momento em que deixou o voo em Frankfurt e contou tudo o que tinha acontecido: Fiona, os conflitos fronteiriços, o início de uma nova guerra. Ele ficou pasmo, e Christianna soluçava.

— Meu Deus, Cricky, você está bem? — Parker não conseguia acreditar no que ela havia contado sobre Fiona. Christianna descreveu como a encontraram e, ao contar, voltou a chorar. Ela soava totalmente exausta.

— Eu te amo — disse ela repetidas vezes, incapaz de parar de chorar. — Eu te amo muito. — Não o via há quase dois meses. Era como se séculos tivessem se passado.

— Cricky, eu te amo também. Quero que vá para casa e se acalme. Descanse. E assim que conseguir dar uma escapada, encontro você em Paris.

— Está bem — respondeu ela com fraqueza, sentindo que não poderia viver mais um dia sem ele. O dia fora longo demais, e muita coisa acontecera. Parker soava tão abalado quanto ela.

— Apenas vá pra casa, querida — disse com carinho. — Tudo vai ficar bem — garantiu-lhe, desejando poder envolvê-la nos braços. Ela parecia estar em choque.

— Não, não vai — soluçou ela. — Fiona está morta, Parker. Nunca haverá um ficar bem para ela.

— Eu sei — disse ele, tentando acalmá-la, incapaz de acreditar no que tinha acontecido. Parecia impossível crer que a espirituosa, esquentada, maravilhosa e adorável Fiona tinha partido. — Eu sei. Mas tudo vai ficar bem para nós. Verei você em Paris em breve. — Mas Christianna só chorou ainda mais por saber que provavelmente seria a última vez. Não conseguia suportar mais despedidas e perdas. Precisava deixá-lo para pegar o próximo voo, até Zurique. E Parker estava preocupado com ela. Christianna parecia mal e terrivelmente abalada, mas quem não estaria depois de tudo o que tinha enfrentado? — Posso ligar para a sua casa? — perguntou com cautela. Ela lhe dera os números antes que partisse, mas avisou que só os usasse caso fosse preciso. Não queria despertar suspeitas. Mas Parker só queria saber como ela estava. Estava seriamente preocupado, por um bom motivo. Christianna nunca esteve tão agoniada na vida.

— Não, não ligue. Eu ligo pra você — disse, parecendo nervosa.

Tudo em sua mente era uma confusão. Fiona estava morta. Parker estava em Boston para sempre. Seus amigos em Senafe estariam numa zona de guerra. E agora ela tinha que encarar o pai, sem se sentir realmente pronta para voltar para casa. Num espaço de 17 horas, tinha ido de uma parte do mundo à outra, sentia-se como uma planta arrancada do fértil solo africano pela raiz. Liechtenstein não parecia mais ser sua casa. Era como se seu lugar fosse em Senafe. E seu coração estava com Parker em Boston. Estava tremendamente confusa e, ao desligar, não conseguia parar de chorar. Olhou para Sam e Max, que pareciam quase tão infelizes quanto ela. Também tinham amado aquele lugar, mas não havia dúvidas na mente deles naquela manhã, só tiveram um único objetivo. Tinham de tirá-la de lá.

— Lamento termos partido assim, Alteza. Tínhamos de fazer nosso trabalho desta vez. Era hora de partir.

— Eu sei — disse ela, triste. — Tudo deu errado no fim, com Fiona e a quebra da trégua, os conflitos de fronteira. O que vai acontecer com aquela gente se precisarem enfrentar outra guerra? — Seu coração doía ao pensar nisso, eram pessoas muito gentis e amáveis. E sentia falta dos amigos do acampamento como se fossem seus irmãos.

— Será difícil para eles se essa guerra realmente estourar — disse Max, sendo honesto. Ele e Sam tinham conversado exaustivamente sobre isso durante o voo. A ONU estava tentando intervir, mas não tinha sido capaz de deter o embate na última vez.

— Me preocupo com o pessoal do acampamento também — acrescentou Christianna.

— Eles saberão o momento de sair. Passaram por isso antes. — Mas não havia dúvida de que ela precisava sair antes deles. Max e Sam estavam bem cientes de que se algo lhe acontecesse, seria um desastre. O príncipe nunca os perdoaria, nem eles se perdoariam.

Ela ficou calada no último trajeto do voo, de Frankfurt para Zurique. Não havia nada mais a dizer. Estava tão sofrida que se sentia paralisada. A perda da amiga, a ausência do homem que amava, a desesperança da situação deles, apesar de se amarem tanto, e ainda ser arrancada do lugar que aprendera a amar nos últimos nove meses — tudo isso junto era quase mais do que podia suportar. E agora, apesar da alegria de rever o pai, era como se estivesse indo para a prisão, para ser trancafiada em Vaduz pela eternidade, cumprindo seu dever pelo país, sacrificando-se mais do que nunca. Era como se estivesse sendo punida por ter nascido na realeza. Isso tinha se tornado, e sempre fora, um fardo intolerável. Sentia-se dividida entre o que aprendera que devia aos ancestrais, ao pai, à família, e o que seu coração desejava, Parker, o único homem que havia amado.

O avião pousou em Zurique, e o pai a esperava no aeroporto. Ele a abraçou, com lágrimas nos olhos. Esteve tão desesperado de preocupação naquelas últimas horas. Não teria suportado se a perdesse. Olhou com agradecimento para Max e Sam por tirá-la de lá antes que algo terrível acontecesse. Os noticiários que andava acompanhando de perto tinham piorado desde que Christianna deixara Asmara.

Ela ergueu os olhos para o pai e sorriu, e Hans Josef imediatamente percebeu que uma pessoa diferente havia retornado. Christianna era uma mulher, não mais uma menina. Tinha amado, vivido, trabalhado e crescido. E como havia acontecido a outros antes dela, a beleza da África e tudo o que aprendera e descobrira lá havia se infiltrado na própria alma.

Foram dispensados pela alfândega em Zurique, como sempre acontecia. Nem mesmo olharam o passaporte dela. Não precisavam. Sabiam quem ela era e sorriram. Desta vez, Christianna os olhou sem retribuir o sorriso. Não conseguia.

Ficou ao lado do pai no Rolls, com o costumeiro motorista e o guarda-costas no assento do carona. Sam e Max estavam seguindo em outro carro, com outros dois guarda-costas que estavam felizes por vê-los. Não estavam tão arrasados quanto Christianna. Fora apenas uma missão, embora tivessem aprendido a amá-la. Também estavam tristes com o retorno. O antigo mundo que lhes era familiar de repente parecia diferente, assim como para Cricky.

Ela pouco falou no percurso para Liechtenstein. Segurava a mão do pai em silêncio e olhava pela janela. Era outono e o tempo estava lindo. Mas sentia falta de Senafe. O pai sabia de tudo o que acontecera, ou assim pensava. Sabia sobre Fiona e que Christianna a encontrara. Pensava que estava vendo seu profundo choque. Não fazia ideia de que via também sua sensação de desolação pela perda de Parker. Mesmo que ainda não o houvesse perdido por inteiro, Christianna sabia que perderia. E mesmo que se encontrassem em Paris, não havia como continuar fazendo isso sem criar um escândalo, como os de Freddy, e Christianna não faria isso com o pai. Ela lhe devia mais do que isso.

— Senti saudades, papai — disse, virando-se para olhá-lo.

Hans Josef a fitava com tanto carinho que Christianna teve certeza de que nunca o magoaria negando-se a tudo para o que nascera. Então estava oferecendo o próprio coração em sacrifício, e o de Parker. Dois corações por um. Parecia ser um preço terrível a se pagar pelo dever.

— Também senti saudades — murmurou o pai.

Christianna ficou segurando a mão dele e, assim que chegaram a Vaduz, ela viu o conhecido castelo onde crescera. Mas não parecia mais ser seu lar. Parker era seu lar. Senafe era seu lar. As pessoas que amara lá tinham sido seu lar. As pessoas na vida para a qual nascera haviam se tornado estranhas nos últimos nove meses. Ela se tornou uma mulher diferente. E até seu pai sabia disso.

Saiu do carro em silêncio. Os criados com os quais crescera esperavam por ela. Charles veio correndo e, ao colocar as patas sobre ela e lhe lamber o rosto, Christianna sorriu. E então ela viu Freddy, acenando de longe. Tinha vindo de Viena especialmente para vê-la. Mas no fundo do coração, ela nada sentiu. O cachorro a acompanhou para dentro, e Christianna ouviu a porta sendo fechada às suas costas. Freddy a abraçou e beijou. Charles latiu. O pai sorriu para Christianna, que retribuiu com um sorriso triste para todos eles. Queria se sentir feliz em revê-los, mas não conseguia. Tinha sido depositada numa família de estranhos. Todos que falavam com ela a chamavam de Alteza Sereníssima. Era exatamente quem não queria ser, quem não era havia nove extraordinários meses. Não queria ser Christianna de Liechtenstein de novo. Só queria ser a Cricky de Senafe.

Capítulo 14

Uma vez em casa, Christianna continuou a acompanhar as notícias da situação na Eritreia com intenso interesse. Estava preocupada com os amigos. Havia violações contínuas de fronteiras, e muitas pessoas já tinham sido mortas. Os eritreus estavam começando a fugir do país novamente, como fizeram antes. A guerra avançava lentamente e, embora odiasse admitir, o pai estava certo ao forçá-la a voltar para casa.

Seu coração ainda doía por Fiona. Pensava constantemente nas risadas que compartilharam, no quanto a amiga ficara zangada quando descobriu que Christianna era uma princesa, achando que estava mentindo para ela ao manter segredo. Pensou em todos os bons momentos que tiveram juntas e naquela manhã terrível em que a encontraram, na forma horrível como morreu. Christianna só podia esperar que o fim tivesse sido rápido. Mas mesmo que se tivesse durado segundos, devia ter enfrentado imensa agonia e terror. Era difícil tirar aquela imagem horrenda da cabeça: Fiona, nua, como uma boneca de trapos, deitada de cara na lama e na chuva, tendo sido esfaqueada repetidas vezes.

Tanto de maneira boa quanto ruim, Christianna tinha mudado para sempre na Eritreia. Amou cada momento lá, as pessoas que conhecera, com quem trabalhara e convivera, os lugares que tinha visto. Tudo estava entrelaçado às fibras de seu ser, e agora ela se sentia uma verdadeira estranha ali. Em Senafe, fora ela mesma, a melhor pessoa que já tinha sido. Em Vaduz, tinha que ser quem resistira ser durante toda a vida. Na verdade, tinha que desistir quase completamente de si para estar ali. Tinha que se entregar ao dever e à história. E pior ainda, para ser quem estava destinada a ser, tinha que desistir do homem que amava. Não podia pensar em destino pior. Era como viver cada dia como um morto-vivo. Amava o pai e o irmão, mas estar de volta a Vaduz continuava sendo uma prisão perpétua. Tinha que se obrigar a sair da cama todos os dias e fazer o que se esperava dela. Fazia por pura força e autodisciplina, mas era como se uma parte dela morresse a cada dia. Ninguém via, mas ela sabia. Estava murchando por dentro.

Ela e Parker se correspondiam por e-mail todos os dias. Ligou para ele em Boston algumas vezes desde seu retorno, mas ele tinha medo de ligar para ela. Christianna não queria que ninguém soubesse sobre ele, nem que ninguém, particularmente o pai, o irmão ou a segurança, visse seu nome num recado deixado em algum lugar. O e-mail era o único meio de comunicação seguro. E mesmo assim não lhe dava esperanças para o futuro, pois não haveria nenhum. E enganá-lo agora, ou nutrir esperanças consigo mesma, seria cruel demais. Não tinham nenhuma esperança, tudo o que possuíam naquele momento eram recordações de uma época dourada, do amor que compartilharam.

Christianna adorava conversar com ele, dar risadas, mesmo que através da tela. Parker contava como seu trabalho estava indo, e ela lhe contava sobre seus dias. Na maior parte do tempo, contava-lhe como se sentia. Estava mais apaixonada do que nunca, e ele sentia o mesmo.

Compareceu a vários eventos oficiais com o pai e a dois jantares em Viena. E foram a uma festa luxuosíssima em Monte Carlo, oferecida pelo príncipe Albert. Era o Baile da Cruz Vermelha, o que tinha significado especial para Christianna, embora não tivesse vontade nenhuma de comparecer a ele. Estava novamente sob arreios, com o jugo do dever em seu pescoço, a anfitriã do pai em Vaduz e Viena, sempre de braço dado com ele quando saíam.

Freddy estava vivendo no Palácio Liechtenstein em Viena e brincando pela Europa. Viajou de iate com os amigos e passou uma semana em Saint-Tropez em setembro. Como sempre, os paparazzi o seguiram, esperando capturar alguma migalha ou escândalo. Ultimamente ele andava melhor do que nunca, mas a imprensa sabia, assim como Christianna e seu pai, que com Freddy era apenas uma questão de tempo para que estivesse nas manchetes novamente, servido em bandeja de prata pela mídia. Tinha visitado Victoria em Londres várias vezes, que estava noiva novamente, desta vez de um astro do rock, em cuja honra tatuara um imenso coração no peito e tingira o cabelo de verde. Freddy adorava andar com ela. Victoria circulava num grupo estimulante que lhe cabia bem. E, de vez em quando, quando não tinha nada para fazer, visitava Vaduz.

Ele se irritava por ver o quanto Christianna tinha se tornado madura, o quanto estava determinada em seus esforços para agradar o pai. Visitava os doentes em hospitais e orfanatos constantemente, ia ver os idosos em centros de convalescença, falava em bibliotecas e posava constantemente para fotos. Estava fazendo exatamente o que devia fazer, sem uma única palavra de reclamação, mas ao olhar nos olhos dela em uma das suas visitas, o que viu fez seu coração doer. Até Freddy conseguia ver o preço que estava pagando pela vida que levava.

— Precisa se divertir mais — disse-lhe numa manhã durante o café, num glorioso dia ensolarado em Vaduz, perto do fim de setembro. — Está ficando velha antes do tempo, meu amor. — A princesa tinha feito 24 anos naquele verão, e ele estava para fazer 34, sem qualquer indicativo de que sossegaria ou cresceria.

— O que sugere? — perguntou Christianna, sendo prática.

— Por que não passa umas semanas no sul da França? As regatas de veleiros são na próxima semana. Victoria alugou uma casa em Ramatuelle, e você sabe o quanto as festas dela são divertidas.

Era tudo o que ele conseguia pensar como sugestão. E não havia dúvida, seria divertido. Mas, e depois? Retornar a Vaduz e ao peso dos dolorosos deveres para todo o sempre. Christianna estava deprimida com isso desde o momento em que chegara, e as sugestões bem-intencionadas, porém superficiais, não ajudavam. De fato, não havia nenhuma solução para seu problema, exceto resignação e renúncia. E para colocar mais lenha na fogueira de seu desespero e sua solidão, estava sendo obrigada a desistir do amor, por vontade própria.

— Sinto que devo ficar aqui para ajudar o papai. Fiquei longe por muito tempo. — E ele gostava muito da companhia dela. Dizia isso todos os dias.

— Papai consegue se virar sem você — disse Freddy, esticando as pernas longas e elegantes diante de si. Era um homem incrivelmente bonito, e as mulheres caíam em suas mãos como uvas caindo da vinha. — Ele se vira bem sem mim. — Freddy riu e a irmã suspirou. Tinha desistido de muita coisa para voltar para casa e retomar o fio de seus deveres novamente. Imaginava quando ele faria o mesmo, caso aquilo acontecesse. E grande parte dos fardos que recaíam sobre ela, e que a afastavam de Parker, era porque seu irmão não carregava nenhum. Era difícil não se ressentir dele.

— Quando você vai crescer? — perguntou-lhe sem preâmbulos. Até ela estava ficando cansada das constantes farras e irresponsabilidades. Era tedioso na idade deles, embora Christianna antes o perdoasse de tudo. Mas o estilo de vida de Freddy já não lhe parecia tão charmoso como antigamente. Ela estava carregando tanto as responsabilidades dele quanto as dela.

— Talvez nunca. Ou não até ser preciso — disse honestamente. — Para que tenho de crescer? Papai vai viver por muito tempo. Não serei príncipe soberano tão cedo. Vou crescer quando eu for. — Christianna não disse, embora quisesse, que então talvez fosse tarde demais. Freddy tinha desenvolvido maus hábitos ao longo dos anos e era incrivelmente autoindulgente. Era o exato oposto da irmã extremamente responsável. A aceitação dela em estar ao lado do pai permitia que Freddy fosse quem era, ou não era.

— Você poderia ajudar mais o papai — comentou, sucinta. — Ele carrega um fardo imenso constantemente, preocupando-se com a economia do país, lidando com questões econômicas e humanitárias, mantendo em ordem nossos pactos comerciais com os outros países. Facilitaria muito a vida dele se você se interessasse por essas coisas. — Christianna tentou encorajá-lo mas, assim como fizera durante a vida inteira, Freddy não fez nada. Apenas brincou.

— Você ficou séria demais enquanto esteve fora — disse ele, parecendo ligeiramente incomodado com a irmã. Não gostava de ser lembrado de seus deveres, ou que lhe chamassem a atenção. Seu pai já tinha desistido disso, raramente o fazia hoje em dia. Simplesmente confiava cada vez mais em Christianna. Não lhe agradava ser repreendido pela irmã caçula, particularmente quando estava certa. — Acho isso muito chato — continuou Freddy, com aspereza na voz.

— Talvez a vida de verdade seja chata — comentou ela, parecendo mais velha do que realmente era. — Acho que pessoas crescidas não se divertem todos os dias, ao menos não aquelas que estão no nosso caso especificamente. Temos responsabilidade com papai e o país de ser um exemplo para as pessoas e fazer o que se espera de nós, quer gostemos, queiramos, ou não. Lembra-se? Honra, Coragem e Bem-Estar.

Era o código de família pelo qual viviam, ou supostamente deveriam viver. Christianna e o pai viviam. Ele nunca significou muito para Freddy. Na verdade, nunca significou nada. Sua honra era questionável. Não era corajoso a respeito de nada. E o único bem-estar que lhe interessava era o seu.

— Quando se tornou tão santa? — perguntou ele, irritado. — O que fizeram com você na África? — Ele tinha reconhecido nas últimas semanas que ela estava mudada. Não era mais a menininha que fora ao partir. Agora era uma mulher, em todos os sentidos da palavra. E quando olhava nos olhos dela, Christianna parecia sofrida.

— Aprendi muitas coisas — murmurou — com pessoas maravilhosas.

Pessoas com quem tinha trabalhado e também que tinha ajudado. Havia se apaixonado por todas elas e por um homem que amava profundamente, de quem desistira pelo pai e o país. Tinha visto uma amiga amada morrer e o país irromper em guerra. Tinha visto muito nos nove meses de ausência e voltara para casa uma pessoa diferente. Freddy podia ver isso e não tinha certeza de gostar. Estava achando o crescente senso de responsabilidade dela tremendamente incômodo.

— Acho que está ficando um pouco tediosa, irmã querida — disse com rispidez na voz. — Talvez devesse se distrair mais e passar menos tempo tentando conter a minha diversão. — Havia aspereza na voz de Freddy, que se levantou e se alongou preguiçosamente. — Estou voltando hoje para Viena, depois parto para Londres para ver uns amigos.

A vida para ele era um carrossel interminável, transitando entre uma diversão e outra. Christianna se perguntava como ele conseguia suportar. Era uma vida tão vazia. Quantas festas alguém consegue frequentar? Quantas atrizes e modelos alguém consegue perseguir? Enquanto isso, o resto das pessoas ficava com todo o trabalho.

Ele partiu naquela manhã depois de se despedir dela, e havia um desconforto entre eles. Freddy não gostou das críticas e do lembrete quanto aos seus deveres. E ela não gostava de vê-lo desperdiçar a vida numa constante devassidão. Ainda estava aborrecida com aquilo quando recebeu um e-mail de Parker naquela manhã. Ele estava sugerindo que se encontrassem em Paris.

Sua primeira inclinação foi dizer não, embora ela tivesse lhe prometido que se encontrariam um dia. O lado negativo daquilo seria que eles apenas se apegariam mais um ao outro, se apaixonariam ainda mais, e sofreriam muito mais do que já estavam sofrendo quando tivessem de se separar. E quantas vezes poderia fazer isso? Alguém a reconheceria em algum momento, os paparazzi apareceriam e ela se tornaria uma desgraça tão grande quanto Freddy, talvez ainda pior, pois era mulher e as atitudes do país quanto às mulheres eram muito arcaicas, possivelmente as mais arcaicas na Europa. Hesitou por alguns minutos depois de ler o e-mail, então pegou o telefone para ligar para Parker. Iria dizer que não. Mas no momento em que ouviu a voz dele, derreteu-se.

— Oi, Cricky — disse ele com carinho. — Como estão as coisas aí?

Ela suspirou, tentando saber como responder, então decidiu ser honesta.

— É tão difícil. Acabei de tomar o café da manhã com meu irmão. Algumas coisas não mudaram, ou não muito. Tudo o que ele faz é brincar, festejar e farrear por aí, se divertir, enquanto meu pai trabalha como um cão e eu faço de tudo para ajudá-lo. Não é justo. Ele não tem senso nenhum de responsabilidade. Está com 34, mas age como se tivesse 18. Eu o amo, mas às vezes me canso de todas essas tolices.

E sabia que o pai se cansava também. Isso colocava muito mais responsabilidade sobre os ombros dela e sobre os dele também. Christianna se sentia obrigada a fazer compensações por Freddy de todas as formas possíveis, mas estava começando a se ressentir do irmão por isso. Nunca se sentira desta maneira antes de Senafe. Mas não estava apaixonada por Parker então. Antes de partir, o irmão lhe parecia um rapaz charmoso e travesso que quase sempre a divertia. Agora, já que estava abdicando de tanta coisa, era muito menos divertido. Parker achava que ela parecia cansada e triste.

— O que acha de Paris? — perguntou, parecendo esperançoso.

— Não sei — respondeu ela, sendo honesta. — Eu adoraria, mas temo que só estejamos adiando a agonia.

Não acrescentou as palavras "da separação definitiva", que era como enxergava. Não havia outra solução. Poderia tentar conversar com o pai sobre o assunto em algum momento, mas praticamente não tinha esperanças. Visto como o pai enxergava as coisas, um plebeu de Boston, mesmo que um médico respeitável, não era algo que ele fosse permitir. Não era um príncipe, nem mesmo um nobre. Unir-se a ele violaria todas as crenças do pai, além das esperanças que tinha para ela. Não lhe interessava que príncipes e princesas em outros países se casassem com plebeus nos dias de hoje. Não tinha a intenção de suavizar ou comprometer sua opinião. E, no momento, não fazia ideia de que Christianna estava apaixonada. E quando descobrisse, ela sabia bem o que o pai faria. No fim pediria que desistisse dele, e ela teria de obedecer. Em sua posição, Christianna não podia ir contra a maré de um milênio de tradição, nem contra os desejos da mãe no leito de morte. As correntes eram fortes demais, e um dia seu amor por Parker teria que morrer. Concluir tudo isso fazia seu coração doer cada vez mais. E tentar explicar era ainda pior.

— Só estou tentando manter o paciente vivo até encontrarmos uma cura para a doença — disse Parker, ainda cultivando as esperanças, os sonhos e o amor por ela. Não estava disposto a desistir, não ainda pelo menos, talvez nunca.

— Não existe cura, meu amor — murmurou Christianna, desejando vê-lo. Tinha 24 anos e estava profundamente apaixonada por um homem maravilhoso. Era difícil explicar até para si mesma por que deveria extirpá-lo, por um país e uma série de tradições antigas, ou mesmo por seu pai, ou porque seu irmão era inadequado para o trono. Sentia-se pressionada de diversas formas.

— Vamos simplesmente nos encontrar em Paris — disse Parker, com carinho. — Não temos que resolver todos os nossos problemas agora. Estou com saudades, Cricky. Quero vê-la.

— Quero ver você também — respondeu. — Queria que pudéssemos simplesmente passar o final de semana em Massawa. — Christianna sorriu, lembrando-se do fim de semana lá. Tinham se divertido muito. Os dias juntos na África haviam sido muito mais fáceis do que os atuais.

— Não sei se é um bom lugar para se estar agora. Andei lendo sobre isso na internet. As guerras fronteiriças estão piorando. —

Os etíopes queriam os portos eritreus. Sempre quiseram e nunca aceitaram plenamente os termos da trégua. — Acho que saiu de lá na hora certa.

Mesmo que odiasse estar em casa, Christianna não podia discordar. Tinha sido prudente.

— Teve notícias de alguém do acampamento? — Ela não tinha notícias há semanas, não desde a carta de Mary Walker e do cartão-postal de Ushi. Nenhuma delas dizia muito, só que sentiam saudades. Estavam atentos, aguardando para ver o que acontecia, e esperando ordens de Genebra. Enquanto isso, permaneciam onde estavam.

— Recebi um cartão de Geoff. Não disse muita coisa. Acho que ainda não sabem de nada. Mas se houver uma guerra em grande escala por lá outra vez, será uma confusão. Provavelmente terão que sair, ou se arriscar a perigos reais caso fiquem. Talvez se juntem às forças da ONU na fronteira, mas isso os colocaria na linha de fogo. Se fizerem isso, provavelmente fecharão a base em Senafe. — Só de pensar nisso, Christianna ficava triste. Havia sido tão feliz lá. E ficava ainda mais triste pelos eritreus que veio a amar tanto. Outra guerra com a Etiópia seria uma coisa terrível para eles. Mal tinham se recuperado da última. — Vamos voltar a nós — pediu-lhe Parker. Ele tinha de voltar ao trabalho. — Paris. Você, eu. Nós... jantar, passear ao longo do Sena, dar as mãos, beijos... fazer amor... Alguma dessas coisas lhe soa familiar ou até mesmo atraente?

Ela riu. Soava irresistível, não apenas atraente. E tudo isso com o homem que amava.

— Quem poderia resistir? — perguntou, com um sorriso na voz.

— Espero que você não possa. Quando consegue fugir? Como está sua agenda?

— Tenho que comparecer a um casamento com meu pai em Amsterdã neste fim de semana. A sobrinha da rainha da Holanda está se casando, e meu pai é o padrinho dela. Mas acho que estou livre no próximo — disse Christianna, sendo prática, enquanto Parker ria dela.

— Acho que nunca conhecerei outra mulher cujo calendário social é ocupado por reis, rainhas e príncipes. Outras pessoas têm ingressos para jogos de beisebol ou eventos religiosos. Você, meu amor, é realmente uma princesa dos contos de fadas.

— Este é precisamente o problema. — E ele era o Príncipe Encantado.

— Ótimo. Me sinto perfeitamente disposto a ficar em segundo plano para a rainha da Holanda. Que me diz do fim de semana seguinte?

Christianna folheou rapidamente seu calendário social e assentiu.

— Seria possível. — Ela estaria livre, mas depois refletiu, preocupada: — Não sei o que dizer ao meu pai.

— Diga que precisa fazer compras. É sempre uma boa desculpa. — Era, mas Christianna temia que o pai quisesse ir com ela. Ele adorava levá-la para Paris. E, de repente, lembrou-se de algo que fez seu rosto se iluminar de felicidade. Seria possível.

— Acabei de me lembrar. Ele vai para uma regata na Inglaterra nesse fim de semana, em Cowes. Vai estar ocupado. — A devoção dela sempre deixava Parker impressionado e consternado ao mesmo tempo.

— Então está combinado? — perguntou ele, parecendo esperançoso.

Christianna riu e pareceu jovem e livre novamente, pela primeira vez desde que voltara para casa.

— Está combinado, meu amor. — Era como se tivesse recebido um indulto. Três dias em Paris com ele. E depois disso, teria que conviver com todos os fardos que possuía. Só mais três dias com ele. Era como uma infusão de vida. Vê-lo era o ar que precisava para respirar.

Eles fizeram seus planos. E Christianna pediu à secretária que fizesse reserva no Ritz em Paris. Ele faria o mesmo. Não podiam se arriscar a compartilhar um quarto, para o caso de alguém no hotel dar com a língua nos dentes. Poderiam deixar o quarto dele vazio, ou o dela, mas precisavam se registrar separadamente. Ela estava grata por Parker ter dinheiro para isso, e por estar disposto a usá-lo.

Pediu ao chefe da segurança que lhe designasse Max e Samuel. Sabia que eles seriam discretos e a deixariam em paz. Seria como uma reunião depois de Senafe. Mal podia esperar.

Saiu para suas obrigações oficiais naquela tarde com leveza nos passos. Foi mais cordial do que nunca com as crianças, mais paciente do que nunca com os idosos, mais gentil do que costumava com as pessoas que lhe apertavam a mão, davam flores ou abraçavam. E quando saiu com o pai para um jantar oficial naquela noite, até ele notou o quanto ela estava feliz. Hans Josef ficou aliviado. Andava preocupado com ela. Christianna parecia muito infeliz desde que voltara para casa, ainda mais do que ao partir. Estava até começando a se arrepender de tê-la deixado ir, já que só tinha piorado o problema em vez de solucioná-lo. Ela foi incansável na gentileza com as pessoas com que falou naquela noite, graciosa, segura, paciente, inteligente. Era a filha que ele sempre quis que Christianna fosse. O que não sabia era que ela agora só conseguia pensar em Parker, em revê-lo. Estava vivendo por causa dos três dias com ele em Paris, e teria caminhado sobre brasas para chegar lá. Parker era a única coisa que a sustentava agora, a força que a abastecia além da profunda e inebriante essência do amor deles.

Capítulo 15

Max e Samuel acompanharam Christianna no carro até o aeroporto em Zurique, brincando por causa da dificuldade que seria aquela tarefa. Os dois adoravam viajar com ela, gostavam de Paris, e era também uma boa quebra de rotina. Era quase como se os Três Mosqueteiros estivessem novamente na estrada, mesmo que não fosse por muito tempo. Não faziam ideia de que ela encontraria Parker em Paris. Não tinha lhes contado nada. Não queria que ninguém soubesse, nem mesmo eles. Não queria nenhum deslize, nenhum erro. Aquele não era um fim de semana em Qohaito, longe dos olhos do pai. Estava muito perto de casa e sabia que um deslize atrairia a imprensa num minuto. Ela e Parker definitivamente teriam que ser cuidadosos e incessantemente discretos.

Chegaram ao aeroporto Charles de Gaulle em Paris e foram escoltados pela alfândega pelo chefe da segurança do aeroporto, como sempre. Um carro com motorista estava esperando por ela, que entrou nele na companhia de Max e Sam. Já não a chamavam mais de "Cricky", só se referiam a ela como "Alteza" desde que retornaram para casa. Era estranho ouvir isso deles agora, mas ela aceitava.

Um dos gerentes do Ritz já tinha feito seu *check in* quando chegou, então Christianna foi conduzida a uma bela suíte com vista para a Place Vendôme. Ficou parada com impaciência, olhando para a beleza da praça, pendurou algumas coisas, pediu chá, andou nervosa de lá para cá no quarto, e então, quase como num filme, ouviu uma batida na porta. Ela a abriu, e lá estava ele, mais bonito do que nunca. Parker, de blazer e calça social, camisa azul com gola aberta, e antes que conseguisse lhe dar uma boa olhada, estava nos braços dele. Beijaram-se com tanta paixão que os dois praticamente ficaram sem ar. Ela nunca na vida ficara tão feliz por ver alguém. Não se viam havia dois meses. Era fim de setembro, e ele havia partido no começo de agosto. Ela se sentia uma pessoa afogada procurando por ar. Estava sem fala de tanta alegria quando Parker enfim se afastou um pouco para olhá-la.

— Meu Deus, você está tão linda — disse, impressionado.

Estava acostumado a vê-la em Senafe, com o cabelo trançado, de short e botas de caminhada, sem maquiagem ou elegância. Agora ela estava com um vestido de lã azul-clara da cor de seus olhos, e pérolas no pescoço e nas orelhas. E até salto alto, apontou ela. E não tinham que se preocupar com as cobras, brincou ele.

Tudo a respeito do encontro era perfeito. Ela tinha planejado sair com Parker para um passeio, ou parar num pequeno café na Margem Esquerda. Ele tivera a mesma ideia, mas em vez disso estavam na cama, apertados um nos braços do outro em poucos minutos. Eram como pessoas famintas que precisavam ser alimentadas antes que pudessem fazer qualquer coisa.

Depois ficaram deitados se sentindo saciados e confortáveis nos lençóis impecavelmente dispostos na cama dela no Ritz, olhando para os esplêndidos detalhes no teto, depois nos olhos um do outro. Christianna não conseguia parar de beijá-lo, e Parker não conseguia evitar abraçá-la. Já era fim de tarde quando finalmente se levantaram e dividiram um banho na imensa banheira da suíte. Estarem juntos era quase como uma droga na qual ambos estavam viciados e agora não podiam viver abstêmios.

Finalmente saíram do quarto e primeiro caminharam pela Place Vendôme, depois pela Margem Esquerda. Sam e Max ficaram surpresos e contentes quando o viram, então perceberam o propósito do fim de semana. Mantiveram uma distância discreta e seguiram o jovem casal, que caminhou e conversou por horas. Era como se nunca tivessem se separado. Conversaram sobre os mesmos assuntos que costumavam conversar, Parker contou sobre o projeto de pesquisa, Christianna contou o que andou fazendo em Vaduz. Falaram sobre a época de Senafe, as pessoas que aprenderam a amar, as preocupações com o sorridente e generoso povo eritreu. Nenhum deles mencionou Fiona, pois era triste demais. Era para ser um momento feliz entre eles, e foi.

Tomaram café no Deux Magots, conversaram mais, e depois atravessaram a rua e entraram na igreja de St. Germain-des-Prés logo à frente, acenderam velas e rezaram. Christianna acendeu velas pelas pessoas da Eritreia e de Senafe, por Fiona, e uma para eles também, esperando que de alguma forma encontrassem uma solução para o problema, que talvez por algum milagre seu pai fosse razoável e deixasse que vivessem aquele amor. Christianna sabia que seria preciso um milagre para que isso acontecesse. Estava aliviada por saber que Parker também era católico, pois aquele seria um obstáculo para o pai, um grande obstáculo, provavelmente insuperável. Pelo menos aquele era um problema com que não teriam de lidar. Tinham muitos outros com os quais se preocupar e felizmente a religião não era um deles. O trono de Liechtenstein era católico desde o século XVI, e seu pai era profundamente devoto à fé deles.

Voltaram para o hotel mais tarde, e tiveram de adiar o jantar quando fizeram amor novamente. Era 21h30 quando Christianna estava vestida num terninho branco com o suéter que comprara no ano anterior na Dior. Parecia um pequeno anjo ao sair novamente do hotel de braço dado com ele. Sam e Max estavam esperando lá fora com o carro.

Trafegaram até encontrar um bistrô, depois ficaram sentados por horas, conversando mais. Eram incansáveis no interesse que tinham um pelo outro, na paixão pelos projetos um do outro, na preocupação pelo bem-estar um do outro. Era uma constante troca de informações entre eles, de risadas, piadas e assuntos que interessavam aos dois. Ela gostava particularmente de ouvir sobre o projeto dele, já que tinha ficado versada nisso em Senafe, e agora o assunto lhe era caro ao coração, assim como Parker e tudo que ele tocava.

— E você, querida? Como anda o ramo de fitas? — Era assim que chamavam, uma vez que ela lhe explicou do que se tratava.

— Ando fazendo muito disso ultimamente. Deixa o meu pai feliz, e as pessoas também. Faz com que se sintam importantes quando inauguro seus prédios, ou seja lá o que queiram.

Era estranho até para Christianna perceber que isso fazia diferença para eles, que sua presença ao cortar uma fita ou dizer algumas palavras, apertando uma mão, ou tocando gentilmente uma cabeça, pudesse fazer com que se sentissem partilhando de sua graça e magia por um minuto, consequentemente tornando-os diferentes. Era algo que havia discutido exaustivamente com Parker por e-mail, a estranheza de ser uma pessoa que era admirada e procurada, sem que sequer a conhecessem de verdade ou soubessem se era de fato digna de respeito e de admiração, simplesmente por causa de suas origens. Também parecia algo mágico para Parker, a princesa dos contos de fadas que abençoa as pessoas com sua varinha mágica lançando um encanto feliz sobre elas. Christianna riu quando ele contou isso, desejando fazer o mesmo por ela e Parker. Mas, de certa forma, a vida tinha feito. Revê-lo era uma bênção enorme da qual compartilhavam. E repartir aquela bênção lhes oferecia mais para compartilhar com os outros. Sob o calor do amor de Parker, Christianna sentia-se capaz de fazer qualquer coisa, e ele dizia se sentir da mesma forma. O único problema que tinham, e era um problema enorme, era que estavam vivendo de momentos roubados.

Dormiram nos braços um do outro naquela noite, como crianças sonolentas, depois de terem feito amor novamente. Não conseguiam enjoar um do outro, a sede pelos corpos e almas um do outro não tinha fim e nunca se saciavam, pelo menos não por muito tempo. Tinham dois meses para resgatar, e na manhã seguinte Christianna brincou dizendo que não conseguiriam recuperar tudo em um fim de semana.

— Então me dê uma vida inteira — disse Parker, parecendo sério, com ela deitada na cama ao seu lado.

— Eu queria poder — respondeu Christianna, parecendo triste novamente. Odiava pensar no quanto a situação deles era sem esperanças. A menos que estivesse disposta a renunciar a suas responsabilidades e magoar o pai, Christianna simplesmente não tinha escolha. — Se estivesse em meu poder consentir, eu seria sua. Sou sua, de todas as maneiras que importam.

Exceto uma. Não podia aceitar casar com Parker, e provavelmente nunca poderia, porque não tinha dúvida de que seu pai não daria o consentimento, e Christianna não queria casar sem isso. Quebrar cada crença e tradição que fora criada para respeitar parecia o caminho errado a se escolher. E Parker queria se casar com ela mais do que tudo na vida. Estava apaixonado por ela havia sete meses, e para ele já parecia toda uma vida. Agora queria mais, e Christianna também. Prometeram um ao outro tentar não pensar sobre o assunto naquele dia e desfrutar o tempo que possuíam. Ele voltaria para Boston, e ela para Zurique, na segunda à noite.

Passaram o sábado caminhando ao longo do Sena, olhando as livrarias, brincando com os cachorrinhos nos pet shops, divertindo-se no Bâteau Mouche, e almoçando no Café Flore. Era como se tivessem caminhado por toda a Margem Esquerda, entrando em lojas de antiguidades e galerias, quando deixaram que Sam e Max os levassem de volta para a Margem Direita pela Ponte Alexandre III. Quando o carro passou pelo Louvre em todo seu esplendor, comentaram como devia ter sido quando era um palácio. Christianna sorriu e disse que a mãe fora uma Bourbon e também descendente da casa de Orléans. Era uma Alteza Real, não uma Sereníssima, dos dois lados. Explicou para Parker que para se receber o título de Alteza "Real", a pessoa devia ser descendente direta de reis, o que sua mãe era. A linhagem de seu pai descendia de príncipes, então ele recebia o título de Sereníssimo. Para Parker, estranho a todas aquelas tradições reais com as quais Christianna crescera, era uma coisa estonteante, de fato, um pouco desnorteadora, assim como sua amada. Era a primeira vez que ele via o passaporte dela, apenas com o nome de Christianna.

— E é só isso? Sem último nome? — Parker achou engraçado, e ela sorriu.

— Só isso. Christianna de Liechtenstein. Todos na realeza têm passaportes assim, sem nenhum sobrenome. Até o passaporte da rainha da Inglaterra só diz "Elizabeth" e, no caso dela, vem seguido de um R, de Regina, porque ela é uma rainha.

— Acho que princesa Christianna William soaria estranho — disse ele, em tom de desculpas, com um sorriso melancólico.

— Não para mim — murmurou ela, sendo beijada por Parker outra vez.

A caminho do hotel, pararam no Bar du Ritz para um drinque. Os dois estavam sedentos e cansados, mas haviam passado um dia maravilhoso. Parker pediu uma taça de vinho; Christianna, uma xícara de chá. Ele tinha descoberto em Senafe que ela raramente bebia. Não gostava, e só o fazia em ocasiões oficiais, quando se sentia obrigada a brindar alguém com champanhe. Do contrário, não tinha grande atração por álcool. E Parker sempre dizia que Christianna comia como um passarinho. Era pequena, mas possuía constituição esguia e feminina, o que ele considerava irresistivelmente sexy, como provava com frequência.

Havia um homem tocando piano no bar do Ritz, e enquanto estavam sentados apreciando a música, Christianna riu.

— Do que está rindo? — perguntou Parker com um sorriso feliz. Tudo o que queria, assim como ela, era que o fim de semana deles em Paris durasse para sempre. Estavam em total acordo naquela opinião.

— Só estava pensando no quanto isso é civilizado comparado a Senafe. Imagine se tivéssemos um piano na tenda de refeições? — Afinal, foi onde o romance deles havia começado.

— Teria sido um belo toque. — Parker riu junto com ela.

— Nossa, sinto saudades de lá. Você sente? — perguntou saudosamente, com o amor pela África nos olhos.

— Sinto, mas também porque podia acordar toda manhã e vê-la, e terminar o dia vendo você. Mas tenho que admitir que, fora isso, meu trabalho tem sido bem interessante em Harvard.

Mais até do que tinha sido em Senafe, embora tivesse adorado os pacientes que viu lá. Ele não atendia pacientes em Boston, só estava coordenando pesquisas. Mencionou ter recebido uma carta do holandês que era chefe da equipe dos Médicos Sem Fronteiras com quem viajou. Christianna disse que admirava tremendamente o trabalho deles, assim como Parker.

— Se eu fosse médica, faria o que eles fazem — disse Christianna, fazendo Parker sorrir.

— Sei que faria.

— Queria poder dedicar minha vida a ajudar pessoas, como você faz. As coisas que faço para meu pai parecem estúpidas. O ramo de fitas. Não significa nada, para ninguém. — Muito menos para ela.

— Garanto que significa alguma coisa para eles — disse Parker, com carinho.

— Não deveria. Não passo de um comitê de hospitalidade. Meu pai faz o trabalho de verdade, toma as decisões econômicas que afetam nosso país positivamente, ou negativamente, caso tome a decisão errada, embora costume fazer a escolha certa. — Ela sorriu com lealdade. — Ele apoia esforços humanitários, torna as coisas melhores para as pessoas. Ele leva suas responsabilidades muito a sério.

— E você também. — Parker estava extremamente impressionado quanto a isso nela.

— Não faz diferença alguma. Cortar uma fita nunca vai mudar a vida de ninguém.

Christianna queria começar a trabalhar na fundação naquele inverno, mas ainda não houvera tempo. O pai a mantinha muito ocupada fazendo aparições oficiais para ele, muitas das quais eram coisas que Freddy deveria estar fazendo, mas nunca fazia. Às vezes, Christianna sentia que estava carregando a bola para os três. Ao menos se começasse a trabalhar na fundação sentiria que estava fazendo algo útil. Mas comparecer a jantares oficiais e todas as outras tarefas menores lhe pareciam insignificantes. E, por isso, ainda tinha que desistir de Parker. Parecia-lhe extraordinariamente cruel, só para que pudesse ser uma princesa, obedecer ao pai e servir ao povo de Liechtenstein.

— Seu irmão faz alguma coisa? — perguntou Parker, cauteloso. Sabia que era um assunto delicado.

— Não se puder evitar. Diz que vai esperar para crescer quando for o príncipe soberano, mas isso poderia demorar anos. Espero que assim seja.

Parker assentiu. O irmão dela lhe parecia um canalha, uma ovelha negra, mas não contou isso para ela.

Por fim, subiram para se trocar para o jantar, mas nem chegaram a atravessar a porta do quarto. Terminaram fazendo amor de novo, depois sentaram na banheira e pediram serviço de quarto. E adormeceram nos braços um do outro novamente. Era o fim de semana perfeito.

Foram à missa na Sacré Coeur na manhã seguinte e ouviram um coro de freiras cantando. Era um belo dia, então passearam pelo Bois de Bolougne, sorrindo para as pessoas que se beijavam e passeavam com seus bebês e cães. Era um dia perfeito. Tomaram sorvete, pararam para um café e depois, relaxados e felizes, voltaram de carro para a Place Vendôme e entraram no Ritz. Christianna tinha pedido ao *concierge* que lhe fizesse reservas para jantar no Le Voltaire, um restaurante pequeno e chique, seu favorito em Paris. Dispunham de poucas mesas, uma atmosfera acolhedora, bom serviço e comida fabulosa.

Deixaram o hotel às 21 horas, vestidos para jantar e de ótimo humor. Christianna trajava um conjunto Chanel azul muito bonito, com salto alto e brincos de diamantes. Adorava se arrumar para Parker, embora fosse bem diferente de quando estavam em Senafe. E ele adorava ver o quanto ela era elegante.

Ao saírem do lobby, Parker a envolveu com o braço assim que passaram pela porta giratória. O ar estava agradável, e Christianna sorria para ele com adoração – quando de repente, feito uma explosão de foguete, flashes de luz surgiram no rosto dela. Christianna nem teve tempo de registrar o que estava acontecendo, pois correram para o carro que os aguardava, acompanhados por um rastro de paparazzi. Parker parecia espantado, e Christianna ficou feliz quando Max os afastou dali.

— Vai! Vai! Vai! — berrou Max com o motorista, enquanto Sam pulava para junto deles na traseira. Saíram em disparada em questão de segundos, mas não sem que dois fotógrafos os pegassem.

— Droga! — disse Christianna, olhando para Max no banco do carona. — Como isso aconteceu? Acha que alguém os chamou?

— Acho que foi um acidente — disse, em tom de desculpas. — Quase lhe avisei, mas vocês saíram rápido demais. Madonna saiu do hotel logo antes de você. Está hospedada lá também, estavam esperando por ela. Acho que você foi um bônus. — Mas era óbvio que a reconheceram assim que saiu do hotel e a pegaram sorrindo amorosamente para Parker, o braço dele ao seu redor. Não havia engano do que se tratava, de que era um romance. — Vamos pelos fundos mais tarde.

— É um pouco tarde para isso — falou, sucinta, então olhou para Parker, que ainda estava espantado. Nem tivera tempo para reagir, seus olhos ainda viam os pontinhos luminosos dos flashes.

Christianna não tinha dúvida de que as fotografias apareceriam em algum lugar. Sempre apareciam. Num momento importuno, quando causassem embaraço ou, no mínimo, vergonha. E se seu pai as visse, caso aparecessem, não gostaria nem um pouquinho. Particularmente por ter mentido dizendo que era uma viagem para fazer compras. E não gostaria que Christianna fizesse espetáculo na imprensa. Já tinham bastante assunto com seu irmão.

Christianna permaneceu calada no caminho para o restaurante, e Parker ficou chateado por vê-la triste. Tentou consolá-la, e teve êxito, mas era óbvio que ela estava preocupada.

— Lamento, querida.

— Eu também. Não precisávamos desta dor de cabeça. Seria melhor que ninguém soubesse. — E era imprescindível.

— Talvez não as usem — disse ele, tentando soar esperançoso.

— Vão usar. Sempre usam — afirmou com tristeza. — Meu irmão faz tantas tolices que sempre tentam me pintar com o mesmo pincel. Os escandalosos príncipe e princesa de Liechtenstein. Adoram dizer coisas sobre a realeza. Sempre evito a imprensa com tanto cuidado que ficam agitados quando me veem.

— Foi muita falta de sorte que estivessem esperando pela Madonna.

Christianna acreditava que Max deveria ter avisado, mas ele explicou que ela já devia ter saído do quarto quando os viu, pois atravessou a porta segundos depois, e Madonna tinha acabado de sair em disparada numa limusine com os filhos.

Christianna tentou não estragar o jantar, mas Parker podia ver o quanto estava distraída e preocupada. Divertiram-se mesmo assim, mas o incidente havia embotado a noite. Ela estava preocupadíssima com o que o pai diria quando visse a notícia, quando visse Parker. Isso abria todo um leque de problemas com os quais ainda não queria lidar e cujo momento certo para isso lhe fora arrancado das mãos. Mas ela era impotente quanto a mudar isso.

Voltaram pela entrada de serviço do Ritz, na rue Cambon. Era a mesma entrada que a princesa Diana usara quando ficou no hotel. Muitas celebridades e nobres usavam a entrada dos fundos e pegavam o elevador minúsculo, para evitar os paparazzi que esperavam por eles na entrada. E então finalmente estavam de volta à segurança do quarto, e Christianna relaxou novamente nos braços de Parker. Fizeram amor novamente naquela noite, com uma sensação aflitiva. Ela temia que as fotografias tiradas fossem usadas para que abandonasse Parker. Uma vez que seu pai soubesse, ela estaria inteiramente à mercê dele, o que era a última coisa que desejava.

Ainda preocupada com isso, dormiu pouco naquela noite, acordando várias vezes com pesadelos. Parker a confortou o melhor que pôde, mas ambos ficaram quietos durante o café na manhã seguinte, enquanto o garçom do serviço de quarto lhes servia. Esperaram que ele saísse do quarto para conversar melhor. Christianna agora não confiava em ninguém. Havia ficado abalada com o ataque dos paparazzi na noite anterior. Temia discutir o assunto com o pai, caso a notícia realmente chegasse à imprensa.

— Querida, não há nada que possa fazer a respeito — disse Parker, sendo sensato. — Aconteceu. Acabou. Nós vamos lidar com isso caso venha a estourar — disse calmamente, bebericando o café quente.

— Não, *nós* não vamos lidar com isso caso venha a estourar — retrucou ela, parecendo esgotada e infeliz. Estava cansada depois de ter dormido tão mal durante a noite, e obviamente preocupada. — Se isso acontecer, *eu* vou lidar com isso. E com meu pai também. Vou enfrentá-lo sozinha. Não queria que isso acontecesse conosco enquanto não estivéssemos prontos. Porque só terei uma chance de convencer meu pai sobre nós. Ele não vai me deixar discutir o assunto duas vezes. E a maneira de começar a conversa não seria uma mentira. Menti para ele sobre a viagem a Paris. — Mas como sempre, não houve outra escolha. A gama de opções era sempre estreita, limitada até. — Simplesmente não gosto disso. Ser exposta na imprensa é tão deselegante e desagradável. — Tinha aversão a isso, diferentemente do irmão, ou talvez por causa dele e de seus frequentes escândalos fosse ainda mais sensível a respeito.

— É sim. — Parker não discordou, nem reagiu a nada do que ela dizia. — Mas tudo o que podemos fazer é tirar o melhor proveito disso. Que outra escolha temos?

— Nenhuma. — Christianna bebeu seu café, fazendo um grande esforço para não bater nele. Não era culpa de Parker, mas estava lhe causando grande consternação, e ele podia ver isso.

Depois do café, vestiram-se e saíram. Vagaram pela Faubourg St. Honoré para olhar as lojas, depois foram ao L'Avenue almoçar. Christianna enfim relaxou e ficou aliviada por ver que ninguém os seguira. Max e Sam ficaram por perto e fizeram Christianna e Parker usarem a entrada dos fundos do hotel. Os dois fizeram as malas, depois se enroscaram na cama. Tinham reservado os últimos voos, assim teriam o máximo de tempo possível juntos. Não queriam perder um minuto um com o outro, e muito menos uma vida inteira, por causa dos paparazzi. Embora soubesse que suas chances de convencer o pai eram quase nulas, Christianna não queria que nada interferisse ainda mais na balança, e uma matéria escandalosa nos tabloides certamente faria isso.

Ficaram deitados juntos na cama por um longo tempo, e por fim fizeram amor pela última vez, gentil, lenta, carinhosamente, saboreando os últimos momentos juntos. Depois ela caiu nos braços dele e chorou. Estava apavorada de não poder vê-lo nunca mais. Queria tudo o que tinham vivido antes, em Senafe, e tudo o que possuíam agora eram aqueles momentinhos roubados sempre que conseguissem uma brecha. Parker a fez prometer que visitariam Paris de novo, sempre que ela pudesse escapar. Disse que organizaria sua programação em função dela num instante. Sendo um médico pesquisador, não um que via pacientes regularmente, tinha mais liberdade para fazer isso. Christianna ainda não sabia que efeito as fotos dos paparazzi provocaria, se é que provocaria. Disse-lhe que deviam se manter discretos por enquanto e esperar para ver o que acontecia. Com sorte, nada. Mas aquilo parecia ser pedir demais. Caso assim fosse, teriam sorte.

Finalmente saíram da cama, tomaram banho juntos e se vestiram. Parker não usou o quarto dele nenhuma vez durante a viagem inteira, mas isso lhes dera respeitabilidade, e ele estava perfeitamente feliz por pagar por ele. Especialmente por ter tornado as coisas mais fáceis para ela. Parker queria fazer todo o possível para que o relacionamento funcionasse. Christianna estava mais familiarizada com a situação, com as restrições que sofria, por isso ele estava mais do que disposto a jogar pelas regras dela, ou pelas do pai dela. Estava realmente apaixonado por Christianna, mais do que seria possível imaginar, e queria revê-la, e, caso fossem muito sortudos e abençoados, casar com ela um dia. Christianna dizia que era impossível, mas ele estava disposto a ficar esperando. Ela era a única mulher que tinha amado tanto assim. E ela também estava muito apaixonada por ele.

Deram um beijo longo e forte antes de deixarem o quarto, depois saíram juntos do hotel pela porta dos fundos. Max e Sam cuidaram de todos os arranjos necessários. Estavam indo para o aeroporto no mesmo carro, já que os voos eram quase no mesmo horário, o dela, para Zurique, o dele, para Boston. E por fim, os últimos momentos chegaram. Christianna o beijou antes de sair do carro, depois apenas ficou olhando para ele com tristeza no aeroporto. Não podia beijá-lo ali, e Parker compreendia. Era o fardo de quem ela era, algo que Parker agora aceitava plenamente.

— Eu te amo — disse ela, ficando a dois passos de distância e encarando-o. — Obrigada pelo final de semana maravilhoso — agradeceu educadamente, fazendo-o sorrir. Christianna era sempre graciosa e educada, mesmo quando estava preocupada, como depois do incidente com os paparazzi.

— Também te amo, Cricky. Vai dar tudo certo. Tente não se preocupar demais com os paparazzi. — Ela assentiu e não disse nada. E então, incapaz de se conter, tocou a mão de Parker, que a apertou. — Vai dar tudo certo — repetiu num sussurro. — Vejo você em breve, certo?

Christianna assentiu, com lágrimas nos olhos. Murmurou as palavras eu te amo outra vez, e quase como se tivesse de se arrancar de perto dele, foi caminhando devagar até o avião, com Max e Sam carregando suas malas. Parker pegou as dele e foi fazer o *check in* para seu voo. Virou-se para vê-la se afastar. Christianna se virou e sorriu corajosamente, com uma das mãos erguidas para ele. Depois tocou o coração e, como se cruzando o aeroporto e os mundos que os separavam, Parker tocou o dele.

Capítulo 16

Christianna teve uma semana ocupada depois que voltou para Vaduz. Tinha uma série de compromissos e aparições oficiais, e o pai ofereceu dois jantares festivos um após o outro nas noites de terça e quarta-feira. Foi na quinta de manhã, quando se vestia para um almoço ao qual o pai pedira que comparecesse, que sua secretária entrou e, sem dizer uma palavra, lhe entregou o britânico *Daily Mirror*. Até então ela e Parker tinham se correspondido constantemente e se sentiam tranquilizados por nada ter aparecido na imprensa. E agora lá estava. Os britânicos pegaram primeiro. E fizeram uma festa. Sempre faziam.

As manchetes eram gritantes, e a fotografia a mostrava sorrindo para Parker, parecendo arrebatada e feliz, enquanto ele ria com um braço ao seu redor. Ficava imediatamente óbvio que estavam loucamente apaixonados e que eram amantes, ou ambos. Christianna sempre se sentia estúpida quando via fotos de si mesma na primeira página. E normalmente não estava num contexto romântico. Isso só lhe acontecera uma vez, nunca mais, quando era bem jovem. Sempre fora extremamente cautelosa desde então. Exceto desta vez com Parker, quando mais importava, quando se deparou com os paparazzi logo após a saída da Madonna. Era muita falta de sorte. Ela olhava o jornal com um ar arrasado.

A manchete era sucinta e felizmente não era desagradável, embora pudesse ter sido. Mas mesmo o que dizia não era o que ela queria que fosse dito a respeito deles. “Romance quentíssimo em Liechtenstein: Princesa Christianna... e quem é o Príncipe Encantado?” O texto dizia que os dois haviam sido vistos saindo do Ritz Hotel em Paris, presumivelmente durante um fim de semana romântico. Comentava que formavam um belo par. E depois se referia ao fato de que os romances de seu irmão eram inúmeros, mas que as ações da irmã geralmente eram mais discretas, então aquele devia ser O Grande Escolhido. Ela bem podia imaginar a cara do pai quando lesse aquilo.

Logo mandou um e-mail para Parker para lhe dar o alerta. Contou em que jornal fora publicado e que a foto ganhara a primeira página. Ele poderia procurar na internet. Foi tudo o que disse. Não poderia dizer mais porque estava com muita pressa, então correu para o almoço oficial oferecido pelo pai. Como Christianna esperava, ele não disse nada durante o almoço. Não era o estilo do pai provocar com insinuações ou fazer as coisas pela metade. Preferia confrontar as coisas de frente, como fazia com seu irmão.

Só depois que todos os convidados deixaram o palácio foi que ele perguntou se Christianna poderia lhe ceder alguns minutos, então ela soube o que estava por vir. Só podia ser. Ela não poderia aparecer na primeira página de um jornal londrino, com um homem do qual ele nunca ouvira falar, flagrada durante um encontro amoroso, e querer que o pai ignorasse o assunto. Seria pedir demais.

Ela o acompanhou até sua sala de estar privativa e esperou que ele se sentasse, depois fez o mesmo. Ele a encarou por um longo momento com um ar de desagrado misturado com lamento. Por um tempo interminável, nem ele nem Christianna disseram absolutamente nada. Ela não levantaria o assunto, só para o caso de, por algum milagre, ter recebido uma prorrogação e o problema ser outro, mas claro que não era. O pai enfim falou:

— Christianna, suponho que saiba sobre o que quero conversar com você.

Ela tentou parecer expectante, inocente e inexpressiva, mas fracassou miseravelmente. Podia sentir a culpa subir ao rosto e, por fim, assentiu.

— Acho que sei. — Falou pouco mais alto que um sussurro. O pai sempre fora gentil com ela, mas mesmo assim era o príncipe soberano de Liechtenstein e podia ser intimidador quando queria. E, afinal, era seu pai, e Christianna odiava incorrer em sua ira, ou mesmo seu desagrado.

— Presumo que tenha visto a fotografia no *Daily Mirror* esta manhã. Admito que é uma ótima foto sua, mas fiquei um tanto curioso a respeito do cavalheiro ao seu lado. Não o reconheci. — Estava claro que não era membro da realeza, já que o pai conhecia todos eles. Estava de certa forma insinuando, sem sequer dizer, que poderia ser um professor de tênis ou algo do tipo. — E você sabe, não gosto nada de ler sobre meus filhos na imprensa. Já temos a oportunidade de fazer muito disso com seu irmão. Também não costumo reconhecer muitas das amigas dele. — Era uma crítica contra Parker, sugerindo que ele era o equivalente masculino ao tipo de gentinha com quem Freddy saía, o que não era o caso. Parker era instruído e decente, um médico, e de boa família. Todas as mulheres com quem Freddy saía eram atrizes, modelos ou coisa pior.

— Não é nada disso, papai — disse Christianna, tentando soar calma, mas sentindo-se em pânico. Não estava sendo um bom começo. Ela conhecia o pai, e ele não estava nada satisfeito. — Ele é um homem adorável.

— Espero que sim, caso a reportagem esteja correta e você tenha passado o fim de semana com ele no Ritz. Devo lembrar-lhe de que me disse que estava indo apenas fazer compras? — Os olhos dele estavam cheios de reprovação e descontentamento.

— Lamento, papai. Lamento ter mentido para você. — Percebeu que um desprezível pedido de desculpas seria a única maneira, e estava pronta para se rastejar para que o pai lhe permitisse ver Parker. — Foi errado de minha parte, eu sei.

Hans Josef sorriu com carinho.

— Deve mesmo amar este homem, Cricky, para estar disposta a se humilhar assim. — E não lhe passou despercebido que ambos pareciam arrebatados um pelo outro, razão pela qual estava tão preocupado. — Tudo bem, vamos direto ao ponto. Quem é ele?

Christianna parou por um bom tempo para respirar. Estava morrendo de medo de não fazer isso da forma correta. E todo o futuro deles repousava no fato de conseguir ou não. Era um fardo extraordinário.

— Trabalhamos juntos em Senafe, papai. Ele é médico, faz pesquisas sobre AIDS em Harvard. Estava com os Médicos Sem Fronteiras, depois continuou a pesquisa conosco no acampamento. Agora está de volta a Harvard. É católico, de uma família sólida, e nunca foi casado. — Foi tudo o que conseguiu pensar para falar numa tacada só, mas os dados que forneceu ao pai pelo menos eram respeitáveis e pintavam um retrato decente de Parker.

A natureza das informações era tudo o que ele precisava saber, particularmente o fato de ser católico e nunca ter se casado. O coração dele se apertou.

— E você está apaixonada por ele? — Desta vez, ela não hesitou. Christianna assentiu. — É americano? — Ela assentiu outra vez. Isso lhe respondia a questão mais importante. Ele era um plebeu americano, não era adequado para uma princesa, a filha de um príncipe soberano, para nada que não fosse apenas um mero conhecido.

— Papai, ele é realmente um homem adorável. Vem de boa família. Tanto o pai quanto o irmão são médicos. São de São Francisco. — Não importava se tivessem vindo da lua num foguete. Ele não possuía título. Era um par inteiramente inapropriado para ela na opinião de Hans Josef. E Christianna sabia que o Conselho de Família e os membros do Parlamento concordariam com ele, embora o pai pudesse invalidá-los, caso quisesse. E Christianna também sabia disso. Também sabia que ele nunca usaria seus poderes para consentir seu casamento com um plebeu. Isso ia contra tudo o que ele acreditava.

— Você sabe que não pode fazer isso — disse Hans Josef, com carinho. — Só vai fazer com que você e ele sofram se continuar a vê-lo. Vai terminar de coração partido, e ele também. É um plebeu, Christianna. Não possui título. Nem mesmo é europeu. Está fora de cogitação, se está me pedindo o que acho que está. — O rosto dele estava rígido; o dela estava em lágrimas.

— Então apenas me deixe vê-lo. Não vou me casar com ele. Podemos nos encontrar de tempos em tempos. Prometo ser discreta.

— Presumo que tenha sido discreta nesse fim de semana, em Paris, a menos que tenha sido ainda mais tola, e não acho que seja. E mesmo assim a imprensa a descobriu, e veja o que parece. Uma Princesa Sereníssima tendo encontros com homens em quartos de hotel. Não é muito bonito.

— Papai, eu o amo — disse, com lágrimas escorrendo pelas bochechas.

— Tenho certeza de que sim, Cricky — disse carinhosamente. — Eu a conheço muito bem, eu acho, para acreditar que não faria isso levianamente. O que torna isso ainda mais perigoso para você. Não pode se casar com ele, jamais, então por que prosseguir com um romance que só vai partir seu coração e o dele? Nem é justo com ele. O rapaz merece se apaixonar por alguém com quem possa se casar. E você não é esta pessoa. Um dia, quando se casar, vai ser com alguém de berço real. Está na nossa Constituição. E nem em uma centena de anos o Conselho de Família aprovaria isso.

— Aceitariam se você mandasse. Pode prevalecer sobre eles. — Os dois sabiam que ele podia. — Outros príncipes e princesas pela Europa se casam com plebeus hoje em dia. Até príncipes herdeiros. Acontece em todos os lugares, papai. Somos uma espécie agonizante, e se quisermos encontrar a pessoa certa, mesmo que não seja de berço real, não preferiria que eu me casasse com um homem bom, que me ama e será gentil comigo, a um sujeito ruim que por acaso é príncipe? Veja Freddy. — Atirou contra o pai, que se encolheu. — Gostaria de me ver casada com um homem como ele? — Seu pai balançou a cabeça. Aquilo era um assunto inteiramente diferente, mas ela estava usando tudo o que podia, sabendo muito bem o quanto Freddy o aborrecia.

— Seu irmão é um caso especial. E é claro que quero que se case com um bom homem. Mas nem todos os príncipes são desvalidos como seu irmão Friedrich. Ele pode crescer um dia, mas confesso, se você aparecer em casa com um homem com os hábitos dele, tranco você num convento. E Christianna, não vou aceitar isso. Tenho certeza de que esse rapaz é honrado e tudo o que você disse. Mas não é adequado para a sua mão, e nunca será. Não quero que seja vista em público com ele novamente. E se o ama, aconselho-a seriamente que termine com ele antes que piore. Vocês dois só vão se machucar. Enquanto eu for vivo, isso não vai dar em nada. Se está se sentindo solitária e infeliz aqui, vamos começar a procurar um marido para você, alguém adequado. Mas Christianna, este homem não é para você. Não pode vê-lo novamente.

Pela primeira vez na vida inteira, ela realmente odiou o pai. Estava soluçando quando respondeu, nunca o tendo visto ser tão cruel. Por mais carinhoso que tivesse sido com ela durante toda a vida, agora estava lhe negando a única coisa que realmente desejava: uma vida com o homem que amava e a sua aprovação. E ele negava.

— Papai, por favor... Não estamos no século XIV. Não pode ser mais moderno a respeito? Todos falam sobre como é um governante criativo, moderado. Por que não me deixa viver com um plebeu, até casar com ele um dia? Não me importa que meus filhos não tenham títulos ou que sejam plebeus. Até desisto do meu se quiser. Não estou na linha de sucessão. Nunca poderia governar aqui, mesmo que Freddy não governe. Então de que importa com quem vou me casar? Não me importa ser princesa, papai, ou casar com um príncipe — afirmou, engolfada em soluços, enquanto Hans Josef a olhava com tristeza.

— Mas eu me importo. Não podemos ignorar nossas tradições, nem nossa Constituição, sempre que for conveniente. O dever e a honra se referem a isso. Você deve cumprir seu dever, mesmo que sofra, mesmo que signifique que precise fazer sacrifícios. É por isso que estamos aqui, para liderar as pessoas, protegê-las e mostrar por meio de nosso exemplo o que esperamos delas, o que é certo de se fazer. — Ele era um purista e um idealista, sob o ponto de vista de ambos, preso à história e à tradição. Não fazia exceção às regras, nem consigo mesmo.

— Este é o seu trabalho, papai, não o meu. Eles não se importam com quem eu case, nem você deveria, desde que seja um homem bom.

— Quero que tenha um príncipe bom.

— Eu não quero. Eu juro, nunca me casarei se fizer isso comigo.

O pai parecia angustiado ao responder. Christianna amava mais aquele americano do que ele temia.

— Isto seria um erro grave. Para você, muito mais do que para mim. Se ele te ama, não deveria violar nossa herança, por respeito a você. Deve se casar com alguém do nosso próprio mundo, que compreende nossos deveres, tradições e obrigações, que levou a mesma vida que você, alguém de berço real, Christianna. Um plebeu nunca respeitaria a sua vida. Nunca funcionaria. Confie em mim a esse respeito.

— Ele é americano, nada disso faz sentido para ele. Nem para mim. Isso é completamente estúpido e cruel. — Ela discordava de tudo o que ele dissera, e sabia que Parker teria discordado também. Estava lutando contra um milênio de tradição, sem sucesso.

— Você não é americana. Devia saber muito bem das coisas. Você é minha filha e sabe o que é esperado de você. Se isso é o que aconteceu quando foi para a África, lamento muito ter permitido que fosse. Você violou a minha confiança. — Acontecera tudo o que ela tinha dito a Parker, tudo o que temia que o pai dissesse. Aliás, era pior.

Hans Josef era completamente intransigente e inflexível, vivia em outro século, determinado a seguir a tradição e a Constituição sem fazer nenhuma exceção por compaixão a ela. Nem lhe dava um raio de esperança. E pior, estava totalmente convencido de que estava certo. Christianna sabia que ele não cederia. Era como se as palavras dele tivessem partido seu coração. Sentia uma dor quase física enquanto olhava para o pai em desespero, enquanto ele a olhava com pesar. Odiava magoá-la, mas sentia não haver escolha.

— Quero que pare de ver este homem — anunciou enfim. — Você decide como terminar. Não vou interferir, por respeito a você. E ele não fez nada de errado, até agora. Vocês dois foram tolos por irem a Paris, por se exporem. Viu o que aconteceu, foram pegos imediatamente. Tem de terminar com isso, Cricky, tão logo possível, pelo bem de vocês dois. Deixo o resto com você.

Assim sendo, ele se levantou e se virou. Não a envolveu com o braço, pois sabia o quanto ela estava devastada e zangada, parecia mais prudente esperar. Christianna precisava de tempo para aceitar tudo o que ele dissera, para assimilar e contar ao tal homem. Tudo o que queria e tudo o que esperava era que ela o perdoasse um dia. Mas estava fazendo o que considerava certo para ela.

Christianna se levantou e o encarou com descrença. Não podia acreditar que ele estivesse disposto a fazer isso com ela. Mas estava. Sentia que aquele era o seu dever, e havia lhe apontado os dela. E então, ainda chorando, virou-se e saiu do cômodo sem dizer mais nada. Não havia mais nada a ser dito.

Quando voltou ao seu apartamento no palácio, disse à secretária que cancelasse seus compromissos e aparições pelo resto do dia, pelo resto da semana, na verdade. Então fechou a porta do quarto e ligou para Parker nos Estados Unidos. Ele atendeu imediatamente, estava esperando notícias dela. Suspeitava que uma vez que a fotografia tinha chegado aos jornais, ela falaria com o pai, que teria algo a dizer. Christianna estava soluçando quando ele atendeu ao telefone. Não era bom presságio do que o pai dela teria dito.

— Está tudo bem — disse, tranquilizador —, está tudo bem. Acalme-se. — Christianna tentou e fracassou miseravelmente, depois recuperou um pouco do fôlego para contar em palavras hesitantes o que o pai dissera.

— Ele disse que temos de parar de nos vermos imediatamente. — Ela parecia derrotada, assustada, como se fosse novamente criança, e tudo o que Parker queria era envolvê-la nos braços e consolá-la, dar-lhe forças.

— E o que você disse? — perguntou ele, parecendo ansioso. Andava com medo disso. Ela lhe avisara em Senafe. E estava certa. Era difícil acreditar que pessoas neste século poderiam assumir posição tão arcaica, mas aparentemente o pai dela assumira. O conceito inteiro de príncipes reais e sereníssimos era arcaico. Mas Christianna era de fato uma princesa e, gostando ou não, tinha de lidar com este fato. Assim como ele, e com a insistência do pai dela de que só se casaria com um homem de sangue real.

— Não sei o que dizer. Eu te amo. Mas o que posso fazer? Ele me proibiu completamente de continuar este relacionamento com você. Disse que nunca deixará que nos casemos, e eu sei que ele diz a verdade. Teria de anular o Parlamento e o Conselho de Família para deixar que nos casássemos, mas nunca o faria.

E ela achava errado simplesmente fugir. Não podia fazer aquilo, queria a permissão dele. Parker agora também acreditava naquilo e se sentia tão devastado quanto ela. Para ele, tudo aquilo era insano. Não fazia sentido. Por um instante pensou em sugerir que se encontrassem em segredo até o pai dela morrer, pois assim que o irmão governasse o país, ela poderia escapar. Mas, na realidade, Hans Josef poderia viver outros vinte ou trinta anos, e isso não seria uma vida para eles. O pai a enquadrara, assim como acabara de fazer com Parker.

— Vai se encontrar comigo de novo num fim de semana? — Houve uma longa pausa enquanto Christianna pensava nisso. — Quero discutir isso com você pessoalmente. Talvez possamos encontrar uma solução.

Mas agora ele tinha de admitir que era improvável que pudesse encontrar uma solução com a qual ela pudesse conviver e que fosse aceitável para o pai dela. Christianna não estava disposta a desafiá-lo, embora talvez se sentisse assim com o tempo. Parker também sabia que a promessa feita à mãe lhe importava muito, bem como a aprovação do Parlamento e do Conselho de Família. Para se casar com Parker, precisaria estar disposta a desafiar todos eles. Ele sabia que isso seria pedir demais. E estava pensando em falar ele mesmo com o pai dela, caso Christianna estivesse disposta, e o príncipe aceitasse vê-lo. Fora isso, não tinha sugestões no momento. Só queria envolvê-la nos braços, e Christianna queria fazer o mesmo. Aquilo estava sendo mais difícil do que ele esperava que fosse. Todos os temores dela estavam corretos.

— Vou tentar — respondeu ela enfim, referindo-se ao fim de semana. — Não sei quando vou poder. Terei de mentir de novo. E não podemos fazer isso sempre. — Na verdade, Christianna suspeitava que, se o encontrasse, seria a última vez em que o veria. Não podia escondê-lo do pai para sempre, e os paparazzi nunca a deixariam em paz, por mais discretos que fossem. Mas queria vê-lo mais uma vez. Mesmo que, apenas por isso, pedisse autorização ao pai. — Vou ver quando poderei escapar. Pode não ser em breve. Tenho a sensação de que ele vai me observar de perto. Vamos ter de usar o e-mail e o telefone por enquanto.

— Não vou a lugar nenhum — disse Parker calmamente. Estava tentando parecer mais calmo do que se sentia. Estava em completo pânico. Graças às tradições arcaicas do pai e do país dela, ele a perderia. Hans Josef estava fazendo os dois sofrerem. — Eu te amo, Cricky. Vamos ver o que conseguimos resolver.

— Eu disse a ele que não vou me casar nunca — comentou ela, soluçando outra vez, e o coração dele se compadeceu. A dor de Christianna era tão grande quanto a dele, talvez maior, pois se sentia traída por alguém que amava.

— Vamos nos acalmar antes que você se torne a princesa virgem presa na torre. Talvez se formos bem obstinados ao longo do tempo, ele se canse. E se eu for conversar com ele? — sugeriu Parker, cauteloso.

— Você não o conhece — disse Christianna, melancólica. — Ele não vai vê-lo, e não vamos cansá-lo. Ele acredita no que está fazendo. — Pareceu contente por um momento, depois deu uma risadinha. — E a propósito, eu não sou virgem.

— Eu não conto se você não contar.

Parker riu. Ainda não estava disposto a desistir dela, apesar do pai. Parecia muito pedir que ela fugisse com ele e abandonasse tudo, e achava que ela não aceitaria. Christianna possuía um forte senso de dever para ser capaz de desafiar o pai, as tradições e a Constituição do país. Para ela, era quase uma traição. Ela queria persuadir o pai, convencê-lo. E até Parker começava a achar que era inútil. E Christianna possuía grande aversão a escândalos por causa do irmão. Mas Parker estava determinado a encontrar um jeito. Precisava haver um. Recusava-se a ser derrotado. Pediu-lhe que ligasse novamente depois de algumas horas, apenas para conversar, que tentasse se acalmar. Christianna se sentia melhor depois de ter falado com ele, pois Parker estava sempre firme com ela, era uma boa pessoa. Mas ainda não conseguia encontrar uma maneira de melhorar a situação. Sabia que seu pai nunca desistiria. Queria ver Parker mais uma vez, mas suspeitava que teria de fazer o que lhe era ordenado e se despedir dele. Isso realmente partia seu coração.

Christianna permaneceu trancada no apartamento por cinco dias. Não abria a porta para ninguém, exceto a secretária, uma vez ao dia, quando aceitava uma pequena quantidade de comida numa bandeja. Ligava e enviava e-mails para Parker. Não aceitava ligações, não ia a lugar nenhum. E não tinha nenhum contato com o pai. Ele perguntava por ela muitas vezes ao dia e sempre ouvia a mesma coisa: que não tinha saído do apartamento. Hans Josef estava deprimido, mas assim como ela não tinha escolha perante sua rígida desaprovação, ele sentia não ter escolha também, dada as tradições que estava fadado a preservar, e mesmo a promessa que fizera à mãe dela. Estavam presos num pedaço da história, os dois, mesmo que fosse doloroso. E Parker estava preso com eles, por mais desastrosas que fossem as consequências. Mas não importava o quanto fosse aflitivo, não havia escapatória, por enquanto.

Em desespero, Christianna uma noite ligou para sua prima Victoria em Londres. Ela estava animada, o noivo estava lá, e parecia ter bebido, o que era habitual. Então foi de pouca ajuda para Christianna em seu aperto.

— Querida, vi você no jornal... Meu Deus, aquele homem com quem você estava é tão bonito, por que não me contou? Onde o conheceu?

— Em Senafe — respondeu Christianna, vagarosamente.

Estava se sentindo péssima, razão pela qual tinha ligado. Encarando a realidade de sua situação, havia chorado por horas, então ligara para Victoria em busca de conforto, coisa na qual ela não foi muito boa. Estava muito ocupada se divertindo para se focar em qualquer outra coisa.

— Onde? — Victoria parecia alheia.

— Na África. Ele era um dos médicos de lá.

— Que sexy! Seu pai está tendo um ataque?

— Está sim — respondeu Christianna, triste, esperando tolamente por um conselho.

— É claro, querida. Ele é tão nervoso e careta. Pense no quanto ele é sortudo pôr não ter uma filha como eu. Por outro lado — disse por capricho —, ele tem Freddy. Suponho que seja castigo suficiente, embora eu adore o rapaz. Ele esteve aqui na noite passada. — Christianna achava que ele estivesse em Viena, mas não conversava com o irmão havia dias, desde antes do fim de semana em Paris.

— Papai disse que tenho que pôr um fim nisso, que nunca poderei me casar com ele porque Parker não possui um título.

— Que estúpido! Por que ele não dá um pra ele? Ele pode, sabia? Fazem isso o tempo inteiro, pelos motivos mais bobos. Bom, não exatamente, imagino... Mas poderiam. Soube de um americano que ganhou o título porque comprou a casa de alguém.

— Meu pai não faz coisas assim. Ele me mandou pôr um fim na relação.

— Que coisa nojenta! Vou te dizer, por que não o encontra em segredo aqui? Não conto pra ninguém. — Exceto para o traficante de drogas, a empregada, o cabeleireiro, seus dez melhores amigos, seu novo noivo (o astro do rock) e provavelmente até para Freddy, em alguma noite em que estivessem bêbados, o que aparentemente acontecia com frequência. Christianna gostava da ideia, mas sabia que nunca funcionaria. E se entrasse para o círculo permanente de Victoria, seu pai a manteria trancada. Victoria parecia estar ficando pior e cada vez mais ultrajante. Christianna nunca sabia ao certo se era devido à personalidade dela ou às drogas. Até o pai tinha comentado após o retorno de Cricky que, pelo que tinha ouvido, Victoria andava completamente exagerada e achava que a filha devia ficar longe dela. Freddy, claro, adorava aquele panorama.

No fim, conversar com Victoria não lhe rendeu nada, nem mesmo conforto. Teria adorado conversar com Fiona, com sua mente brilhante, seu senso de justiça e suas ideias práticas, mas ela se fora, e Christianna sabia que ela nunca entenderia a delicadeza da situação. Não conhecia nada sobre a vida da realeza. Christianna não tinha com quem conversar, ninguém que lhe oferecesse sugestões ou conforto, exceto Parker, que estava tão transtornado quanto ela. O americano já estava sem juízo e tudo o que queria de Christianna era que se encontrassem em algum lugar, mas ela ainda não podia. Estava esperando que as coisas se acalmassem, assim não chamaria atenção para o que estavam planejando, fosse lá o que decidissem.

O cúmulo, claro, foi a ligação de Freddy. Ele havia ido para Amsterdã e disse com satisfação que estava se divertindo fabulosamente com as drogas, e que Victoria e o noivo estavam com ele. Christianna imediatamente lamentou ter atendido a ligação. Ele parecia estar drogado, e estava.

— Bom, não me perturbe mais, minha irmãzinha virgem. Todos aqueles sermões que você e papai me deram quase me fizeram encarar minhas responsabilidades. Que sujeira você escapar para Paris com o namorado. Você é tão má quanto eu, Cricky, só que encobre melhor seus rastros, com toda essa bobagem de santinha, enquanto fica puxando o saco do papai. Mas não encobriu seus rastros tão bem desta vez, querida, não é?

Ele foi nojento durante toda a ligação e, um momento após ter atendido, Christianna desligou. Ela às vezes o odiava. E agora odiava todos eles, até o pai. Eram a grande hipocrisia, a tradição e as regras insuportáveis que os uniam. A única pessoa que não odiava era Parker. Ele sugeriu que quanto antes saísse do quarto trancado, mais cedo parariam de prestar atenção nela, e mais cedo poderiam se encontrar.

No dia seguinte à sugestão, Christianna destrancou as portas. Voltou às aparições que estava comprometida a fazer. Fez tudo o que supostamente deveria fazer, que esperavam que fizesse. A única coisa que não fazia era comparecer a jantares ou eventos com o pai. Nem se sentava na sala de jantar com ele. Simplesmente não conseguia. Comia muito pouco ultimamente, o coração estava sofrendo, e fazia as refeições no quarto numa bandeja, com o cão por companhia. Seu pai não insistiu no assunto. Acenavam a cabeça um para o outro quando se esbarravam nos corredores, mas nenhum deles falava.

Capítulo 17

Pelo restante de outubro e nos primeiros dias de novembro, Christianna executou seus deveres como a princesa que era. Até recomeçou a falar com o pai, embora com pouco calor e grande reserva. Ele nunca lhe ferira tanto na vida, e o que era pior era que Hans Josef sabia e se sentia péssimo consigo mesmo. Estava tentando lhe dar o máximo de espaço e tempo que precisasse para a cura. Estava surpreso por ela ainda cumprir seus deveres, mas profundamente triste por Christianna continuar zangada com ele, embora compreendesse bem o motivo e até simpatizasse com ela. Hans Josef simplesmente sentia que não havia nada que pudesse fazer de diferente, considerando-se as circunstâncias. Era uma situação impossível até para ele. Estava preso às suas crenças e convencido de que estava fazendo a coisa certa por sua filha.

Freddy já tinha causado mais um dos seus escândalos. Criou uma briga com alguém no Mark's Club. Estava tremendamente bêbado, como sempre, quando foi solicitado a sair, socou o porteiro, entrou numa briga com os policiais na rua e foi levado para a prisão. No fim não o prenderam, apenas esperaram que ficasse sóbrio. Os advogados do pai foram buscá-lo e levá-lo para casa no dia seguinte. Permaneceu em Vaduz sob prisão domiciliar por uma semana, depois voltou para Viena para causar mais caos. Estava se tornando um sério problema para o pai, e depois do que lhe dissera sobre Parker, Christianna não queria saber nada sobre ele. Não estava em bons termos com o pai nem com o irmão. E sua vida em Vaduz se tornava mais solitária a cada dia. Estava com saudades de Parker, mas ele não teve nenhuma sugestão brilhante, como prometera. Não havia nenhuma, Christianna sabia disso, mas ainda queria vê-lo mais uma vez e dizer adeus.

A oportunidade finalmente veio quando o pai foi a Paris por uma semana, para reuniões da ONU a respeito das tensões no Oriente Médio. Sendo um país neutro, as contribuições de Liechtenstein eram valiosas, apesar de seu diminuto tamanho. E o pai era um homem respeitadíssimo no cenário político internacional. Era bem famoso por sua integridade e seu julgamento sólido.

Ligou para Parker tão logo o pai saiu. Ele viajaria para São Francisco em poucas semanas para a Ação de Graças, mas disse que poderia voar para a Europa para encontrar-se com ela primeiro. Paris estava fora de cogitação, pois o pai dela estava lá. Londres era sempre um foco da imprensa. E Parker veio com uma sugestão maravilhosa, que Christianna adorou.

— Que me diz de Veneza?

— É fria no inverno, mas é tão linda. Eu adoraria.

E havia grandes chances de que estivesse deserta e ninguém os descobrisse. Era o destino de primavera e de verão dos amantes, não durante o inverno. Parecia ideal para eles, particularmente para Christianna. Veneza no inverno parecia o lugar perfeito para se dar um trágico adeus.

Fez seus próprios arranjos por telefone, o que foi mais complicado do que pensou que seria. E por fim contou com a confiança em sua secretária, Sylvie, pois precisava de um cartão de crédito do palácio para pagar pelas passagens. Tinha aceitado encontrar Parker lá. Sam e Max já haviam dito que a acompanhariam, embora tivessem certa apreensão, uma vez que suspeitavam quem ela encontraria lá. Christianna lhes disse que assumiria toda a responsabilidade, e dois dias depois estavam no avião. Sylvie fora instruída a dizer ao pai que estava indo a um spa na Suíça. Mas ele estava ocupado demais em Paris com a ONU para ligar.

Saiu em completo segredo e estava um bocado nervosa. Mas não importava o que lhe fizessem depois disso, ou o que dissessem, precisava ver Parker uma última vez.

Sylvie fizera reservas para eles no Gritti Palace. Possuíam dois quartos, como tinham feito em Paris, mas só planejavam usar um. E Parker estava esperando por ela no hotel quando chegou. Christianna ligou para ele, que imediatamente depois estava em seu quarto, com ela em seus braços. Parker nunca lhe pareceu tão bonito, nem ela para ele. Christianna chorou ao vê-lo, mas momentos depois ele a fazia rir. Foram dias de risadas, lágrimas e amor interminável.

O tempo estava bonito e ensolarado, caminhavam quilômetros todos os dias. Visitaram igrejas e museus, comiam em restaurantes minúsculos e trattorias, evitando todos os lugares da moda onde poderiam ser pegos, embora Veneza parecesse quase deserta naquela época do ano. Caminharam pela Piazza San Marco, vendo os pombos, foram à missa na Basílica de São Marcos e passaram de gôndola pela Ponte dos Suspiros, enquanto Parker a olhava com alegria. Era como um sonho para ambos, e nenhum deles queria jamais acordar.

— Sabe o que isso significa, certo? — murmurou ele, depois que deslizaram devagar por baixo da Ponte dos Suspiros. O gondoleiro cantava, e Christianna estava reclinada sobre Parker, totalmente contente, protegida por um cobertor contra o ar frio de novembro.

— O quê? — Ela parecia tranquila e sonhadora ao fitá-lo com um sorriso. Tinham ido da África a Paris, e agora a Veneza, mas a jornada que compartilharam terminaria ali. Não estava pensando nisso naquele momento, só no quanto estava feliz.

— Uma vez que passamos juntos debaixo da Ponte dos Suspiros, pertencemos um ao outro para sempre. É o que diz a lenda, e eu acredito nela. E você? — perguntou Parker, puxando-a mais perto.

— Sim — murmurou.

Christianna não tinha dúvida de que o amaria pelo resto da vida, mas duvidava que o veria novamente depois disso. Então o encarou e disse novamente o quanto o amava, para que também nunca se esquecesse daquele momento. A diferença entre eles era que Christianna o libertava em sua mente e seu coração, para que seguisse em frente e levasse uma vida sem ela, quase como se ela fosse morrer. De fato, seu coração estava condenado pelas mãos do pai. Continuaria para sempre com a sua vidinha obediente e um dia se retiraria discretamente. Não tinha intenção de se casar com nenhum príncipe que o pai lhe apresentasse no futuro. Sabia sem hesitar que Parker era o amor de sua vida. E em sua inocência, enquanto navegavam por Veneza, de mãos dadas e aos beijos, Parker não sabia o que lhe passava na cabeça. Christianna estava planejando contar-lhe na última noite.

No segundo dia em Veneza, entraram e saíram de lojas debaixo da arcada. Eram em grande parte joalheiros e algumas lojas de antiguidade. Finalmente se depararam com uma lojinha num canto debaixo da arcada. Havia algumas cruzes nas quais Christianna queria dar uma olhada, então entraram, de mãos dadas. O proprietário era idoso, então Christianna falou com ele em italiano sobre as cruzes enquanto Parker olhava as coisas, até notar algo numa vitrine que lhe chamou a atenção. Era uma fina aliança dourada com minúsculos corações de esmeralda incrustados. Era obviamente antigo e bastante gasto, mas a cor das pedras era linda, então Parker mostrou a aliança para Christianna e pediu que perguntasse quanto custava. O proprietário citou um preço absurdamente baixo, e quando os dois pareceram surpresos com valor tão ínfimo por algo tão bonito, o senhor pediu desculpas e baixou ainda mais o preço. Parker gesticulou para que ele a tirasse da vitrine para que Christianna pudesse prová-la, o que a deixou comovida. Ele deslizou a aliança em seu dedo, onde se encaixou perfeitamente, como se tivesse sido feita para ela ou lhe pertencido em outra vida. As pequeninas esmeraldas verdes ganharam vida na mão delicada. Parker abriu um grande sorriso e pagou o homem, enquanto Christianna se dividia entre fitá-lo maravilhada e olhar a aliança adorável que usava.

— Não sei como se chama quando se pede uma princesa em casamento, particularmente quando se está prestes a ser decapitado pelo pai dela.

— Um anel guilhotina, eu acho — disse ela, sorrindo, fazendo-o rir.

— Exatamente. Este é nosso anel guilhotina, Alteza — disse numa reverência convincente, como se a tivesse repetido milhares de vezes. — Um dia o substituirei por algo melhor, se me permitirem. Mas enquanto isso, este é para que saiba que te amo e que falo a verdade. E se formos juntos para a guilhotina, ou se eu for sozinho, ao menos terá algo para se lembrar de mim.

— Sempre vou me lembrar de você, Parker — disse ela, com lágrimas enchendo os olhos.

E pela primeira vez, ao encará-lo, Christianna percebeu que ele sabia tão bem quanto ela o que aquela viagem significava. Era um adeus, talvez eterno ou talvez temporário. Teria sido difícil, senão impossível, para ela continuar escapando para vê-lo. Havia sido um verdadeiro milagre que tivesse conseguido fazer isso agora. Parker sabia perfeitamente o que estava acontecendo. Agora estavam armazenando recordações, até se reencontrarem, caso pudessem. Como esquilos no inverno, recolhendo e estocando nozes para quando estivessem famintos. A vida de fome começaria no dia em que deixassem Veneza. Até lá, estariam celebrando a abundância do amor deles. O pequeno anel de esmeralda servia para confirmar isso. Quando Parker o colocou em seu dedo e disse que a amava, Christianna jurou para si mesma e para ele que nunca o tiraria. Depois sempre se referiam à aliança como anel de guilhotina, o que a fazia sorrir.

Visitaram o Palácio dos Doges e o Palácio Pisani, depois o Palácio Pesaro e a igreja de Santa Maria della Salute. Christianna queria particularmente visitar Santa Maria dei Miracoli, pois queria rezar por um milagre para eles. Era a única coisa que os ajudaria naquele momento.

Compartilharam o último jantar num restaurantezinho em um dos canais menores. Um homem cantou canções de amor para eles, com um bandolim e, sempre que não estavam comendo, eles se davam as mãos. Pegaram uma gôndola de volta ao hotel e ficaram do lado de fora por um longo tempo, sob o luar, olhando um para o outro. Cada momento compartilhado nos últimos dias estava gravado para sempre na mente deles.

— Teremos que ser fortes, você sabe, Cricky — disse Parker. Sem que Christianna tivesse lhe dito com tantas palavras, sabia exatamente que aquela era a última vez em que estariam juntos, para sempre ou por um longo tempo. — Sempre estarei com você, a qualquer hora, de alguma forma. Se duvidar alguma vez, olhe para este anel, lembre-se disto, e vamos encontrar nosso caminho de volta um ao outro um dia.

Enquanto ouvia, Christianna sabia que um dia ele se casaria com alguém, teria filhos e, com sorte, teria uma vida feliz. Ela nem conseguia se imaginar fazendo isso. Não queria ninguém em sua vida senão Parker. E tudo o que ele queria era ela.

— Vou te amar até o dia da minha morte — disse ela, sendo sincera em cada palavra, enquanto Parker esperava que isso fosse demorar muito, muito tempo.

E então, caminhando devagar, entraram para a última noite. Fizeram amor e, depois, enrolados nos robes, ficaram na varanda e admiraram Veneza sob o luar. Era dolorosamente belo.

— Obrigada por vir se encontrar comigo — disse ela, olhando para Parker, que a puxou devagarzinho para seus braços.

— Não me diga isso. Eu atravessaria o mundo por você. Sempre que quiser me ver, me ligue, e eu virei correndo.

Tinham concordado em continuar trocando e-mails. Christianna não conseguia imaginar uma vida sem ter contato com ele, mesmo que não pudesse revê-lo. E ela prometera ligar, precisava ouvir a voz dele também. O pai podia impedi-los de se verem, mas não podia impedi-los de se amarem. Só o tempo conseguiria isso. E por enquanto, ainda estavam profundamente apaixonados.

Dormiram abraçados naquela noite, remexendo-se às vezes, tocando-se, sentindo a respiração um do outro na bochecha enquanto se enrolavam e emaranhavam. Não se fartavam da sensação da pele um do outro, ou de se olharem nos olhos.

Ficaram juntos no chuveiro pela manhã, deixando a água correr sobre eles, depois fizeram amor pela última vez. Ambos estariam levando consigo tudo o que podiam. Seria um inverno penoso pelo longo período em que ficariam sem se tocar. Tudo o que tinham a partir daquele momento era o amor que compartilhavam.

Não havia paparazzi quando saíram. Ninguém lhes dissera nada, nem fizera perguntas. Max e Sam os deixaram sozinhos nos três dias. Os dois guardas tinham se divertido visitando Veneza juntos, e quando passaram debaixo da Ponte dos Suspiros, Samuel tinha brincado com Max, dizendo que aquilo significava que estariam juntos para sempre. E Max tinha perguntado se ele queria levar um tiro naquela hora ou depois. Contudo os dois ficaram tristes quando viram a fisionomia de Christianna e a de Parker quando partiram para o aeroporto. Foi um silêncio total, primeiro na gôndola, depois no carro, enquanto deixavam Veneza, e os dois homens se afastaram quando os amantes se despediram.

— Eu te amo — disse Parker, apertando-a forte em seus braços. — Lembre-se do anel de guilhotina e do que significa. Eu morreria por você, Cricky. E quem sabe o que acontece na vida? Talvez uma daquelas velas que acendeu funcione.

— Estou contando com isso — murmurou ela, pendurando-se nele pelos últimos minutos, então teve que partir. Seu voo era o primeiro, então Christianna o beijou repetidas vezes até Max e Sam acharem que teriam que arrastá-la. — Eu te amo... Ligo quando chegar em casa.

— Estarei lá, sempre que me quiser, e bem aqui. — Ele tocou o coração, como fizera ao partir da África. E, em seu coração, nunca a abandonara desde então.

Beijaram-se uma última vez, e sentindo como se sua alma tivesse sido arrebatada da dele, Christianna caminhou em direção ao avião. Virou-se uma vez, acenou, a cabeça erguida, os olhos cravados nos dele. Tocou no coração e apontou para ele. Parker assentiu, sem tirar os olhos dos dela, até que enfim se virou e embarcou no avião.

Capítulo 18

Christianna não falou durante o voo de Veneza para Zurique. Olhou e tocou várias vezes a pequena aliança com coraçõezinhos de esmeralda em sua mão. Os dois homens notaram e se perguntaram se os dois teriam se casado em Veneza, mas acreditavam que não. Era obviamente algo que tinha grande significado para ela. Christianna sorriu quando desembarcaram em Zurique e agradeceu aos dois por acompanharem-na até Veneza. Havia algo de quieto nela, estava triste e estranhamente distante, como se coração e alma tivessem partido com Parker e só uma casca retornasse para Vaduz, o que de fato era o caso.

Ela ainda estava silenciosa quando chegaram ao palácio em Vaduz duas horas depois. A viagem passara lentamente, mas ela não estava mesmo com pressa para voltar para casa. Haviam sido três dias mágicos em Veneza com Parker, e tudo o que teria agora era o resto da vida ali, na prisão. Teria preferido a guilhotina. Uma vida de dever eterno, com um pai que lhe negava seus sonhos, tudo em honra à sua linhagem real. Parecia um preço alto a ser pago por quem era, quem não queria ser.

O cachorro estava no pátio quando chegaram. Ele correu até Christianna, que o afagou. Foi para dentro com a dona, que subiu para seus aposentos. Disseram-lhe que seu pai ainda estava fora, mas que era esperado para aquela tarde. Tinham cronometrado tudo perfeitamente.

Sylvie estava no escritório e ergueu os olhos para Christianna. Não fez nenhuma pergunta. Não queria bisbilhotar. Entregou-lhe a lista de aparições para o dia seguinte e o resto da semana. Não havia nada de incomum na lista, e tudo prometia ser tedioso ao extremo.

— Presumo que não tenha visto as notícias — disse Sylvie, cautelosa, enquanto Christianna simplesmente balançava a cabeça. Sylvie também notou o estreito anel de esmeraldas, mas nada disse. — Seu pai surpreendeu a todos fazendo um discurso positivamente histórico nas reuniões da ONU.

Christianna esperou para ouvir o resto sem tecer comentários. Sylvie tinha a mesma impressão que Sam e Max, a de que o corpo de Christianna havia retornado, mas que ela não estava realmente ali. Parecia um robô ao se mover, e era assim que se sentia. Seu coração e sua alma estavam num avião para Boston com Parker.

— Que tipo de discurso? — perguntou enfim, sem qualquer interesse específico. Mas sabia que devia permanecer ciente das posições políticas do país e das posturas que assumiam no ambiente político internacional, particularmente na ONU. As reuniões em Paris tinham sido importantes quanto a negociações com o mundo árabe.

— Ele assumiu uma posição muito poderosa para um país neutro sobre como as disputas deveriam ser resolvidas. Houve muita repercussão e comentários. Todos os políticos e chefes de Estado do mundo foram chamados a comentar. Ele propôs algumas medidas muito fortes. Houve muitas críticas de alguns grupos, e muitos elogios de outros. A imprensa virá em peso para cá assim que seu pai estiver aqui. Um dos secretários dele me disse que tem quatro entrevistas agendadas hoje. O consenso geral é de que ele foi muito corajoso, e de que aquilo precisava ser dito. A surpresa é que ninguém esperava isso dele. — Em outras circunstâncias, Christianna teria ficado orgulhosa do pai. Mas estava tão insensível agora que nem ligava.

Também havia um jantar oficial agendado para aquela noite, no palácio e, pela primeira vez em mais de um mês, Christianna concordou em comparecer. Aquela era a vida para a qual fora designada, pela qual desistira de Parker. Assim como o pai, estava cumprindo seu dever. Era tudo o que lhe restava.

Ficou em seus aposentos depois disso, desfez ela mesma as malas e olhou para a fotografia de Fiona que mantinha na penteadeira. Era uma foto dela rindo, com os olhos arregalados num surpreso contentamento, a boca aberta numa gargalhada. Era como Christianna queria se lembrar dela. Havia outras da equipe inteira de Senafe, mas aquela foto de Fiona em particular era especialmente querida. Fazia com que a imaginasse feliz para sempre. E havia outra de Parker, olhando diretamente para ela, de short, botas de caminhada e com o chapéu de caubói que usava no acampamento. Olhou para todas as fotografias, depois para o anel.

Não viu o pai até o jantar oficial daquela noite. Hans Josef estava cheio de vida e parecia satisfeito consigo mesmo. Seu discurso causara grande agitação nas conversas em Paris e ao redor do mundo. Ficaram por dias cercados pela imprensa, que Christianna evitava persistentemente. Ia quieta cuidar de seus assuntos e fazer o que devia. Os olhos deles se encontraram uma vez durante o jantar, depois ela o evitou. Christianna tinha pedido para não se sentar perto dele e, apesar da relutância em comparecer, teve companheiros de jantar interessantes e uma noite agradável. Seria toda uma vida de noites sem Parker. Era difícil acreditar agora que na noite anterior estava com ele em Veneza.

Por pura coincidência, ela e o pai subiram a escada para seus apartamentos privativos ao mesmo tempo. Christianna ouviu os passos às suas costas, virou-se, e seus olhares se encontraram e se sustentaram quando ela parou no degrau e ele subiu calado e parou junto da filha.

— Lamento, Cricky — murmurou ele, e ela sabia ao que o pai se referia.

— Eu também. — Christianna assentiu, virou-se, subiu a escada para seus próprios aposentos e fechou a porta devagar, enquanto Hans Josef passava para os próprios aposentos.

Ela só voltou a vê-lo dois dias mais tarde. Precisava pegar um documento no escritório dele e viu que estava sendo entrevistado. O pai andava em todos os jornais ultimamente, sustentando a posição que assumira, embora isso estivesse se tornando mais controverso a cada dia, e Christianna já havia notado um discreto aumento na segurança do palácio. Ele possuía três guarda-costas que o acompanhavam o tempo inteiro, e Christianna de repente estava com dois. Embora não houvesse ameaças diretas, parecia a coisa prudente a ser feita, e Hans Josef sempre foi prudente, particularmente com ela. Tinha enfurecido muita gente, apesar do fato de que um vasto número de pessoas o admirasse pela posição assumida. Christianna ainda estava zangada com ele, mas o admirava por sua coragem na ONU. Era um homem de integridade e crenças fortes.

Tinha falado várias vezes com Parker desde que se despediram. Ele parecia cansado, mas sempre adorava quando ela ligava. Os e-mails dele eram engraçados e alegres. Às vezes ele mandava piadas que a faziam rir muito. Na maior parte do tempo, contava o que andava fazendo, como estava indo a pesquisa e o quanto sentia saudades. Christianna lhe dizia as mesmas coisas.

Ficou ocupada no palácio nas semanas seguintes. Tinha assumido alguns projetos novos, continuava a cumprir as obrigações habituais e estava começando a convencer a fundação a deixar que trabalhasse com eles. Tinha decidido não estudar em Paris na primavera. Queria trabalhar na fundação que fora estabelecida em memória da mãe. Era a única coisa na qual estava interessada, que lhe fazia sentido. Na semana em que se encontrou com eles, Parker estava em São Francisco para a Ação de Graças. Era um feriado do qual ela gostava muito quando estava em Berkeley. Tinha acompanhado as amigas todos os anos, e desejava estar com ele agora, visitando o pai e o irmão. Mas aquilo nunca aconteceria.

Acabara de falar com ele quando saiu com o cachorro e notou que o irmão havia chegado. Dirigia uma Ferrari novinha, tipicamente vermelha, e parecia de bom humor quando a viu, embora Christianna ainda estivesse zangada com ele por causa dos comentários quanto a ser pega pelos paparazzi em Paris. Pareceram-lhe rudes e incomumente desagradáveis, mesmo para Freddy.

— Como está, Alteza? — brincou ele. Christianna lhe deu uma olhadela soberba e depois riu.

— Devo usar seu título agora? — Ela ria. Freddy era realmente impossível, mas era seu irmão.

— Certamente. Espero que faça reverência também. Vou governar este lugar um dia, sabia?

— Tento não pensar nisso.

Freddy nunca teria coragem de fazer o que o pai fizera no cenário mundial, ou conhecimento para tanto. Seu pai havia patinado numa fina linha entre forças e opiniões conflitantes, e saíra como um herói. Até Parker ficou impressionado, embora não estivesse contente com ele ultimamente.

— O que acha do meu carro novo? — perguntou Freddy, mudando de assunto.

— Bonito. Parece caro — comentou com um sorriso.

— Dizem que posso arcar com os custos, ou que papai pode. Acabei de comprá-lo em Zurique. — Ela precisava admitir que era um belo carro, embora ele possuísse dois outros iguaizinhos, na mesma cor. Freddy parecia possuir um apetite ilimitado por carros caros e rápidos, assim como por mulheres caras e passageiras. Estava com uma nova nas mãos no momento, e provavelmente outras de quem a irmã ninguém ouvira falar. Era um harém em constante mudança. — Quer uma carona? — ofereceu com entusiasmo, enquanto Christianna ria e balançava a cabeça. A maneira de dirigir dele sempre a deixava enjoada. Até o cachorro fugiu quando Freddy abriu a porta do carro.

— Eu adoraria. Mais tarde. Tenho um compromisso — mentiu, e correu para dentro do palácio.

Por fim, os três jantaram juntos naquela noite. A atmosfera estava um pouco tensa, pois o pai atualmente estava aborrecido com Freddy por causa de algo que não queria discutir na frente de Christianna. Ela sentou-se calada, desfrutando da companhia deles pela primeira vez em dois meses, desde o incidente com Parker. Era quase dezembro, e eles conversaram sobre os planos para as festas em Gstaad. Pareciam uma família normal para variar. Ninguém estava falando sobre política, medidas econômicas ou mesmo sobre o que Freddy fizera de errado ultimamente. Estavam bastante relaxados, Christianna ria das piadas do irmão, e o pai até gargalhou um pouquinho, embora algumas das piadas fossem bastante ofensivas, mas, como sempre, eram bem engraçadas. Freddy era definitivamente o palhaço da família.

Ao se levantarem do jantar, Freddy tentou mais uma vez convencer Christianna a dar uma volta com ele no carro novo. Mas estava frio lá fora e a estrada provavelmente estaria congelada. A primeira neve caíra poucos dias antes. Freddy ficou profundamente insultado por Christianna não aceitar seu convite, então se voltou para o pai.

— Que me diz, papai? Quer dar uma voltinha antes de dormir?

Ele estava prestes a dizer não, mas passava tão pouco tempo ou sempre estava tão zangado com o filho que Hans Josef hesitou e pareceu achar que deveria fazer um esforço. E sempre estava ocupado demais para fazer coisas do gênero durante o dia.

— Se me prometer que vai ser por apenas uns minutinhos. Não quero parar em Viena, enquanto demonstra a eficiência do motor.

— Eu prometo — disse Freddy, parecendo satisfeito, sorrindo para a irmã.

Aquela noite estava quase igual às dos velhos tempos, quando os dois eram mais novos. Freddy então já nutria uma paixão por belos carros. Nada tinha mudado muito, exceto que ela crescera e ele, não. Christianna fizera um comentário sobre isso no jantar e, para ficar quite, ele a chamou de irmã mais velha, embora ele fosse dez anos mais velho, a mesma idade de Parker.

O pai deles foi até o corredor e pediu a um dos homens com vestimenta de criado que lhe trouxesse o sobretudo, que lhe foi entregue um instante depois. Freddy já havia bebido tanto no jantar que não precisava de mais nada. E Christianna acompanhou os dois até lá fora. Charles, o cachorro, dormia profundamente lá em cima, no quarto dela.

Havia guardas lá fora, conversando tranquilamente. Tinham acabado de trocar de turno e, a princípio, não notaram a chegada deles. Christianna achou aquilo casual demais, dado o atual aumento nas preocupações de segurança no palácio, já que o holofote da política mundial estava focando em seu pai ultimamente. Em poucos minutos, os guardas em serviço vieram falar com eles, mas Christianna achou que eles demoraram muito para se aproximar. Não disse nada no momento para não embaraçá-los, mas mencionaria o fato a Sylvie pela manhã para que o reportasse.

— Posso presumir que terei um passeio civilizado com você, Friedrich? — disse o pai com ar jocoso. Estava de bom humor após o jantar agradável. — Ou terei que pedir que um médico me administre tranquilizantes quando eu voltar? — Era sua maneira de avisar que não dirigisse a 200 quilômetros por hora.

— Prometo, serei bonzinho.

— Não assuste muito o papai — avisou Christianna.

E assim os dois homens entraram no carro longo, baixo e incrivelmente lustroso. Quase parecia uma bala.

Fecharam as portas, o pai acenou da janela fechada, e os olhos dele encontraram os dela por um instante. Havia algo de pesaroso neles, como se estivesse dizendo novamente o quanto lamentava por Parker. Christianna sabia que ele não mudaria de ideia, mas estava sentido pelo sofrimento que lhe causara. Ao encará-lo e assentir, como se dizendo que compreendia, sentiu o anel de Parker em seu dedo, e a máquina sensível partiu, com o pé de Freddy fundo no acelerador. Christianna nunca tinha visto um carro dar partida tão rápido. Estava prestes a entrar por causa do frio, mas decidiu ficar olhando por um minuto. Imaginava se Freddy já teria conseguido assustar o pai. Ele também tinha gostado de carros velozes na juventude — talvez fosse genético –, mas no caso do pai, nunca apreciara mulheres levianas, apenas gostara da mãe deles, até então.

Christianna estava observando-os, com um sorriso no rosto, imaginando quando fariam o retorno, e enquanto estava ali parada, Freddy reduziu a velocidade, apenas o bastante para fazer uma curva na estrada, e ao fazê-lo, a luz de freio acendeu e ouviu-se o som de uma explosão tão poderosa que era como se o céu estivesse desabando. No mesmo momento em que Christianna ouviu o som, de repente surgiu uma enorme bola de fogo onde o carro estava, e o carro, seu pai e Freddy literalmente desapareceram. Ela ficou de boca aberta enquanto olhava, ninguém se moveu, mas de repente todos estavam correndo. Os guardas em serviço corriam pela estrada o mais rápido que podiam, enquanto outros entravam em carros e disparavam na direção das chamas. Christianna começou a correr. Seu coração estava aos saltos, e de repente sua mente viu Fiona deitada na lama... Continuou correndo e correndo... De repente havia sirenes no ar, assobios ecoando, homens passando por ela em disparada e o rugido do fogo. Chegou ao local onde o carro estava quase ao mesmo tempo em que os homens. Estavam surgindo de toda a parte. O carro de bombeiros do palácio chegou, homens com mangueiras e água miravam para todos os lados, e alguém puxou Christianna para longe. Ela foi arrastada enquanto olhava para todos eles. E tudo o que conseguia enxergar no fogo que esbravejava, aparentemente bem alto, era que debaixo de onde deveria estar o carro havia um imenso buraco chamuscado no chão. Seu pai e Freddy haviam desaparecido no ar. Alguém tinha colocado uma bomba sob o carro de Freddy. Toda a sua família se fora.

Capítulo 19

Mais tarde Christianna não se lembraria direito do que aconteceu, semelhante ao dia em que Fiona morrera. Lembrava-se de ter voltado para o palácio, de pessoas correndo por toda parte, dois guardas levando-a para o quarto e ficando lá com ela. Sylvie apareceu, outros rostos conhecidos, e também alguns dos quais não lembrava mais. A polícia veio e se foi, esquadrões antibomba, soldados. Chegaram caminhões de homens com equipamento de choque, a polícia suíça, ambulâncias, caminhões de notícia. As ambulâncias foram desnecessárias. Nem mesmo fragmentos do pai e do irmão foram encontrados. Ninguém assumiu a responsabilidade da bomba nas primeiras horas, nem se expuseram depois. O ato de coragem do pai nas reuniões da ONU custara um alto preço. Deviam ter plantado a bomba em algum momento entre a chegada de Freddy e o jantar. Mas se a colocaram sob o carro dele, estava claro que não pretendiam matar o príncipe soberano, talvez só o príncipe herdeiro como aviso ao pai. Com a animação de Freddy por causa do carro novo e o amigável jantar em família, tinham conseguido matar o príncipe soberano também, por pura sorte.

O palácio e suas terras ficaram infestados de homens de uniforme a noite inteira. Como numa névoa, Christianna insistiu em sair do quarto com seus guardas e andar entre eles. Tão logo saiu do palácio, viu Sam e Max correndo em sua direção. Sem pensar e sem dizer nada, Max a abraçou e começou a chorar, enquanto Sam exibia lágrimas escorrendo pelas bochechas. Os dois estavam com a família há anos, e tudo o que Christianna pôde fazer foi olhar novamente para o buraco escurecido e ainda esfumaçado onde o carro estava quando explodiu.

A princípio, só algumas pessoas perceberam que o príncipe Hans Josef estava no carro – pensavam ser apenas Freddy, o que já era bem ruim. Mas a notícia se espalhou depressa, transmitida pelos guardas que o viram entrar na Ferrari com o filho. Era uma dupla tragédia e uma dupla perda para o país, e para o mundo, naquela noite. Christianna foi rodeada por guardas carregando metralhadoras, com Max e Sam de cada lado, enquanto vagava por ali. Recusava-se a entrar no palácio. Era como se ficando perto de onde estavam quando desapareceram no ar pudesse de alguma forma trazê-los de volta ou encontrá-los. Era impossível compreender as implicações do ocorrido, o que isso representaria para Liechtenstein. Olhou para Sam e Max e, vendo-os chorar, começou a ocorrer-lhe que ela tinha perdido o pai e o irmão. Era uma órfã, e seu país não tinha líder.

— O que vai acontecer? — perguntou a Max, parecendo aterrorizada.

— Não sei — respondeu ele, sendo honesto. Ninguém sabia. Além da tragédia pessoal que era para ela, era também um imenso dilema político para o país. Freddy era o único herdeiro do príncipe soberano, pois mulheres não podiam ser consideradas para a sucessão. Literalmente não havia ninguém que assumisse o lugar.

Christianna não foi para a cama naquela noite. Era impossível compreender o que tinha acontecido. Havia jornalistas por toda parte, agências de notícias enviavam repórteres. Depois do espetacular discurso na ONU, Hans Josef era uma grande notícia, e agora a explosão do carro era considerada uma importante notícia mundial. Inevitavelmente, os dois eventos estavam intimamente ligados. Felizmente, uma tropa de guardas protegeu Christianna das equipes de notícias. Em algum momento no meio da noite,

Christianna subiu para o quarto e Sylvie a ajudou a vestir luto. Ela voltou a descer, e lá estavam todos os assistentes e secretários do pai, frenéticos, fazendo anotações e ligações. Não fazia ideia de para quem ligavam ou o que deveria fazer. O principal assistente do pai se aproximou de Christianna, que vagava feito um fantasma, e disse-lhe que precisavam cuidar dos preparativos.

— Que preparativos?

Ela parecia aérea. Estava em choque. Parecia competente e sã, calma até, mas não conseguia fazer com que a mente compreendesse o que havia acontecido. Só conseguia pensar que seu pai se fora. Sentia-se com 5 anos novamente e de repente podia se lembrar de tudo o que havia ocorrido na manhã em que a mãe morrera... E agora Freddy... o pobre Freddy... apesar de todas as tolices, se fora também. Todos eles se foram. Agora ela encontrava-se sozinha no mundo.

Estava sentada no escritório do pai com secretários e guardas armados quando os membros do Parlamento chegaram. Todos os 25, usando ternos e gravatas pretos, com olhos avermelhados. Ficaram de pé, em pequenos grupos, nas casas uns dos outros durante a noite, alternando-se entre ver as notícias, chorar e discutir o que fazer. Estavam com um problema enorme, um que o país jamais enfrentara antes. Não mais possuíam um príncipe soberano e não havia ninguém na linha de sucessão, já que ele morrera com o príncipe herdeiro e mulheres não podiam sequer ser consideradas para o cargo, segundo a Constituição. Além da devastadora tragédia pessoal que ocorrera naquela noite, era também um desastre para o país.

— Alteza — falou o primeiro-ministro com gentileza. Podia ver que ela não estava em condições de conversar. Mas não havia escolha. Estavam reunidos desde as 4 horas da manhã, horas depois de terem recebido a notícia, e esperaram até às 8 para ir ao palácio. Todos, inclusive Christianna, ficaram acordados durante a noite inteira. O palácio estava inundado de luz na escuridão de novembro. — Alteza, precisamos falar com você — repetiu o primeiro-ministro. Ele era o membro mais velho dos 25, e tinha sido grande confidente do pai dela. — Pode nos receber?

Christianna assentiu, ainda parecendo estupefata, então liberaram todos do cômodo, exceto os guardas que portavam metralhadoras. Ninguém sabia o que esperar em seguida, ou se a explosão do carro tinha sido um ato isolado, precursor de uma ofensiva maior, ou mesmo uma emboscada ao palácio. Soldados suíços carregando metralhadoras estavam posicionados dentro e fora do palácio. O governo suíço os enviara prontamente de Zurique.

Christianna se sentou, olhando para os membros do Parlamento, que tomavam assentos pelo cômodo. Estavam no que costumava ser o escritório de seu pai, então lhe parecia estranho que ele não estivesse lá. Por um momento, perguntou-se onde ele estaria, depois, como uma segunda explosão em sua mente, lembrou-se. Mais do que tudo, lembrou-se do olhar que trocaram pouco antes do irmão levá-lo. O ar de desculpas e lamento agora a assombraria pelo resto da vida, junto com a amarga discussão que causara um afastamento de dois meses. Ainda nem tinham se recuperado, pois as feridas só começaram a se fechar naquela noite, e agora ele se fora. Continuava dizendo a si mesma que nunca veria nenhum deles novamente, mas considerava aquilo impossível de absorver.

— Precisamos falar com você. Estamos todos transtornados de dor pela sua enorme perda. É algo tão horrível que é realmente inimaginável. Por favor, aceite nossas profundas condolências.

Christianna assentiu, incapaz de falar, pois as lágrimas assomaram aos olhos. Era na verdade uma moça de 24 anos que acabava de perder toda a família que possuía. E não havia ninguém que a consolasse, só aqueles homens que desejavam falar com ela. Reconheceu cada um deles ao olhar ao redor da sala. Tudo o que se sentiu capaz de fazer foi acenar com a cabeça. Fora um choque imensurável, e todos estavam bem cientes disso. O rosto dela estava tão pálido que quase parecia transparente.

— Mas também precisamos falar da sucessão. Nosso país está sem líder. É uma situação que, segundo a nossa Constituição, deve ser resolvida imediatamente. É perigoso não ter ninguém no comando, particularmente agora. — No momento, o primeiro-ministro estava designado a lidar com qualquer desastre nacional, e a questão certamente era um. Mas todos se sentiam inquietos por não haver ninguém que ocupasse o trono que seu pai deixara vazio de forma tão repentina e inesperada. — É capaz de entender o que lhe digo, Alteza, ou está muito angustiada? — Falava com ela como se de repente estivesse surda. Na verdade, ela estava devastada por se ver tão despojada. Entretanto ainda era capaz de compreender, mas não de responder.

Finalmente forçou as palavras a saírem da boca, quase que pela primeira vez desde o ocorrido.

— Compreendo — conseguiu confirmar.

— Obrigado, Alteza. O que queremos discutir com você é quem assumirá a sucessão. — Ele estava a par da história de sua família e conhecia bem cada um dos cem membros do Conselho de Família. — Você tem vários primos em Viena que estão diretamente na linha de sucessão. São seus parentes, claro, por parte de pai. Mas na verdade, quando repassei a lista ontem à noite, ao menos os sete primeiros, ou mesmo oito ou nove, não se pode considerar sequer. Todos estão velhos demais, alguns bastante adoentados. Vários não têm filhos, então a sucessão não poderia ser transferida para eles. E depois disso, um grande número é de mulheres. E você conhece as regras sobre a sucessão feminina. Teríamos de ir direto ao vigésimo na linha, talvez até vigésimo quinto, para encontrar um homem de idade apropriada, com boa saúde, mas nenhum deles possui laços próximos com Liechtenstein, o que nos leva a um fato muito interessante. Seu pai era um homem muito moderno, ou ao menos em parte. Ao mesmo tempo em que respeitava todas as veneráveis tradições e acreditava em tudo o que este país tem representado, há mil anos, instigou uma série de posições novas e modernas, sem sacrificar as antigas. Acreditava que as mulheres deveriam votar, na verdade, bem antes de realmente conseguirem o direito. E, Alteza, ele possuía grande respeito por você. Dizia-me com frequência no quanto era interessada pelas políticas econômicas, das sugestões tão astutas que fazia, particularmente para uma pessoa tão jovem.

Não mencionou seu irmão Freddy, o que seria inapropriado agora, mas o príncipe soberano frequentemente dizia aos seus vários ministros que, se não fosse pelas leis atuais, Christianna seria muito mais capaz de governar que o irmão.

— Estamos aqui com um sério problema — prosseguiu, parando para tomar fôlego. — Não temos ninguém da linhagem direta do seu pai que seja realmente a escolha certa para a sucessão. Como todos aqui sabem, estas coisas são transmitidas por sangue, dificilmente por talento. Mas se formos seguir a descendência, para encontrar alguém de idade e sexo certos, teríamos que descer muito na linha sucessória. Creio que nunca ocorreu ao seu pai, nem deveria, que o príncipe herdeiro não governaria. Mas esta tragédia recaiu sobre nós esta noite e, Alteza, com grande respeito, acredito que sei o que seu pai faria caso se deparasse com a presente situação. Discutimos exaustivamente, durante a noite inteira, e todos concordaram que a única escolha certa para a sucessão aqui é você.

Christianna o encarou como se ele fosse insano, depois se indagou se era ela quem estava. Talvez estivesse sonhando com tudo aquilo, seu pai e seu irmão não tinham morrido e ela acordaria a qualquer minuto, depois de escapar daquele pesadelo tenebroso.

— Estamos propondo uma nova lei, uma medida de emergência, que seja aceita e aprovada pelo Conselho de Família imediatamente, que mude nossa Constituição e crie uma emenda que permita que a sucessão se estenda às mulheres a partir de agora, e neste caso, especificamente a você. Além disso, também debatemos na noite passada que todos estão igualmente cientes de que em sua descendência, dos dois lados da família imediata de sua mãe, você é parente dos reis da França. Se aceitar a sucessão em nome de seu pai e se tornar a princesa soberana de Liechtenstein, como esperamos que aceite, e o seu povo, eu acredito, também espera que aceite, dado o seu parentesco como descendente direta dos reis da França, neste caso, desejamos que se torne a princesa soberana com o título de Alteza Real, não de Sereníssima. Acredito realmente que seu pai também teria aprovado, mas é claro que isso também teria que ser conduzido e aceito pelo Conselho de Família imediatamente. Devemos preencher a sucessão tão logo possível. Não podemos deixar Liechtenstein sem um líder. Alteza, pergunto em nome de todos nós, como primeiro-ministro e um de seus súditos e compatriotas, em nome de seu pai: você aceita?

As lágrimas literalmente rolavam pelas bochechas de Christianna enquanto ouvia. Era uma moça de 24 anos a quem pediam que se tornasse líder do país, a princesa soberana em sucessão ao pai. Nunca se sentiu tão assustada na vida e tremia da cabeça aos pés, de horror, dor e choque. Todos no cômodo podiam ver o quanto Christianna estava abalada. Mal conseguia falar. Estava profundamente comovida, mas se sentia completamente inadequada para trabalho. Como poderia um dia sequer estar à altura do pai? E ser Alteza Real? Poderiam até ter pedido que fosse rainha. De certa forma, pediram. Christianna gostava da ideia de mulheres serem aceitas na linha de sucessão, e sempre achou que deviam ser, mas se sentia muito incapaz para alguém que precisava assumir tarefa tão devastadora.

— Mas como eu poderia fazer isso? — Chorava tanto que mal conseguia falar.

— Acreditamos que conseguirá. E fique absolutamente certa de que seu pai também a achava capaz. Alteza, estou pedindo, implorando, que venha ao auxílio do país. Faremos tudo o que pudermos para apoiá-la e ajudá-la. Nenhum príncipe soberano jamais se sentiu preparado para o trabalho. É algo que se aprende e com que se acostuma. Realmente acredito que seja capaz, e que seu pai aprovaria. Aceita o que estamos sugerindo? Caso aceite, Alteza, será uma bênção para todos nós, para você também, e certamente para o nosso país.

Christianna permaneceu grudada ao assento, olhando de um rosto para outro, e a resposta estava em cada par de olhos. Se algum deles parecesse questionador, hesitante ou zangado, sabia sem titubear que diria não. Em vez disso, cada um deles a fitava com expectativa, implorando que aceitasse o que pediam. Estavam lhe implorando, e pior, ela quase podia ouvir a voz do pai vindo do túmulo, pedindo que assim o fizesse. Ficou ali sentada encarando-os com aflição, ainda tremendo, pois nunca se sentiu tão assustada ou triste na vida. E quase como se uma força maior a obrigasse, assentiu vagarosamente com a cabeça, incapaz de acreditar no que fazia. Aquilo era para o resto da vida, até sua morte. Agora teria que carregar os mesmos fardos que o pai. Teria que viver para o país e não mais para si mesma. O dever não seria mais apenas uma palavra, seria um modo de vida do qual não poderia escapar jamais. Mas mesmo ao pensar nisso, recuando como um cavalo com horror da própria baia, olhou o primeiro-ministro no olho e falou num sussurro.

Disse apenas uma palavra ao olhar para eles.

— Sim.

Tão logo ela respondeu, todos na sala estavam sorrindo e parecendo aliviados. Apesar da terrível tragédia que ocorrera naquela noite, os membros do Parlamento estavam satisfeitos. O primeiro-ministro lhe lembrou que Elizabeth tinha se tornado rainha da Inglaterra aos 25, e era um país imenso, com responsabilidades ainda maiores. Não havia dúvida para ele nem para ninguém naquela sala que ela pudesse governar Liechtenstein, e bem, aos 24 anos. Christianna parecia totalmente impressionada.

O primeiro-ministro lhe contou o que aconteceria em seguida.

— Cada um de nós ligará para quatro membros do Conselho de Família, para lhes expor as duas propostas. De que será a princesa soberana de Liechtenstein, sendo a primeira mulher a assumir a posição, permitindo de agora em diante a sucessão às mulheres, e de que seu título agora seja de Alteza Real, devido à sua mãe. Somos 25, e vamos entrar em contato com o Conselho de Família inteiro esta noite. Se votarem a seu favor, e ao nosso, realizaremos uma investidura particular esta noite, neste escritório. E é minha mais ardente esperança que isso aconteça. Liechtenstein não pode ficar sem líder, e acreditamos sinceramente que você é a melhor pessoa, a pessoa certa, a única pessoa para este trabalho. — Ele então ficou de pé, olhou para ela e ao redor da sala, e acrescentou: — Que Deus esteja conosco, e com você, Alteza. Ligo para avisar do resultado à tarde.

E então, antes que ela pudesse recuperar o fôlego ou mudar de ideia, enfileiraram-se para sair do escritório. Ela ainda ficou lá depois que eles saíram e olhou os retratos de seus bisavô, avô e pai pendurados ali. Olhou nos olhos do pai no retrato que tanto se assemelhava a ele e, soluçando, deixou o escritório.

Capítulo 20

Três homens carregando metralhadoras acompanharam Christianna até o quarto, onde Sylvie estava esperando por ela. Parecia tão abalada quanto todos os outros no palácio. Estava assustada, exausta e deprimida. E antes mesmo que Christianna tivesse terminado de entrar, Sylvie lembrou-lhe de que tinham um funeral para planejar. Um funeral de Estado, para ambos, o príncipe soberano e o príncipe herdeiro. Christianna nem conseguia pensar nisso, muito menos executar.

Um momento depois Sylvie deixou o quarto, dizendo que voltaria em meia hora. Os três homens com metralhadoras a seguiram e se postaram do lado de fora da porta, enquanto Christianna se deitava. Havia apenas uma pessoa com quem queria conversar agora, a única pessoa que a ajudaria e apoiaria. Nem verificou se havia algum e-mail dele. Tinha certeza de que já sabia àquela altura. Por menor que fosse o país, tinha certeza de que a bomba que matara seu pai e Freddy produziu uma explosão ouvida ao redor do mundo.

Apanhou o telefone que ficava junto à cama e discou para o celular de Parker. Mesmo com sua confusão e sofrimento, lembrou-se vagamente que era Ação de Graças e que ele estava em São Francisco.

Parker atendeu no primeiro chamado, tão desesperado estava pela ligação dela. Sabia que não havia nenhuma esperança de contatá-la caso tentasse. Tudo que vira nas notícias sugeria o caos no palácio em Vaduz.

— Meu Deus... Cricky?... Tudo bem?... Lamento... Lamento muito... Soube da notícia. — Ela ouviu a voz dele e ficou lá sentada soluçando. — Querida, lamento muito pelo que aconteceu. Não consegui acreditar quando vi. — O noticiário exibira um fogaréu nas terras do palácio, soldados e tropas de choque correndo por toda parte. O palácio parecia completamente invadido. Para pavor de Parker, quase não se fazia menção a Christianna. Tudo o que sabia era que ela estava viva.

— Nem eu — disse aflita, tentando não lembrar daquilo novamente... O momento horrível em que o carro se tornou uma bola de chamas, levando seu pai e Freddy consigo. — Eu estava lá olhando quando aconteceu.

— Graças a Deus que não estava com eles no carro. — A princípio, temeu que ela estivesse. E quando Parker disse aquilo, Christianna de repente se lembrou que Freddy lhe oferecera o passeio primeiro, e ela havia recusado. Tinha sido a mão do destino. — Você está bem? Queria estar aí para te ajudar. O que posso fazer? Me sinto tão impotente.

— Não há nada que possa fazer. Tenho que começar a planejar o funeral num minuto. Estão esperando por mim, mas queria conversar com você primeiro. Eu te amo... Aconteceu mais uma coisa horrível — disse ela, parecendo desolada, e Parker se preparou para notícias ainda piores. Era difícil acreditar que poderia ficar pior, ou chegar tão perto disso. — Não há mais ninguém em linha direta de sucessão. Todos os primos do meu pai são velhos demais... são austríacos... Parker, querem mudar a lei sobre a sucessão feminina. Estão apresentando ao Conselho de Família hoje. — Christianna sufocou outro soluço. — Querem que eu seja princesa soberana... Ah, meu Deus, como eu conseguirei? Não sei nada a respeito disso, nunca conseguirei fazer esse trabalho... E minha vida estaria arruinada para sempre. Teria de governar o país até morrer, ou passar a sucessão a um dos meus filhos um dia... — Ela estava chorando tanto que mal conseguia falar, mas Parker ouvira cada palavra dita. A milhares de quilômetros de distância, parecia tão chocado quanto ela. Nem conseguia começar a imaginar o que isso significava. — E querem fazer de mim uma Princesa Real, por causa da minha mãe, não Sereníssima.

— Você sempre foi real para mim, Cricky — disse ele com carinho, tentando amenizar-lhe o golpe.

Parecia ser uma grande responsabilidade, mesmo aos olhos dele. Mas assim como os ministros, não duvidava que Christianna estivesse apta para a tarefa. Sabia que ela era capaz, que se sairia bem. Não tinha a mais remota ideia do que aquilo significava para eles. Tudo o que conseguia pensar no momento era o quanto se sentia preocupado com ela. Além de ter que enfrentar a dor de perder a família, teria também que assumir o governo de um país. Era realmente inacreditável.

— Parker... — disse ela, engasgando com os soluços. — Vou morrer uma solteirona. — Parecia uma criança choramingando, e tudo o que ele queria fazer era envolvê-la nos braços.

— Não sei por que tem que ser assim. Seu pai casou e teve filhos. A rainha Elizabeth casou e teve quatro filhos, e não acho que fosse muito mais velha do que você quando se tornou rainha. Não sei por que uma coisa exclui a outra — disse com sensatez, tentando acalmá-la.

A única coisa que não enxergava era como se encaixaria naquele cenário. De fato, parecia pior para eles. Com seu novo status de Princesa Real, não mais de Sereníssima, seria ainda menos provável que fosse considerado adequado para ela. A única diferença agora era que seria Christianna quem ditaria as regras, e ele não podia deixar de imaginar se isso mudaria alguma coisa. O pai possuíra o poder de permitir que ela casasse com um plebeu, mas se recusara a usá-lo. Mas Parker não sabia se o próprio príncipe poderia ter se casado com uma plebeia, e no atual estado de depressão de Cricky, não pretendia perguntar. Sabia que outros monarcas haviam se casado com plebeus, particularmente nos países escandinavos, e lembrava-se vagamente de que receberam títulos e tudo ficara bem. No momento, Doutor era o que lhe bastava, não se preocuparia com o resto. Christianna estava com muitos problemas e ele, não queria aumentar as preocupações dela.

— A rainha Elizabeth tinha 25! — corrigiu ela num tom sufocado, fazendo-o rir.

— Então acho que vai estar pronta em um ano. Quer que esperem um ano? — brincou.

— Você não entende — disse ela, soando aflita e muito jovem. — Se o Conselho de Família disser que sim, haverá uma investidura particular esta noite... Serei a princesa soberana esta noite... Como vou dar conta disso? — Voltou a chorar, ainda mais intensamente. Ela havia perdido o pai e o irmão horas antes, e agora estavam colocando todo um país em suas costas. Era coisa demais para alguém engolir de uma vez só.

— Cricky, você consegue. Sei que consegue. E pense só, agora você pode fazer todas as regras.

— Não quero fazer as regras. Odiava a minha vida antes, agora vai ser pior... e nunca mais vou vê-lo. — Não conseguia parar de chorar, e Parker desejou mais do que nunca abraçá-la e acalmá-la. Ela tinha muito a enfrentar nos próximos dias.

— Cricky, agora você pode fazer tudo o que quiser. Vamos nos rever... Não se preocupe com isso. Sempre que puder me ver, estarei aí. E se não puder, eu te amo do mesmo jeito.

— Não sei o que posso fazer. Nunca fui princesa soberana antes, e não quero ser. — Mas ela sabia que não podia recusar. Sentia que devia aquilo ao pai, então concordara.

Sylvie enfiou a cabeça pela porta naquele momento e bateu no relógio. Tinham que trabalhar. Precisavam organizar funerais de Estado, dois deles. Christianna estava transtornada. Nem teve tempo de chorar direito pelo pai e pelo irmão, nenhuma chance de absorver o que acontecera, e em poucas horas teria um país para governar e 33 mil pessoas pelas quais seria responsável. A perspectiva em si era aterrorizante, e Parker conseguia sentir aquilo na voz dela.

— Cricky, precisa tentar se acalmar. Nem consigo imaginar o quanto deve ser horrível. Mas você tem de fazer tudo o que puder para aguentar. Não pode fazer nada mais do que isso. Me ligue sempre que quiser. Estarei bem aqui, querida. Eu te amo. Estou bem aí com você. Agora tente ser forte.

— Serei... Eu prometo... Acha que consigo?

— Sei que consegue. — Ele pareceu carinhoso e calmo.

— E se eu não conseguir? — A voz dela tremeu ao perguntar.

— Então finja que consegue e pense num jeito enquanto prossegue. Ninguém vai saber a diferença. Você é a chefe. Tudo o que precisa fazer é agir como uma... Talvez começar com algumas decapitações. Algo do tipo — brincou, mas ela não sorriu. Estava completamente devastada.

— Te amo, Parker... Obrigado por se importar comigo.

— Sempre, querida... Sempre me importo.

— Eu sei.

Prometeu ligar mais tarde e foi procurar Sylvie no escritório. Ela já tinha montanhas de papel na mesa. Christianna tinha que tomar as decisões, Sylvie e a equipe de seu pai cuidariam do resto. Tudo o que ela precisava fazer era planejar os funerais imediatamente. Preocuparia-se com o resto depois. E onde quer que fosse, homens com metralhadoras a acompanhavam. Ainda estavam sob alerta máximo.

A primeira coisa que Christianna fez foi planejar dois funerais de Estado. Um em Viena, o outro em Vaduz. Não havia corpos que pudessem ser expostos, percebeu com horror. Então ela e Sylvie planejaram uma missa na Catedral de São Estevão em Viena e, no dia seguinte, teriam uma na São Florin's em Vaduz. Era quinta-feira, então planejaram a primeira para a segunda-feira seguinte, e a de Vaduz para terça-feira. Ela precisava selecionar a música e escolher as flores. Decidiram exibir dois caixões vazios no funeral, e oferecer uma recepção no Palácio Liechtenstein. As considerações de segurança eram enormes, dado o ocorrido. E seria o mesmo em Vaduz.

Trabalhou o dia inteiro com Sylvie e a equipe do pai e ainda estava absorta no trabalho, sem ter dormido na noite anterior, quando o primeiro-ministro ligou e Sylvie lhe passou o telefone. Disse que ele não queria explicar sobre o que se tratava. Christianna sabia, mas ainda não tinham contado a ninguém.

— Eles aprovaram — disse ele numa voz séria. Ao ouvir, Christianna ofegou. Uma partezinha dela ainda tinha esperanças de que aquilo não aconteceria. Mas aprovaram. Agora ela teria que viver com as consequências de ter aceitado a oferta naquela manhã. — Também a nomearam Princesa Real. Estamos muito orgulhosos, Alteza. Pode ser hoje às 20 horas? — Já passava das 18 horas da tarde. — Pensei que poderia ser realizada na capela. Quer mais alguém lá além dos ministros, Alteza?

Ela queria Parker lá, mas não era possível. As únicas outras pessoas que queria eram Sylvie, Sam e Max. Eram seus melhores amigos naquele momento, e a única forma de família que lhe restara. Teria pedido que Victoria viesse, mas não havia tempo.

— Anunciaremos à imprensa amanhã de manhã, para lhe dar a noite de descanso. Assim está bom, Alteza?

— Claro. Obrigada — disse, tentando parecer graciosa em vez de aterrorizada.

Lembrou que Parker falou para fingir por enquanto, que ninguém saberia. E percebeu ao desligar, depois de agradecer mais uma vez ao primeiro-ministro, que após as 20 horas daquela noite, todos, daquele momento em diante, a chamariam de "Alteza Real". Tudo em sua vida mudara num piscar de olhos... com a explosão de um carro... Era impossível absorver tudo o que estava acontecendo. O Conselho de Família foi unânime ao votar a favor de seu governo. Tudo o que podia fazer agora era rezar para não desapontá-los, e trabalhar o máximo que podia pelo resto da vida para garantir que assim fosse. Mas os passos do pai pareciam grandes demais para serem seguidos, especialmente por pés tão pequenos quanto os dela.

— Temos que estar na capela às 20 — avisou a Sylvie ao desligar. — E preciso de Max e Sam.

— Haverá uma missa? — Sylvie parecia surpresa. Não tinham planejado nada nem notificado ninguém. Christianna pareceu desolada e vaga.

— Mais ou menos — respondeu. — É apenas para nós e os membros do Parlamento. — Sylvie assentiu e foi notificar Sam e Max. Já eram 19 horas quando os encontrou. Poucos minutos antes das 20, Christianna e os outros deixaram o escritório do pai rumo à capela. E, ao fazê-lo, ela não conseguiu deixar de pensar que 24 horas antes, seu pai e seu irmão estavam vivos.

Recebera uma ligação de Victoria naquela tarde, oferecendo-lhe condolências e dizendo que, quando tudo acabasse, Christianna deveria visitá-la em Londres. Christianna percebeu que de agora em diante não poderia fazer aquelas coisas novamente. De agora em diante, quando fosse a algum lugar, seria uma visita de Estado. Sua vida seria ainda mais complicada do que antes. E muito mais perigosa, dado o ocorrido.

Quando chegaram à capela, os ministros e o arcebispo esperavam por eles. Os ministros pareciam solenes, e o arcebispo a beijou nas duas bochechas. Falou que era uma ocasião tanto feliz quanto triste. Falou sobre o pai dela durante alguns minutos e, quando Sylvie, Sam e Max perceberam o que estava acontecendo, os três começaram a chorar. Nunca lhes ocorreu que aquilo poderia acontecer.

O primeiro-ministro teve a perspicácia de buscar a coroa da mãe de Christianna no cofre, e também a espada de seu pai, para que o arcebispo usasse na investidura. O primeiro-ministro depositou delicadamente a coroa na cabeça de Christianna, que se ajoelhou perante o arcebispo no simples vestido preto que usara ao longo do dia, momento em que ele lhe tocou cada ombro após recitar os ritos tradicionais em latim, e a declarou Sua Alteza Real Christianna, Princesa Soberana de Liechtenstein, enquanto rios de lágrimas escorriam por seu rosto. Além da coroa da mãe, que datava do século XIV e era pesada devido aos muitos diamantes, a única joia que usava era a fina aliança de esmeraldas em forma de coração que Parker lhe dera em Veneza e que nunca saiu de seu dedo desde então.

Virou-se para fitar os ministros e seus três empregados fiéis, ainda chorando, enquanto o arcebispo abençoava a todos. Christianna encarou seus novos súditos e parecia muitíssimo jovem, com a coroa pesada e o simples vestido preto, que usara durante toda a manhã, enquanto planejava os funerais do pai e do irmão. Parecia uma menina brincando de provar a coroa, mas mesmo jovem e assustada, era agora Sua Alteza Real Christianna, Princesa Soberana de Liechtenstein.

Capítulo 21

O funeral de Estado na Catedral de São Estevão em Viena para seu pai e Freddy foi uma cerimônia de grande luxo e circunstância. O cardeal de Viena, dois arcebispos, quatro bispos e uma dúzia de padres ficaram no altar. Christianna ficou sentada sozinha no banco da frente, com guardas armados ao seu redor. O anúncio de sua investidura tinha sido feito havia três dias. E ela caminhava por trás dos dois caixões vazios entrando e saindo da catedral, com guardas carregando metralhadoras acompanhando-a de perto.

O funeral em si levou duas horas, com o Coral dos Meninos de Viena cantando. Ela pediu que cantassem todas as músicas que sabia que o pai amava. Foi um funeral melancólico e emotivo, e Christianna chorou enquanto ficava sentada sozinha, sem ninguém que a confortasse ou a abraçasse ou sequer segurasse sua mão. De onde estavam, próximos a ela, os corações de Max e Sam a acompanhavam, mas não havia nada que pudessem fazer por ela. Como princesa soberana, Christianna agora tinha de permanecer sozinha, não importava o quanto o momento fosse difícil ou a tarefa, aflitiva. Sua vida como princesa real, princesa soberana de Liechtenstein, havia começado oficialmente.

Quando cantaram a Ave-Maria, lágrimas escorreram por suas bochechas, enquanto ela permanecia com os olhos fechados num vestido preto com capa e um grande chapéu preto com um véu pesado.

E então, quando terminou, Christianna caminhou lentamente pelo corredor da catedral atrás dos dois caixões vazios, pensando no pai e em Freddy. As pessoas na igreja murmuravam o quanto estava bonita, e o quanto era jovem para ter que encarar tanta responsabilidade.

Havia duas mil pessoas presentes, todas por convite. Chefes de Estado e membros reais de toda a Europa tinham comparecido. E depois se entretiveram no Palácio Liechtenstein em Viena. Foi o dia mais longo de sua vida. Victoria estava lá, mas pouco a viu. Victoria ainda não conseguia se refazer do fato surpreendente de que sua prima agora era a princesa soberana de Liechtenstein. Nem a própria Christianna conseguia, ainda estava em choque.

Ela conversou com Parker antes e depois do funeral, parecendo terrivelmente exausta. E às 21 horas daquela noite, começaram a sair de Viena, para chegar no palácio de Vaduz pouco antes das 3 da manhã. Viajaram em comboio, com carros à frente e atrás dela. Nenhum grupo tinha ainda assumido a responsabilidade pela explosão do carro que matou seu irmão e seu pai. E a segurança que a cercava era imensa. Christianna já se sentia triste e solitária, e só era princesa soberana havia três dias. Sabia que uma vez que realmente começasse o trabalho de reinar, seria ainda pior. Lembrava-se com muita clareza do quanto o pai costumava ficar exausto e desencorajado em alguns dias. Agora aquele destino era dela.

Sam e Max estavam no carro com ela quando voltaram de Viena e perguntaram-lhe várias vezes se estava tudo bem. Christianna assentiu que sim. Estava cansada demais até para falar.

Foi direto para a cama quando chegaram a Vaduz. Ela tinha de estar de pé às 7 horas. O funeral em Vaduz estava programado para as 10 horas do dia seguinte, e este seria ainda mais triste, pois era no lar que o pai sempre amou, o lugar onde tinha nascido e onde ele e o filho haviam morrido. Christianna sentiu o peso do mundo sobre os ombros enquanto caminhava pelo corredor com os caixões vazios mais uma vez, e a música estava ainda mais fúnebre, ou assim lhe pareceu, do que no dia anterior. E ela se sentiu ainda mais solitária, no lar de sua própria infância, agora que eles tinham ido embora.

O funeral em Vaduz foi aberto ao público, e parte do palácio foi aberto para uma recepção depois. A segurança era tão intensa que parecia que o local era um acampamento armado. E havia câmeras de notícias de todo o mundo tirando fotos dela.

Parker estava sentado assistindo a aquilo de casa em Boston. Eram 4 horas da manhã para ele enquanto assistia pela CNN, e nunca vira Christianna parecer mais bonita. Parecia absolutamente régia ao caminhar pelo corredor de chapéu e véu. No dia anterior ele assistira ao funeral em Viena também. Esteve com ela a cada passo do caminho, da melhor maneira que pôde. E quando ela lhe ligou tarde da noite, mais tarde, Christianna parecia absolutamente esgotada. Parker lhe disse o quanto havia sido magnífico, que belo serviço ela tinha feito, e em poucos minutos Christianna estava chorando de novo, tinha sido a pior semana de sua vida.

— Quer que eu vá vê-la, Cricky? — ofereceu-se, mas Christianna sabia que não havia como vê-lo agora.

— Não posso.

Os olhos do mundo estavam sobre ela. Os dois sabiam que ela estaria sob grande escrutínio por um longo tempo. Christianna não poderia fazer nada escandaloso, tinha de dirigir o país com grande responsabilidade. Sua vida agora pertencia ao seu povo. Jurara sustentar a honra, a coragem, e o bem-estar, assim como seu pai, e todos aqueles que os antecederam haviam feito antes. Tinham desistido de suas vidas assim como ela. Christianna era obrigada a seguir os passos deles agora, da melhor maneira possível. E, mais do que nunca, não fazia ideia de quando veria Parker novamente. Não haveria mais fins de semana roubados em Paris ou Veneza, onde ela poderia desaparecer por alguns dias. Precisava viver o trabalho que tinha assumido em cada minuto e hora do seu dia pelo resto da vida.

Estava vestindo luto formal e, no dia seguinte ao funeral, sua vida como princesa soberana começou. Mal lhe deram tempo para prantear. Christianna tinha reuniões com ministros, com chefes de Estado que vieram lhe dar condolências, tinha reuniões de política econômica, tinha de visitar bancos em Genebra. Havia briefings, conferências e reuniões de todo tipo possível. Em quatro semanas sua cabeça estava girando, e era como se estivesse se afogando, mas o primeiro-ministro disse que ela estava fazendo um ótimo trabalho. Na opinião dele, o pai estava certo. Christianna era o melhor homem para a tarefa.

Cancelou os planos para Gstaad naquele ano. Não haveria qualquer espécie de Natal para ela. Não tinha vontade para isso, e ela e os ministros tinham concordado que não haveria nenhuma distração formal de Estado por seis meses, em respeito ao pai. Qualquer dignitário que encontrasse seria convidado para o almoço. Já tinham reduzido o período oficial de luto de um ano para seis meses.

Ela se reuniu com a fundação e teve vários jantares no palácio com o primeiro-ministro, que estava tentando lhe ensinar tudo o que precisava saber sobre a nova tarefa. Christianna queria aprender tudo o mais rápido possível e absorvia os ensinamentos como uma esponja. Ela e o pai frequentemente conversavam detalhadamente sobre as políticas e a complexidade do governo, então aquilo não era inteiramente desconhecido para ela. Mas a tarefa e as decisões agora eram dela, com a orientação dos ministros, claro.

Sylvie estava com ela noite e dia. Max e Sam andavam grudados nela. A segurança pesada ainda não tinha mudado, e quando Victoria ligou e disse que seria divertido visitá-la, Christianna foi direta ao dizer que não poderia. Os dias de infância estavam encerrados, ela tinha coisas sérias a fazer. Começava o dia no velho escritório do pai às 7h, e ia direto até tarde da noite, assim como ele fazia.

A única coisa que tinha mudado era que Parker agora podia ligar para ela. Mas não havia como vê-lo, mesmo que numa visita cordial entre dois velhos amigos. Christianna era solteira e princesa soberana de Liechtenstein, qualquer possibilidade de escândalo devia ser mantida bem afastada. Disse-lhe que ele não poderia visitá-la, nem mesmo para um jantar informal com um velho amigo com quem trabalhara na África por pelo menos seis meses.

Parker não a pressionava. Na verdade, era uma fonte de apoio constante. Ela lhe ligava todas as noites depois do trabalho, às vezes meia-noite para ela, que para Parker ainda eram 18 horas. Ele às vezes a fazia rir, mas Christianna jamais revelava segredos de Estado. Tanto quanto o homem amado, ele se tornara seu melhor amigo.

A imprensa também estava fascinada com ela e tirava fotografias sempre que saía do palácio. Christianna achava aquilo cansativo, mas percebia que era parte de seu panorama. Tudo em sua vida havia mudado. A única coisa que não mudara no último mês era a presença de seu sempre fiel cachorro. Charles se tornara assíduo ao escritório, e a equipe já brincava se referindo a ele como cachorro real. Continuava tão travesso, turbulento e, às vezes, malcomportado como antes. Apenas sua dona tinha mudado. Trabalhava por horas intermináveis, sentia falta constante do pai e não possuía tempo para brincar ou relaxar. Tudo no que conseguia pensar agora era em representar o país e seus cidadãos aos olhos do mundo. Começou cada vez mais a compreender o impressionante senso de dever que o pai sentia, e a cada dia pensava nele com mais respeito e amor.

E quando não estava realizando tarefas de Estado, nas semanas seguintes às mortes terríveis do pai e do irmão, teve de enfrentar tarefas dolorosas como vasculhar os bens pessoais deles. Os carros do irmão foram vendidos com discrição. Todos os pertences pessoais do pai foram guardados. Odiava passar por seus aposentos vazios e se sentia uma intrometida em seu escritório, mas era profundamente grata à equipe dele pelo inestimável apoio e auxílio.

Dois dias antes do Natal, Christianna falava ao telefone com Parker, que nunca a ouvira soar tão cansada.

— Não vai fazer nada no Natal, querida? Não pode simplesmente ficar sentada aí sozinha.

Ficava triste só de ouvir a solidão e a exaustão na voz dela. Christianna se tornara a princesa solitária no palácio de Vaduz. Não tinha com quem passar o Natal, nenhuma família com quem ficar. E em resposta à pergunta, disse que tudo o que faria seria comparecer à missa da meia-noite. Fora isso, mesmo no dia de Natal, teria de trabalhar. Havia muito a aprender, muito a fazer, muitas coisas que precisava compreender, para que fizesse um trabalho sempre melhor. Christianna estava exigindo muito de si mesma, mas não havia nada que Parker pudesse fazer para ajudar que não fosse conversar com ela todas as noites. Os dias que passaram juntos em Veneza pareciam ter acontecido há milhões de anos. A única lembrança era a pequena aliança de esmeraldas que ela sempre usava.

Parker passaria o Natal com o irmão em Nova York naquele ano. Estava ocupado demais com o projeto de pesquisa para ir à Califórnia durante as festas para ver o pai. Christianna não teve tempo de falar com ele na véspera do Natal. Planejava ligar após a missa da meia-noite.

Ceiou sozinha, com o cachorro junto dela. Pensando no pai e no irmão, nos momentos felizes que compartilharam, ficou com o coração pesado e nunca se sentiu tão solitária na vida.

Max e Sam foram com ela à missa, agora estavam sempre com ela. Haviam se tornado seus guarda-costas pessoais. Estavam com ela no carro quando seguiu para a São Florin's. A noite estava gélida naquele ano em Vaduz. Havia neve no chão, mas apesar do dia que permanecera claro, o ar era como agulha furando seus pulmões quando deixou o carro para entrar na igreja, trajando luto e um pesado casaco encapuzado. Só seu belo rosto estava de fora.

Foi uma bela missa. O coral cantou "Noite Feliz" em alemão, e enquanto ouvia, lágrimas rolaram devagarzinho por suas bochechas. Era impossível não pensar na devastadora perda que sofrera, nas chocantes mudanças em sua vida no último mês. Até Parker transformara-se numa lembrança distante, de existência irreal, uma voz sem corpo ao telefone. Ainda era o homem que ela amava, mas não tinha ideia de quando o reencontraria, e mesmo deitada à noite na cama, ainda ansiava por seu toque.

Caminhou lentamente até o gradeado para a comunhão, acompanhada pelos habitantes de Vaduz, que agora eram seus súditos. E ao passarem por ela na coxia, mesmo triste como estava naquela noite, Christianna sorria para eles, como se estivesse agradecendo pela fé que depositavam nela. Todos haviam sido muito gentis, muito acolhedores, desde a morte de seu pai. Queria ganhar a confiança e a lealdade deles, mas sentia que ainda não havia conseguido. Honra, Coragem e Bem-Estar. Finalmente compreendia o significado destas palavras.

Estava quase no gradeado do altar quando um homem no banco à frente se levantou, se virou, e Christianna viu seu rosto. Parou onde estava e o encarou. Não conseguia entender o que ele estava fazendo ali. Dissera-lhe que estaria em Nova York. Mas ali estava, sorrindo para ela, e lhe tomou a mão com delicadeza. Pressionou alguma coisa em sua palma, mas sem querer chamar a atenção para eles, Christianna continuou a andar na direção do gradeado do altar com a cabeça abaixada e um sorriso no rosto. Era Parker.

Ela recebeu a comunhão, ainda segurando firme o minúsculo embrulho que ele lhe deixara na mão, então viu que Max a observava. Ele notara Parker e estava sorrindo também. Assim como Sam. Ela voltou para o próprio banco, baixou a cabeça e rezou, por seu pai e seu irmão, pelas pessoas a quem tanto devia, e finalmente por Parker. Enfim ergueu a cabeça, e foi com muita saudade que ficou olhando para as costas dele, amando-o mais do que nunca.

Quando a missa terminou, aguardou no banco até Parker ficar praticamente diante dela, momento em que ele parou para deixá-la sair. Christianna olhou no rosto dele, agradeceu, enquanto as pessoas sorriam para ela e Parker a seguia calmamente. Ela apertou as mãos de muitos súditos do lado de fora da igreja. Parker ficou entre eles, e Christianna lhe fitou o rosto com amor desenfreado quando ele se aproximou.

— Só vim desejar Feliz Natal — disse, sorrindo para ela. — Odiei pensar que estaria sozinha.

— Não entendi — retrucou Christianna, sem querer deixar transparecer nada.

— Estou em Zurique, volto pela manhã, para passar o Natal com meu irmão e as crianças.

— Quando chegou? — Ela ainda parecia confusa. Estaria ali há dias? Mas falara com ele em Boston um dia antes.

— Esta noite. Só vim para a missa da meia-noite.

Pensar no que ele fizera lhe tocava o coração. Tinha viajado por horas só para que ela não se sentisse sozinha. Queria dizer o quanto o amava, mas não podia com tantas pessoas ao redor. Max e Sam se aproximaram e deram um alô. Era óbvio que os quatro eram velhos amigos. Christianna tinha enfiado o pacotinho no bolso e não tinha nada para dar a ele, apenas seu amor.

— Não posso levá-lo para casa comigo — murmurou, e Parker riu.

— Eu sei — sussurrou em resposta. — Venho fazer uma visita em outra hora. Em cinco ou seis meses. Só queria lhe entregar isso. — Apontou para o bolso dela e, enquanto se afastavam da igreja juntos, com Max e Sam de cada lado, Christianna buscou novamente pela mão dele e a apertou.

Conforme caminhavam, Christianna foi cercada de pessoas que queriam vê-la e tocá-la. Ela lhes desejou Feliz Natal e agradeceu, depois se voltou para Parker com um coração saudoso.

— Como posso agradecer?

— Vamos falar disso. Ligo para você quando chegar ao hotel.

E então, com uma pequena reverência, semelhante às reverências que todos os seus súditos faziam, Parker sorriu, encaminhou-se ao carro alugado, deu mais uma olhada nela, e se foi. Tinha sido como uma visão que aparecera, depois desaparecera na noite. Era a coisa mais impressionante que alguém já fizera por ela. Christianna enfiou a mão no bolso e sentiu o pacotinho ao entrar no próprio carro com Sam e Max. Parker havia sido perfeito. Ninguém suspeitou de nada. Esteve lá quando ela mais precisava, como sempre estava, e depois se foi. Não tinha lhe custado nada, e oferecido muito.

Esperou até estar sozinha no quarto para abrir o pacotinho deixado em sua mão. Parecia estar envolto em algodão e era tão pequeno que ela não conseguia adivinhar o que seria. Gostaria de ter sido capaz de oferecer algo a ele em troca.

Desembrulhou com cuidado, primeiro retirando o papel, depois removendo o algodão e, quando o viu, ofegou. Era um belo e pequeno anel de diamante, numa montagem antiga, e Christianna imediatamente soube o que significava. Mas como poderia aceitar? Seu pai não estava mais ali para se colocar entre os dois, mas agora ela tinha um país para governar, uma nação de pessoas para representar. Não era mais possível do que três meses atrás, na verdade, era ainda menos possível. A única diferença agora era que ela era a princesa soberana, quem fazia as regras e propunha as leis. Não podia de fato propor uma lei permitindo-lhe casar com um plebeu e pedir pela aprovação do Conselho de Família. Provavelmente lhe dariam um título, caso decidissem honrar seu pedido. Mas depois de tudo o que já tinham lhe oferecido no último mês, era muito a pedir. Ficou sentada olhando para o anel em sua mão e, sentindo-se novamente uma menina, colocou-o no dedo. Encaixou-se perfeitamente, como se feito para ela. O pequeno diamante era lindo, e significava-lhe mais do que a coroa.

Ainda o olhava maravilhada quando Parker ligou.

— Como pôde fazer isso? — perguntou-lhe, admirada.

— Queria ter colocado — disse, com a voz cheia de amor. Tinha acabado de chegar ao hotel.

— Eu também. — Parker tinha sido perfeito. Deixara-o em sua mão de maneira tão discreta que ninguém poderia ter percebido.

— Serviu? — perguntou ele cautelosamente.

— Perfeitamente.

Parker respirou fundo, sentindo-se amedrontado desta vez, antes de fazer a pergunta seguinte.

— Então o que Vossa Alteza Real me diz?

Ela sabia exatamente ao que ele se referia, mas não sabia o que dizer. A resposta àquela pergunta não lhe pertencia mais.

— Acho que é o homem mais notável que já conheci, e eu te amo do fundo do coração. — Ele tinha de fato voado desde Boston por uma noite, para lhe desejar Feliz Natal e entregar o anel. E se ela o aceitasse, ele seria dela, e ela, dele.

— Bom? — perguntou ele, nervoso. — É sim ou não?

— Isso teria que ser decidido pelo Conselho de Família e pelo Parlamento. E por respeito a meu pai, acho que não poderia lhes pedir isso antes de um ano.

— Posso esperar, Cricky — murmurou ele. Já tinham esperado desde que ele se fora da África no fim de julho. Parecia uma eternidade, mas só fazia cinco meses.

— Talvez eu pudesse anunciar um noivado em seis meses — comentou ela, com cautela. — Mas não poderíamos nos casar antes do fim de um ano.

— Talvez no próximo Natal — disse ele, soando esperançoso. — O que acha que o Conselho de Família diria?

— Eu pediria que o tornassem conde, ou algo igualmente adequado, para torná-lo qualificado. Para ser honesta, não sei o que diriam. E o seu trabalho? — Ela ficou preocupada de repente. Não podia pedir que ele desistisse de tudo por ela. Não seria justo.

— Terei terminado meu projeto até lá. — Ele já tinha pensado muito naquilo nos últimos meses, e mais uma vez no voo até ali. — Posso trabalhar com AIDS aqui. Há uma clínica de pesquisa de AIDS excelente em Zurique. — Ele havia pensado bastante em tudo naquela noite.

— Não sei o que diriam. Eu poderia perguntar. Mas se disserem não... — Lágrimas assomaram aos seus olhos perante a ideia. Não podia perdê-lo agora. Mas também não podia abandonar o povo ao qual prometera sua vida um mês antes. — Quando vai embora? Estava morta de vontade de vê-lo, mas não havia como. E ele não poderia aparecer para visitá-la nos próximos meses. Quando viesse, teriam de fazer as coisas direito. Não havia mais como conseguir uma escapada. Parker teria de visitá-la no palácio e cortejá-la. Tudo teria de ser transparente. Christianna teria de agir com honra e coragem, e pensar no bem-estar dos outros antes do seu, não importava o que lhe custasse, mesmo o amor.

— Meu avião sai às 10 da manhã. Deixo o hotel às 7, e faço o *check in* às 8 horas.

— Preciso fazer algumas ligações. Te amo, Parker. Dou notícias antes que você parta. Apenas saiba que te amo muito e sempre amarei.

— O anel foi da minha avó — disse ele, como se isso fizesse diferença. Pegara com o pai durante o feriado de Ação de Graças. Mas não era o anel que Cricky queria, era ele.

— Amei o anel. Mas te amo ainda mais.

Fez uma única ligação, mas a pessoa estava fora. Então se deitou na cama, pensando em Parker a noite inteira. Ele fez o mesmo no hotel. E não recebeu notícias dela antes de sair. O coração dele pesou ao fazer o *check out* no hotel pela manhã.

O primeiro-ministro retornou a ligação às 8 da manhã seguinte. Christianna o fez jurar segredo, mas fez as perguntas vitais. Ele respondeu que aquilo já tinha acontecido em outros países, que não via por que não poderia acontecer no deles, se ela achava que era a coisa certa. De fato, ela agora tinha o poder de prevalecer sobre o Conselho de Família e o Parlamento. Christianna possuía o poder, assim como o pai possuíra antes dela, mas não o usaria em causa própria.

— É a coisa certa — disse ela, parecendo jubilosa pela primeira vez em meses. Era horrível dizer, e nem revelaria a ele, mas nem sua investidura como princesa soberana tinha lhe significado tanto quanto aquilo.

— É necessário que fique em segredo pelos próximos cinco ou seis meses. Pode fazer com que as pessoas se acostumem com a ideia depois disso. Farei o que for preciso para ajudar — disse ele, parecendo mais um tio benevolente que um primeiro-ministro. Christianna lhe desejou Feliz Natal e desligou o telefone.

Olhou para o relógio. Era 8h15. E Parker não tinha ligado para ela antes de deixar o hotel. Christianna havia prometido ligar para ele. Pegou o telefone para ligar para a segurança e pediu que mandassem Max ao seu quarto. Preocupados, perguntaram se havia algum problema, mas ela disse que não havia nada de errado. Depois pegou um pedaço de papel, rabiscou algumas palavras. Max estava à sua porta em cinco minutos.

— Em quanto tempo consegue chegar em Zurique? No aeroporto? — perguntou, colocando o pedaço de papel num envelope e entregando-lhe.

— Em uma hora. Talvez um pouco mais. É urgente? — Podia ver nos olhos dela o quanto era importante. Max sorriu, sabendo quem ele veria. Era fácil adivinhar.

— É muito urgente. O voo dele sai às 10 horas para Nova York. É Parker.

— Sim, Alteza Real. Eu o encontro.

— Obrigada, Max — disse, lembrando-se dos dias felizes em Senafe quando ele e Sam a chamavam de Cricky.

Aqueles dias se foram para sempre, assim como tantas outras coisas na vida dela. Mas outras tinham surgido para substituí-las, e outras mais ainda estavam por vir. Esperava que Max o alcançasse a tempo. Senão, ligaria para ele em Nova York. Mas queria que ele soubesse antes de partir. Parker ao menos merecia isso depois de tudo o que fizera.

Max voou de Vaduz até o aeroporto de Zurique. Pegou um dos carros da segurança do palácio e afundou o pé no acelerador. Verificou os voos saindo para Nova York, encontrou o certo e rumou para o portão para aguardar. Ainda não tinham chamado o embarque. E cinco minutos depois viu Parker, parecendo cansado e andando devagar em direção ao portão, perdido em pensamentos. Levou um susto quando viu Max, que exibiu um largo sorriso e desejou Feliz Natal, entregando em seguida o envelope que recebera de Christianna. Era pequeno e branco, com a coroa e a inicial dela. Um C encimado por uma coroa. Max viu as mãos de Parker tremerem ao abri-lo e ler com atenção, enquanto um largo sorriso se espalhava lentamente por seu rosto.

Ela tinha escrito "Sim. Te amo, C." num pedaço de papel. Parker dobrou o papel e o enfiou no bolso, depois deu um tapinha no ombro de Max com um grande sorriso.

— Posso falar com ela? — pediu no momento em que chamaram seu voo.

Estava rindo consigo mesmo. Havia feito o pedido e ela aceitara, mas nem tinham se beijado. De qualquer forma, estavam noivos. As coisas certamente eram bem diferentes com uma princesa! Nem tinha colocado o anel no dedo dela, mas viera de Boston para entregá-lo, só para vê-la por alguns minutos na missa da meia-noite.

Max ligou para a segurança do palácio no seu celular e pediu que o transferissem para Sua Alteza Real. Sorriu para Parker ao dizer isso. Os dois lembraram dos dias em que ela era uma Princesa Sereníssima, mas apenas Cricky para eles em Senafe. Christianna estava ao telefone dois minutos depois, e Max o entregou a Parker.

— Recebeu o bilhete? — Ela parecia ansiosa e feliz.

— Sim. — Ele abriu um grande sorriso. — O que aconteceu?

— Liguei para o primeiro-ministro, e ele não vê nada contra. Como ele disse, fazem isso em outros países, por que não no nosso? Estamos ficando muito modernos por aqui ultimamente. A verdade é que eu poderia invalidá-los se eu quisesse, mas temos o completo apoio do primeiro-ministro. — O que tornaria as coisas mais fáceis para eles. E ela não poderia mais honrar a promessa que o pai fizera à mãe. Christianna sorriu ao olhar para o anel em seu dedo. Era a visão mais bela de sua vida. Estava usando-o junto com a aliança de esmeraldas.

— Quer dizer que estamos noivos? — perguntou Parker, dando as costas para Max e baixando a voz.

— Sim. — Ela sorria também. — Finalmente — completou num tom vitorioso. Tinham persistido muito nisso, os dois, e foram pacientes. O destino interveio, de forma dura, mas no fim, o prêmio que tanto queriam era deles. — Ele disse que temos que manter segredo por cinco ou seis meses. E eu concordo. Não quero desrespeitar meu pai e Freddy.

— Por mim está tudo bem. — Ele nunca esteve tão feliz na vida.

Chamaram o voo dele pela última vez, então Max cutucou o ombro de Parker, que assentiu freneticamente.

— Tenho de correr. Vou perder o voo. Ligo pra você de Nova York.

— Eu te amo... Obrigada pelo anel... Obrigada por vir aqui... Obrigada por você — disse, apressada para falar tudo antes que ele desligasse.

— Eu que agradeço a Vossa Alteza Real — disse, fechando o celular e devolvendo-o a Max com um sorriso.

— Tenha um bom voo — disse Max, apertando-lhe a mão. — Vamos vê-lo em breve, senhor? — perguntou com um sorriso irônico.

— Não me chame de "senhor", e pode apostar que sim... Em junho, e por mais tempo ainda depois disso... Feliz Natal! — Acenou enquanto corria para o avião. Foi o último a embarcar, e fecharam a porta imediatamente após sua passagem.

Parker encontrou seu lugar e se sentou, sorrindo cegamente pela janela, pensando nela. Christianna estava linda na noite anterior, quando a viu na igreja. Ficou ali sentado pensando em tudo o que acontecera nas últimas horas, enquanto o avião circulava no aeroporto e partia rumo a Nova York. Pouco tempo depois sobrevoavam Vaduz, então o piloto apontou o castelo e disse que uma princesa de verdade vivia ali. Ao dizer isso, Parker sorriu consigo mesmo. Era difícil acreditar. Ainda lhe parecia um conto de fadas. Tinha se apaixonado por uma garota de tranças e botas de caminhada na África. Descobriu que ela era uma princesa que vivia num castelo, e agora aquela princesa era sua, e sempre seria. A história inclusive tinha um final de contos de fadas. E viveram felizes para sempre, pensou consigo mesmo, sorrindo. E no castelo, a princesa estava sorrindo também.

Este livro foi composto na tipologia Adobe Garamond
Pro Regular, em corpo 11,5/14, e impresso em
papel off-set 90g/m² no Sistema Cameron da
Divisão Gráfica da Distribuidora Record.